我不要你风生虎啸，我愿你老来无事饱加餐。

智者乐水，仁者乐山。雨有雨的趣，晴有晴的妙，小鸟跳跃啄食，猫狗饱食酣睡，哪一样不令人看了觉得快乐？

禅家形容人之开悟的三阶段：初看山是山、水是水，继而山不是山、水不是水，终乃山还是山、水还是水。

梅，剪雪裁冰，一身傲骨；兰，空谷幽香，孤芳自赏；竹，筛风弄月，潇洒一生；菊，凌霜自得，不趋炎热。和而观之，有一共同点，都是清华其外，淡泊其中，不作媚世之态。

树与人早晚都是同一命运，都要倒下去，只有一点不同，树担心的是外在的险厄，人烦虑的是内心的风波。

一颗沙里看一个世界，一朵野花里看出一个天堂。把无限抓在你的手掌里，把永恒放进一刹那的时光。

旧的事物之所以可爱，往往是因为他有内容，能唤起人的回忆；旧的东西之可留恋的地方固然很多，人生之应该日新又新的地方亦复不少。

你走，我不送你；你来，无论多大的风雨，我要去接你。

慢品烟火色 闲观岁月长

梁实秋 著

长江出版社
CHANGJIANGPRESS

天河世纪·名家典藏

目录 Contents

第一辑　万物美好，未来可期

第二辑　万家灯火，一盏归处

第三辑　生活滋味，慢慢品味

第四辑 人间烟火味，最抚凡人心

第五辑　闲情雅致，快意人生

代序：走得再远，总有一条回家路

梁实秋长女梁文茜

我讲的虽然是梁家的一些家庭琐事，但也反映一个时代的过程。很多人就说你们家的这些悲欢离合，风风雨雨，反映的就是中国五十年的时代变迁，有很多知识分子都大同小异，有类似的遭遇。

梁家家事

梁实秋故居在北京东城内务部街 20 号，现在门牌是 39 号、40 号、41 号。我曾祖父是满族，在清朝是四品官儿，八旗，生下来就有皇粮。四品官儿也不算小，收入比较多，此外还在北京和南方经商，他就买了内务部街这套房子。这处故居起码有二百年以上的历史。

我曾祖父叫梁之山，他不能生育，后来就抱了一个孩子，我爷爷实际上是一个汉族，好像是从沙河那儿一个农民家里抱来的，刚出生就抱我们家了，我爷爷的亲生父亲、母亲不是满族，是汉人。

我爷爷和我奶奶一共生了十三个孩子，除一个夭折外，其他都长大了，六个男的，六个女的，我父亲排行第二，那时候叫梁治华。我大爷去世早，死于肺病，他儿子也死了。在清朝的时候都讲究妇女殉节，如果丈夫和儿子都死了，女子就要殉节。我大妈殉节以后，慈禧太后知道了认为这是贞节烈女，所以就赐了一个牌坊"贞烈可封"，大石头牌坊，树立在双榆树。当时那个地方有个双榆树村，给了十三亩地立了一个祠堂，表彰这些在丈夫还没出殡时自杀，跟丈夫一起出殡的贞节烈女。后来那个地方拆迁了，变成双榆树商场。

我母亲的娘家在安徽会馆附近。他们是一个大家庭，小叔子、姑姑、婆婆都在一起住。后来我妈妈为什么没上大学，因为经济比较困难，她父亲死了，我外婆是一个小脚妇女，连文化都没有，也不能挣钱。所以后来我妈妈很早就上香山慈幼院那儿工作了，而后学习画画。她跟我姑姑是同学，这样介绍就和我父亲认识了。后来他们在四宜轩约好，我爸爸上美国留学，我妈妈等他三年。我爸爸本来应该念四年回来，可是三年就回来了，因为说好了三年，不回来怕我妈妈跟别人结婚。那时候妇女只要家庭一给说好了，包办了，你愿意也得愿意，不愿意也得愿意。所以他三年以后就回来了，回来以后就跟我妈结婚。

我妈妈做饭，他在小屋里翻译莎士比亚的作品，我妈妈就给他做点小吃送去。他喜欢吃虾，有点糖味的烤虾，我妈妈给他做好一小盘，给他送屋去，他也不出来，在屋里拿手捏着就吃了。我妈妈也不是学做饭的，但是她自己可以钻研，所以她做饭我们大家都爱吃。我们吃打卤面，我妈做得特别好。我妈包的饺子，我也觉得特别好吃。我父亲经常在外面吃饭，有时候回来告诉我妈今天吃了什么好吃，我妈就模仿给他做。反正他的衣食住行离不开我妈。关于他跟我妈的历史，有一本书叫《槐园梦忆》，他写得很动情，就是一辈子跟我妈在一起生活的琐事。我妈去世了以后，他简直觉得痛不欲生了。现在我妈埋在美国了，为什么叫《槐园梦忆》，我妈埋的美国墓地叫“槐园”，我妹妹把我父亲的那些纸笔也和我妈埋在一块儿。

一生翻译莎士比亚作品

我父亲一生所从事的，如果说最多的话就是教育。他从二十几岁就当大学教授，一直到六十五岁退休，别的都是副业，写作都是副业，正经的职业就是教书，他说“我是个教书匠”。他的学生真的是桃李满天下，到处都是他的学生。因为他教了一辈子书，他写的那些教科书的讲稿现在都在台湾，大学的、中学的、小学的都有。

如果说他业余的就是写作了。他一生比较大的事业就是翻译莎士比亚的作品。怎么开始翻译的呢？因为他在学校教西洋文学，当然莎士比亚在西洋文学里是有代表性的，他讲课就讲这些东西。

当时胡适当校长，胡适就委托我父亲、闻一多等四个人翻译莎士比亚，可是后来，因为这个部头太大了，莎士比亚有四十个剧本还有《十四行诗》，如果说都翻译，这个工作量不用毕生的精力都是翻译不完的，而且莎士比亚的文字有很多都是一些古英语，很难翻，不是有很深英语造诣的就很难理解，不能把它的原意翻出来。另外还要中文文字上的秀美，要有这个修养，没有这个也弄不了，所以那三个人就干别的去了，不干这个事儿了，结果这个任务就都放在我父亲一个人身上了。他接了这个以后，就决定这辈子一定要把这个事情完成。所以，从那时候开始，他就翻译莎士比亚，一直翻译了好几十年。到他七十岁的时候，在台湾开了一个盛大的庆祝会，庆祝完成了莎士比亚全部作品的翻译。但是这个中间是历经了很多风风雨雨的。二十岁开始翻，翻到七十岁，一年翻一本的话，不能间断，而且要找很多参考资料。我记得他那个牛津大字典都特别厚，都是从英国买来的，英国书店跟他长期都有联系，有什么新书和参考书都给他送；他一看目录要什么书，英国剑桥大学、牛津大学都给他送书，这样他就整天在书房里。除了教书、翻莎士比亚以外，那时候他还编一些杂志什么的，整天就蹲在书房里。他为什么感激我妈妈，他家事不管的，都是我妈妈管，他成天就在那里面，就是书呆子。家务事、带孩子都是我妈妈管。他说，没有我妈妈的话，翻译《莎士比亚全集》都完不成。他有痔疮，痔疮有时候流血他也不知道，他就一直写，后来我妈发现他椅子上有一大摊血。当他专心致志写作的时候，一切疼痛、其他的事情全忘了。后来我妈妈又给做了一个大棉垫，他就坐在上面工作。

另外他编了一套字典——《远东英汉大辞典》，属于工具书，收录了八万多条字汇，当时中国字典只有三万多条字汇，这个他是用了三年的时间，发动了两百多人，全世界各图书馆都跑遍了，收集资料，编了一套英汉词典，然后分类出版，有医学的、科学的、历史的、文化的等等，一共三十多个版本。当初联合国用的英文词典就是他主编的这本词典，我原来也不知道。为了去美国探亲，我到美国领事馆办签证。办事员问我："你是梁实秋的女儿？梁实秋是我老师。"我说："怎么会是你的老师呢？"他就从他抽屉里拿出一个黄本的英汉词典，他说："我天天都在看他的词典，所以他是我的老师。我给你办移民到美国去吧。"我说："不行，我在中国当律师，我这儿有工作，我去探亲一个礼拜就要回来的。"他说："那好。"赶快就给我办了手续。另外，他还翻译了十多种其他英语文学名著，比如现在热销的《随想录》就是其中之一。

兴趣爱好广泛

除了翻译之外，住在重庆北碚的雅舍期间，他写作了大量随笔散文，后来结集为《雅舍小品》《雅舍散文》等，出了三十多个版本，被译成多国文字，风靡全世界。

当然他也有一些嗜好了，那会儿在北京他喜欢放风筝。好像老北京人都爱放风筝，我父亲放风筝可是挺讲究的。那时候我们家放风筝，各种大沙燕，有瘦长的叫瘦沙燕，一般的叫普通沙燕，黑色的叫黑锅底，还有龙顶鱼，那个眼睛能翻的，还有孙悟空。我们风筝上面都带着那个小鼓，还有上面带琴，一拉风一兜，琴就响，放上去以后就跟有乐器的声音似的。我们使用的线都不是普通的棉线，那个线不结实，放远了就会断了，使用的都是老弦，就跟拉胡琴的弦一样，特别的结实。有一个放风筝的线车，拿手一拨就转。那个轴都是硬木的轴。放远了以后，要是风平浪静的时候，把它拴在我们前院的柱子上一夜，第二天早上还在上头。可是这里面有时候也会有麻烦，因为好多人家都放，天上风筝多了，会打架的，有时候线缠在一起了，一看线缠在一起赶快往回倒，你不往回倒，人家把风筝拉人家去了。我父亲喜欢玩儿这些东西。

平常他爱上琉璃厂、荣宝斋、海王村这些地方逛书摊，人家那儿老板都认得他。每到逢年过节的时候，逛厂甸。在北京过年好像都习惯去逛厂甸，就是一种庙会的性质，在新华街上搭上棚。很多摊贩都集中到那儿去，吃的东西、用的东西，甚至金银珠宝翡翠，现在都差很多了，那会儿卖羊头肉、奶酪、炸糕，反正都是北京的这些东西。我小时候特别喜欢上厂甸，又吃又喝，又买玩意儿。他带着我们去，那会儿厂甸，喝豆汁，吃灌肠、驴打滚、艾窝窝，大糖葫芦特别长，有好几尺长。他喜欢玩儿什么呢？爱抖空竹。有的是两头都有圆的，中间像个葫芦似的。还有一种是单头的，这边有圆的，那边没有，这样的不好抖。大空竹、小空竹，家里有很多。他认为抖空竹是一种运动，一到厂甸就买空竹。

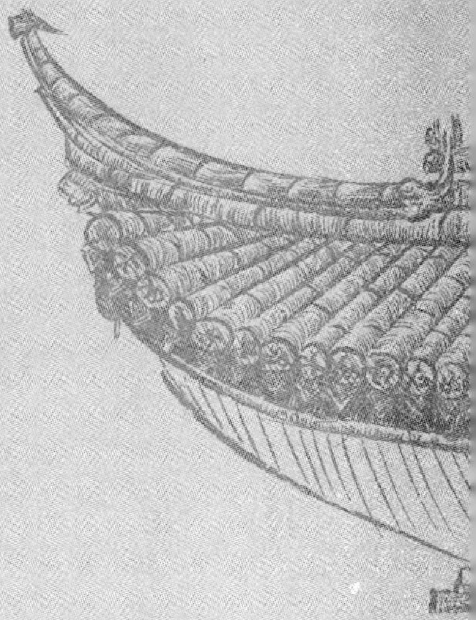

第一辑

万物美好，未来可期

过 年

我小时候并不特别喜欢过年，除夕要守岁，不过十二点不能睡觉，这对于一个习于早睡的孩子是一种煎熬。前庭后院挂满了灯笼，又是宫灯，又是纱灯，烛光辉煌，地上铺了芝麻秸儿，踩上去咯吱咯吱响，这一切当然有趣，可是寒风凛冽，吹得小脸儿通红，也就很不舒服。炕桌上呼卢喝雉，没有孩子的份。压岁钱不是白拿，要叩头如捣蒜。大厅上供着祖先的影像，长辈指点曰："这是你的曾祖父、曾祖母、高祖父、高祖母……"虽然都是岸然道貌、微露慈祥，我尚不能领略慎终追远的意义。"姑娘爱花，小子要炮……"我却怕那大麻雷子、二踢脚子。别人放鞭炮，我躲在屋里捂着耳朵。每人分一包杂拌儿，哼，看那桃脯、蜜枣沾上的一层灰尘，怎好往嘴里送？年夜饭照例是特别丰盛的。大年初几不动刀，大家歇工，所以年菜事实上即是大锅菜。大锅的炖肉，加上粉丝是一味，加上蘑菇又是一味；大锅的炖鸡，加上冬笋是一味，加上番薯又是一味，都放在特大号的锅、罐子、盆子里，此后随取随吃，大概历十余日不得罄，事实上是天天打扫剩菜。满缸的馒头，满缸的腌白菜，满缸的咸疙瘩，不知道什么时候才可以见底。芥末堆儿、素面筋、十香菜比较受欢迎。除夕夜，一交子时，煮饽饽端上来了。我困得低枝倒挂，哪有胃口去吃？胡乱吃两个，倒头便睡，不知东方之既白。

初一特别起得早，梳小辫儿，换新衣裳，大棉袄加上一件新蓝布罩袍、黑马褂、灰鼠绒绿鼻脸儿的靴子。见人就得请安，口说："新喜。"日上三竿，骡子轿车已经套好，跟班地捧着拜匣，奉命到几家最亲近的人家拜年去也。如果运气好，人家"挡驾"，最好不过，递进一张帖子，掉头就走。否则一声"请"，便得升堂入室，至少要朝上磕三个头，才算礼成。这个差事我当过好几次，从心坎儿觉得窝囊。

民国前一两年，我的祖父母相继去世，由我父亲领导在家庭生活方式上做维新运动，革除了许多旧习，包括过年的仪式在内。我不再奉派出去挨门磕头拜年。我从此不再是磕头虫儿。过年不再做年菜，而向致美斋定做八道大菜及若干小菜，分装四个圆笼，除日挑到家中，自己家里也购备一些新鲜菜蔬以为辅佐。一连若干天顿顿吃煮饽饽的怪事，也不再在我家出现。我父亲说："我愿在哪一天过年就在哪一天过年，何必跟着大家起哄？"逛厂甸，我们是一定要去的，不是为了喝豆汁儿、吃煮豌豆，或是那大糖葫芦，是为了要到海王村和火神庙去买旧书。白云观我们也去过一次，一路上吃尘土，庙里面人挤人，哪里有神仙可会，我再也不做第二次想。过年时，我最难忘的娱乐之一是放风筝，风和日丽的时候，独自在院子里挑起一根长竹竿，一手扶竿，一手持线桄子，看着风筝冉冉上升，御风而起，霎时遇到罡风，稳稳地停在半空，这时候虽然冻得涕泗横流，而我心滋乐。

民国元年初，大总统袁世凯嗾使曹锟驻禄米仓部队兵变，大掠平津，那一天正是阴历正月十二，给万民欢腾的新年假期做了一个悲惨而荒谬的结束，从此每个新年我心里就有一个驱不散的阴影。大家都说恭贺新禧，我不知喜从何来。

好容易过了端午节

好容易过了端午节！我昨天一天以内，因为受了精神上的压迫，头部和背部流出来的汗，聚在一起，恐怕要在一加仑以上。为什么要在端午节那天出这些汗呢？这就一言难尽了，容我分作许多言来说罢。

过端午节，吃粽子，喝雄黄酒，悬菖蒲，这些事都很足以令人乐观,做起来也无须出汗。但是除此以外,还有一件极重大的事,先生小姐们，这件事在你们也许不大理会，但是在我就是一件性命交关的事，这件事便是还账！柴、米，两项大宗的账，不能不还的。但是店铺也真太不原谅人，还账只准用钱还，而我所缺乏的只是钱。

一清早，叩门声甚急。我战战兢兢地开了门，只见一位着短衣的人，手里拿着一张纸条，问我:“这里是姓王吗？”我登时面无人色，吞吞吐吐地从喉咙深处哼出一声:“是的！”我伸手把纸条接过来，心里想着也不必看了，一定是来要钱的。我懒洋洋地走上楼，像是小孩子上学似的，一步一步地挨着走，心里真有一点悲哀。前天到当铺里当得五块钱，这一笔账还可以付，第二笔便无法付了。我把钱拿在手里，低头一看账单，咦！哪里是一张账单，上面分明写着："王兄：兹送上枇杷一筐，诸希哂纳是幸。弟李思缘拜。"原来李先生送节礼来了。我笑了。

"喂，你把那筐枇杷拿进来吧……这是给你的酒力钱……回去谢谢李先生啊！……"

那个人笑嘻嘻的，我也笑嘻嘻的。那个人看了我一眼，我可是没有敢望他。他走了。我也上了楼，把那五块宝贝钱重新收起，把一颗枇杷塞进口内。

嗒！嗒！嗒！又有人叫门了。我自己明白，这一回恐怕逃不过去。我怕吓破了胆子，力求我的太太下楼去开门，她倒胆大，把门开了，只见挤进了半个戴绿帽穿绿衣的人。因为我的太太只开了半尺来宽的门缝，所以只挤进了半个人，还有半个在门外。"你有什么事？"

那半个人说："我来拜节。"

一角钱从我的太太的衣袋里走了出去，那半个人从大门缝退了出去。

平平安安地又过了半点钟。忽的又有人叫门了！大门开处，只见又有半个戴绿帽穿绿衣的人挤了进来。他说他也是来拜节的。我心里猜想，一定是方才没有挤进来的那半个人。经我严肃质问之后，才知道他是送快信的，与方才来的那半个人不是一回事。于是乎我又付了一角钱的拜节账。

我的太太曰：“讨账的虽尚未来，而拜节的则纷至不已，呜呼，此地岂可久居？”

我曰：“然则走乎？”

我们走了。走到一个顶远的地方，走出了许多的时候，天黑了，我们回来，娘姨表示热烈的欢迎，她说：“啊哟哟！柴店和米店的伙计自从你们走后就来了，守候了一天，饿不过才走的……”

我就这样战胜了端午节。

我的暑假是怎样过的

儿时英文作文教师喜欢出的作文题目之一，便是“我的暑假是怎样过的”。记得当时抓耳挠腮，搜索枯肠，窘困万状，但仍不能不凑出几百字塞责交卷。小孩子的暑假还有什么新鲜的过法？总不外吃喝玩乐。要撰文记述，自不免觉得枯涩乏味。现在我年近五十，仍操粉笔生涯，躬逢抗战胜利，又遇戡乱建国，今年暑假是怎样过去的，颇觉得有一点迷迷糊糊。眼看着就要开学，于是自动地给自己出下这样一个题目，择记几件小事，都平凡琐屑无比，并不惊人，总算给我的暑假做一结束。

暑假伊始，我本来是立有大志的，其规模虽然比不上什么三年计划五年计划之类，却也条举目张，要克期计功。现在加以清算，我的暑假作业怕是不能及格了。

推其原因，当然照例是“环境不良，心绪恶劣”八个字。其实环境也不算太不良，虽然每天清晨飞机一群擦着房檐过去，有时郊外隐闻炮声，还有时要在街头打死几个学生颁布戒严令，但是究竟从来没有炮弹碎片落在自己头上，这环境也可以算得是很安谧了。心绪确是近于恶劣，但也是自找，既无疾病缠绵，亦无断炊情事，如果稍微相信一点唯物论，大可以思想前进，绝无苦闷。可惜的是，自己隐隐然还有一颗心，外界的波澜不能不掀动内心的荡漾，极小的一件事也可以使人终日寡欢，所以工作成绩也就微小得不值一提了。

一放暑假，一群孩子背着铺盖卷回家，这是一厄！一家团聚，应该是一种享受天伦之乐的机会，但是凭空忽来壮丁就食，家庭收支立刻发现赤字，难以弥补。而赡养义务又是义不容辞的。这是颇费周章的一件事。可恨的是，孩子们既无杨朱的技能，又无颜回的操守，粗茶淡饭之后，一个个地唉声叹气，嚷着“嘴里要淡出鸟儿来”！在我这一方面，生活也大受干扰，好像是有一群流亡学生侵入住宅，吃起东西来像一队蝗虫，谈天说笑像是一塘青蛙，出出进进，熙熙攘攘，清早起来马桶永远有人占着座儿，衣服袜子书籍纸笔狼藉满屋好像是才遭洗劫，一张报纸揉得稀烂，彼此之间有时还要制造摩擦。饶这样，还不敢盼着暑假早日结束，暑假一终止，另一灾难到来，学杂膳宿，共二十七袋面！

还有一桩年年暑期里逃不脱的罪过。学校要招生。招生要监考，监考也不要紧，顶多是考生打翻墨水壶的时候你站远点，免得溅一腿，考生问“抄题不抄题”的时候使你恶心一下。考完要看卷子，看卷子也不要紧，捏着鼻子看，总有看完的一天，离奇的答案有时使人笑得肚子疼，离奇的试题有时使人不好意思笑出声来，都还有趣。最伤脑筋的是，招生之际总有几位亲友手提着两罐茶叶一篮水果登门拜访，扭扭捏捏地说孩子要考您那个大学您那个系，求您多多关照。好像那个学房铺是我开的似的！如果我开诚布公地对他说，我实在心有余而力不足，题目不是一个人出，卷子不是一个人看，其间还有密封暗码，最后还要开会公决，要想舞一点弊是几乎不可能的，这套话算是白说，他死也不信。“大家都是中国人，打什么官腔？”“你这是推托，干脆说不管好了，不够朋友！”“帮人一步忙，就怕树叶儿打了脑袋？”再说就更不好听了，“谁没有儿女？谁也保不住不求人。这点小事都不肯为力，‘房顶开门，六亲不认’！”如果我答应下来，榜发之时十九是名落孙山，没脸见人。这样的苦头我年年都要吃，一年一度，牢不可破，能推地推了，不能推的昧着良心答应下来，反正结果是得罪人。今年得高人指点，应付较为得宜。接受请托之际，还他一个模棱答案：“您老的事我还能不尽力！您真是太见外了。不过有一句话得说在前头。令郎的成绩若是差个一星半点的，十分八分的，兄弟有个小面子，这事算包在我身上了，准保能给取上，不过，若是差得太多，公事上可交代不下去，莫怪我力不从心。”对方听了觉得入情入理，一定满意。之后，对方还照例要来一封八行书，几回电话，一再叮咛，这都不慌。等到快发榜的前夕，可要把握时机，少不得要到学校里钻营一番，如果确知考取了，赶快在榜发之前至少十分钟打一电话给他老人家：“恭喜！令郎的成绩好，倒不是小弟的力量……”他一定认为是你的力量。他相信人情，面子。如果没有考取，不怕，也在发榜之前十分钟打一电话，虽然是噩耗，而能在发榜之前就得到消息，这人情是托到家了。事后再赶快抄一张他这位世兄的成绩表，“英文零分，数学两分，国文十五分……实在没有办法，抱歉之至！”这办法不得罪人。

还有更难应付的问题，一到暑假，正是“毕业即失业”的季候，年轻小伙子总觉得教书的先生也许有点办法，于是前来登门拜谒，请求介绍职业。其实教书的先生正是因为在人事上毫无办法，所以才来教书，否则早就学优而仕了。所以每有学生一手持履历片，一手拿点什么小小的礼物之类，我一见便伤心不只从一处来，一面痛恨自己的不中用，一面惋惜来者之找错了人。

长夏无俚，难道没有一点赏心乐事？当然也有。晚饭后，瓜棚豆架，泡上一大壶酽茶，一家人分据几把破藤椅，乘凉闲话，直聊到星稀斗横风轻露重，然后贸贸然踱到屋里倒头便睡——这是一天里最快活的一段时间。白天就没有这样清闲，多少鸡毛蒜皮的琐碎事，多少语言无味面目可憎的人，把你的时间切得寸断，把你的心戳成马蜂窝！你休想安心，休想放心，休想专心，更休想开心！

有人主张暑假里到一个风景优美的地方去避暑，什么北戴河、青岛，都是好地方，至不济到郊外山上租几间屋子，也可暂避尘嚣。这种主张当然是非常正确，谁也不预备反驳。北戴河、青岛如今都不景气，而且离前线也太近，殊非养生之道，远不及莫干山、庐山。我今年避暑的所在，和几十年来的一样，是在红尘万丈火伞高张的城里，风景差一点，可是也并未中暑。

我的暑假就这样过去了，好歹把孩子们打发上学了，明年的暑假能不能这样平安度过，谁知道？

又逢癸亥

我是清华癸亥级毕业的。现在又逢癸亥，六十年一甲子，一晃儿！我们以为六十周年很难得，其实五十九周年也很难得，六十一周年更难得。不过一甲子是个整数罢了。

我在清华，一住就是八年，从十四岁到二十二岁，回忆起来当然也有一些琐碎的事可说。我在清华不是好学生，功课平平，好多同学都比我强，不过到时候我也毕业了，没有留级过。品行嘛，从来没有得过墨盒（只有品学俱佳热心服务或是奉命打小报告的才有得墨盒的资格），可是也没有被记过或进过“思过室”（中等科斋务室隔壁的一间禁闭室）。

级有级长，每年推选一人担任。我只记得第一任级长是周念诚（江苏籍），他是好人，忠厚诚恳，可惜一年未满就病死了。最后一位是谢奋程（广东人），为人精明，抗战期间在香港做寓公，被日军惨杀。

每一个中等科新生，由学校指定高等科四年级生做指导员，每周会晤一两次，用意甚善。指导我的是沈隽祺。事实上和我往还较多的是陈烈勋、张道宏。我是从小没离开过家的人，乍到清华我很痛苦，觉得人生最苦恼事第一件是断奶，而上学住校读书等于是第二次断奶。过了好几年我才习惯新的环境。但是八年来每个星期六我必进城回家过一个温暖的周末。那时候回一趟家不简单，坐人力车经海淀到西直门要一个多小时，换车进城到家又是半个多小时。有时候骑驴经成府大钟寺而抵西直门车站，很少时候是走到清华园车站坐火车到西直门。在家里停留二十四小时，便需在古道夕阳中返回清华园了。清华园是我第二个家。

八年之中我学到了些什么？英文方面，做到粗通的地步，到美国去读书没有太大的隔阂。教过我英文的有林语堂、孟宪成、马国骥、巢堃琳诸先生，还有几位美国先生。国文方面，在中等科受到徐镜澄先生（我们背后叫他徐老虎，因为他凶）的教诲，在作文方面才懂得什么叫作“割爱”，作文须要少说废话，文字要简练，句法要挺拔，篇章要完整。五四以后，白话文大行，和闻一多几位同好互相切磋，走上了学习新文学的路子。由于积极参加《清华周刊》的编务，初步学会了撰稿、访问、编排、出版一套技巧。

五四的学生运动，清华轰轰烈烈地参加了。记得我们的学生领袖是陈长桐。他是天生的领导人才，有令人钦服的气质。我非常景仰他。他最近才去世，大概接近九十高龄了。陈长桐毕业之后继续领导学生自治会的是罗隆基。学生会的活动引发好几次风潮。不一定是学生好乱成性，学校方面处理的方法也欠技巧。有一晚全体学生在高等科食堂讨论罢课问题，突然电灯被熄灭了，这不能阻止学生继续开会，学生点起了无数支蜡烛，正群情激愤中,突然间有小锣会(海淀民间自卫组织)数人打着灯笼前来镇压，据说是应校方报案邀请而来，于是群情大哗，罢课、游行、驱逐校长，遂一发而不可收。数年之间，三赶校长。本来校长周寄梅先生，有校长的风范，亟孚人望，假使他仍在校，情势绝不至此。

清华夙重体育。上午有十五分钟柔软操，下午四至五点强迫运动一小时，这个制度后来取消了。清华和外面几个大学常有球类比赛，清华的胜算大，每次重要比赛获胜，举校若狂，放假一天。我的体育成绩可太差了,毕业时的体育考试包括游泳、一百码、四百码、铅球等项目。体育老师马约翰先生对我直摇头。游泳一项只有我和赵敏恒二人不及格，留校二周补考，最后在游泳池中连划带爬总算游过去了，喝了不少水！不过在八年之中我也踢破了两双球鞋，打断了两只球拍，棒球方面是我们河北省一批同学最擅长的，因此我后来右手拾起一块石子可以投得相当远，相当准。我八年没有生过什么病，只有一回感染了腮腺炎住进了校医室。起码的健康基础是在清华打下的，维持至今。

清华对学生的操行纪律是严格的。偷取一本字典，或是一匹夏布，是要开除的。打架也不行。有一位同学把另一位同学打伤，揪下了一大撮头发，当然是开除处分，这位被开除的同学不服气，跑到海淀喝了一瓶莲花白，回来闯进大家正在用午膳的饭厅，把斋务主任（外号李胡子）一拳打在地下，结果是由校警把他抓住送出校去。这一闹剧，我至今不能忘。

我们喜欢演戏，年终同乐会，每级各演一短剧比赛。像洪深、罗发组、陆梅僧，都是好手。癸亥级毕业时还演过三幕话剧，我和吴文藻扮演女角，谁能相信？

癸亥级友在台北的最多时有十五人，常轮流做东宴集，曾几何时，一个个的凋零了！现只剩辛文锜（卧病中）和我二人而已。不在台北的，有孙立人在台中，吴卓在美国。现在又逢癸亥，欲重聚话旧而不可得，何况举目有山河之异，“水木清华”只在想象中耳！

动物园

我爱逛动物园。从前北平西直门外有个三贝子花园，后来改建为万牲园，再后来为农业试验所。我小时候正赶上万牲园全盛时代。每逢春秋佳日父母辄带着我们几个孩子去逛一次。

万牲园门口站着两个巨人，职司剪票。他们究竟有多高，已不记得，不过从稚小的孩子眼里看来，仰而视之，高不可攀，低头看他的脚大得吓人！两个巨人一胖一瘦，都神情木然，好像是陷入了“小人国”，无可奈何地站在那里。万牲园的主事者找到这两个巨无霸把头关，也许是把他们当作珍禽异兽一般看待，供人观赏。至少我每次逛万牲园，最兴奋的第一桩事就是看那两位巨人。可惜没有三五年二人都先后谢世，后起无人，万牲园为之大为减色。

走进大门，有二入口，左为植物园，右为动物园。二园之间有路可通，游人先入动物园，然后循线入植物园，然后出口。中间还有一条沟渠一般的小河，可以行船，游人纳费登舟，可略享水上漂浮之趣。登船处有一小亭，额曰“松风水月”，未免小题大做。有河就不能没有桥，在畅观楼前面就起了一座相当高大的拱桥，俗所谓罗锅桥。桥本身不错，放在那里却有一些不伦不类。

植物园其实只是一个苗圃，既无古木参天，亦无丘陵起伏，一片平地，黄土成陇而已。但是也有两个建筑物。一个是畅观楼，据说是慈禧太后去颐和园时途经此地，特建此桥为息足之处。楼两层，洋式，内贮历朝西洋各国进贡的自鸣钟，满坑满谷，大大小小，形形色色，足有数百余具。当时海运初开，平民家中大抵都有自鸣钟，但是谁也没见过这样的场面，到此大开眼界。为什么这样多的自鸣钟集中陈列在此，我不知道。除了自鸣钟之外，还有两个不寻常的穿衣镜，一凹一凸，走近一照，不是把你造成面如削瓜，便是把你造成柿饼脸，所以这两个镜子号称“一见哈哈笑”。孩子们无不嬉笑称奇。

另一建筑是豳风堂。是几间平房，但是堂庑宽敞，有棚可遮阳，茶座散落于其间。游客到此可以啜茗休息。堂名取得好，诗经豳风七月之篇，描述陇亩之间农家生活的况味。

植物园的风光不过如此，平凡无奇，但是，久居城市的人难得一嗅黄土泥的味道，难得一见果树成林的景象，到此顿觉精神一振。至于青年男女在这比较冷僻的地方携手同行，喁喁私语，当然更觉得这是一个好去处了。

万牲园究竟是以动物园为主。这里的动物不多，可是披头散发的雄狮、斑斓吊睛的猛虎、笨拙庞大的犀牛、遍体条纹的斑马、浑身白斑的梅花鹿、甩着长鼻子龅着大牙的象、昂首阔步有翅而不能飞的鸵鸟、略具人形的狒狒、成群的抓耳挠腮的猕猴、蜿蜒腹行的巨蟒、借刺防身的豪猪、时而摇头晃脑时而挺直人立的大黑狗熊，此外如大鹦鹉小金丝雀之类，也差不多应有尽有了。我难以忘怀的是在池塘柳荫之下并头而卧交颈而眠的那一对色彩鲜艳的鸳鸯，美极了。

动物关在笼里，一定很苦，就拿那黑熊来说，偌大的身躯长年地关在那方丈小笼之内，直如无期徒刑。虽然动物学家说，动物在心理上并不一定觉得它是被关在笼子里，而是人被关在笼子外，人不会来害它，它有安全感。我看也不一定安全，常有自恃为万物之灵的人，变着方法欺侮栅里的兽，例如把一根点燃了的纸烟递到象鼻的尖端，烫它一下。更有人拿石头掷击猴子，好像是到动物园来打猎似的！过不了多少年，园里的动物一个个地进了标本室，犹如人进了祠堂一般。是否都是“考终命”，谁知道？

动物一个个的老成凋谢，那些兽栅渐渐十室九空。显然动物园已难以维持下去。我记得我最后一次去是在我二十岁左右的时候，偕友进得大门干脆左转，照直踱入植物园，在苗圃里徜徉半天，那萧索败落的动物园我不忍再去一顾。童时向往的万牲园，盛况已成陈迹了。

自从我离开北平，数十年仆仆南北，尚未看到过一个像样的动物园。我们中国人对于此道好像不甚考究。据司马相如的《上林赋》，汉武帝增扩的上林苑周衺三百里，其中包括了一个专供天子畋猎的动物园，可以“生貔豹，搏豺狼，手熊罴，足壄羊，蒙鹖苏，绔白虎，被斑文……”真是说得天花乱坠，恐怕只是文人词客的彩笔夸张，未必属实。我看见过的现代民间豢养的动物，无非是在某些公园中偶然一见的一两只虎，市尘游戏场中之耍猴子耍狗熊的等等而已。直到我来到台湾，才得在台北圆山再度亲近一个动物园。

圆山动物园规模不算大，但是日本人经营的作风相当巧妙。岛国的人最擅长的是在咫尺之间造出那样多的曲折迂回。圆山动物园应是典型的东洋庭园艺术的一例。小小的一个山丘，竟有如许丘壑。最高处路旁有一茶肆，有高屋建瓴之势，凭窗远眺，于阡陌梯田之中常见小火车一列冒着蒸气蜿蜒而过。夕阳反照，情景相当幽绝。彼时我寓中山北路，得便常去一游。好多次看见成群的村姑结伴而行，一个个的手举着高跟鞋跣足登陟山坡，蔚为一景（如今皮鞋穿惯，不复见此奇景矣）。

有一次游园，正值园工手持活鸡伺蛇。游人蠡聚争睹此一奇观。我亦不禁心动，攘臂而前，挤入人丛，但人墙无由冲破，乃知难而退。退出后始发觉西装袋上所持之自来水笔已被人扒去。对我而言，当时失掉一支笔，损失很重。笑话中“人多处不可去”之阃训，不无道理。因此我想，我来动物园是来看动物，不是来看人。要看人，大街小巷万头攒动，何必到这里来凑热闹？从此动物园就少去。后来旁边又拓开了儿童乐园，我更加明白这不是属于我的去处。但是我对于那些动物还是很关心的。听说有些游客捉弄动物、虐待动物，我就非常愤懑，听说园中限于经费，有时虎豹之类不能吃饱，我也难过，因为我们把兽关进园内，它们就是我们的客，待客有待客之道，就如同我们家里养猫养狗，能让它们饔飧不继吗？

圆山动物园就要迁移新址，动物将有宽敞的自然的生活空间，我有五愿：

一愿它们顺利乔迁，
二愿它们此后快乐，
三愿园主园丁善待它们，
四愿游客不要虐待它们，
五愿大家不要污染环境。

我觉得动物园之迁移新地，近似整批囚犯的假释，又像是一次大规模的放生。

好多年前，记得好像是《新月》杂志第四期，载有一篇《动物园中的人》，是英国小说家 David Garnett 作，徐志摩译。小说的大意是叙述一个人自愿进入动物园，住进一个铁栏，作为动物的一类，任人参观。他被接受了，栏上挂着一个牌子“Homo Sapiens（灵长类）人”。下面注一行小字：“请游客不要惹恼他”。这只是小说的开端，志摩没有继续译下去。我劝他译完全篇，他口头答应但是没有做。虽是残篇译本，我们可以看出这部小说的构想不错。我至今忘不了这个残篇，就是因为我一直在想，想了几十年，想人类在动物界里究占什么样的地位。是万物之灵，灵在哪里？是动物中兽的一类，尚保有多少兽性？人性是什么？假如要我为那《动物园中的人》写一篇较详细的说明书，我将如何写法？这一连串的问题我一直在想，但是参不透。

散步

《琅嬛记》云:“古之老人,饭后必散步。”好像是散步限于饭后,仅是老人行之,而且盛于古时。现代的我,年纪不大,清晨起来盥洗完毕便提起手杖出门去散步。这好像是不合古法,但我已行之有年,而且同好甚多,不止我一人。

清晨走到空旷处,看东方既白,远山如黛,空气里没有太多的尘埃炊烟混杂在内,可以放心地尽量地深呼吸,这便是一天中难得的享受。据估计,“目前一般都市的空气中,灰尘和烟煤的每周产生量,平均每平方公里约为五吨,在人烟稠密或工厂林立的地区,有的竟达二十吨之多”。养鱼的都知道要经常为鱼换水,关在城市里的人真是如在火宅,难道还不在每天清早从软暖习气中挣脱出来,服几口“清凉散”?

散步的去处不一定要是山明水秀之区,如果风景宜人,固然觉得心旷神怡,就是荒村陋巷,也自有它的情趣。一切只要随缘。

我从前沿着淡水河边，走到萤桥，现在顺着一条马路，走到土桥，天天如是，仍然觉得目不暇接。朝露未干时，有蚯蚓、大蜗牛在路边蠕动，没有人伤害它们，在这时候这些小小的生物可以和我们和平共处。也常见有被碾毙的田鸡、野鼠横尸路上，令人触目惊心，想到生死无常。河边蹲踞着三三两两浣衣女，态度并不轻闲，她们的背上兜着垂头瞌睡的小孩子。田畦间伫立着几个庄稼汉，大概是刚拔完萝卜摘过菜。是农家苦还是农家乐，不大好说。就是从巷弄里面穿行，无意中听到人家里的喁喁絮语，有时也能令人忍俊不禁。

六朝人喜欢服五石散，服下去之后五内如焚，浑身发热，必须散步以资宣泄。到唐朝时犹有这种风气。元稹诗“行药步墙阴”，陆龟蒙诗“更拟结茅临水次，偶因行药到村前”，所谓“行药”，就是服药后的散步。这种散步，我想是不舒服的。肚里面有丹砂、雄黄、白矾之类的东西作怪，必须脚步加快，步出一身大汗，方得畅快。我所谓的散步不这样的紧张，遇到天寒风大，可以缩颈急行，否则亦不妨迈方步，缓缓而行。培根有言:“散步利胃。”我的胃口已经太好，不可再利，所以我从不跟跄地趱路。六朝人所谓“风神萧散，望之如神仙中人”，一定不是在行药时的写照。

散步时总得携带一根手杖，手里才觉得不闲得慌。山水画里的人物，凡是跋山涉水的总免不了要有一根邛杖，否则好像是摆不稳当似的。王维诗“策杖林西村日斜”，村东日出时也是一样的需要策杖。一杖在手，无须舞动，拖曳就可以了。我的一根手杖，因为在地面摩擦的关系，已较当初短了寸余。手杖有时亦可作为武器，聊备不时之需，因为在街上散步者不仅有人，还有狗。不是夹着尾巴的丧家之狗，也不是循循然汪汪叫的土生土长的狗，而是那种雄赳赳的横眉竖眼张口伸舌的巨獒，气咻咻地迎面而来，后面还跟着骑脚踏车的扈从。这时节我只得一面退避三舍，一面加力握紧我手里的竹杖。那狗脖子上挂着牌子，当然是纳过税的，还可能是系出名门，自然也有权利出来散步。还好，此外尚未遇见过别的什么猛兽。唐慈藏大师“独静行禅，不避虎兕”，我只有自惭定力不够。

散步不需要伴侣，东望西望没人管，快步慢步由你说，这不但是自由，而且只有在这种时候才特别容易领略到“前不见古人，后不见来者”那种“分段苦”的味道。天覆地载，孑然一身。事实上，街道上不是绝对的阒无一人，策杖而行的不只我一个，而且经常的有很熟的面孔准时准地的出现，还有三五成群的小姑娘，老远地就送来木屐声。天长日久，面孔都熟了，但是谁也不理谁。在外国的小都市，你清早出门，一路上打扫台阶的老太婆总要对你搭讪一两句话，要是在郊外山上，任何人都要彼此脱帽招呼。他们不嫌多事。我有时候发现，一个形容枯槁的老者忽然不见他在街道散步了，第二天也不见，第三天也不见，我真不敢猜想他是到哪里去了。

太阳一出山，把人影照得好长，这时候就该往回走。再晚一点，便要看到穿蓝条睡衣睡裤的女人们在街上或是河沟里倒垃圾，或者是捧出红泥小火炉路边呼呼地扇起来，弄得烟气腾腾。尤其是，风驰电掣的现代交通工具也要像是猛虎出柙一般地露面了，行人总以回避为宜。所以，散步一定要在清晨，白居易诗:“晚来天气好，散步中门前。”要知道白居易住的地方是伊阙，是香山，和我们住的地方不一样。

生　日

生日年年有，而且人人有，所以不稀罕。

谁也不会知道自己的生日是在哪一天。呱呱坠地之时，谁有闲情逸致去看日历？当时大概只是觉得空气凉，肚子饿，谁还管什么生辰八字？自己的出生年月日，都是后来听人说的。

其实生日，一生中只能有一次。因为生命只有一条之故。一条命只能生一回死一回。过三百六十五天只能算是活了一周岁。这年头，活一周年当然不是容易事，尤其是已经活了好几十周岁之后，自己的把握越来越小，感觉到地心吸力越来越大，不知哪一天就要结束在地面上的生活，所以要庆祝一下也是人情之常。古有上寿之礼，无庆生日之礼。因为生日本身无可庆。西人祝贺之词曰：“愿君多过几个快乐的生日。”亦无非是祝寿之意。寿在哪一天祝都是一样。

我们生到世上，全非自愿。佛书以生为十二因缘之一，“从现世善恶之业，从世还于六道四生中受生，是名为生”。糊里糊涂的，神差鬼使的，我们被捉弄到这尘世中来。来的时候，不曾征求我们的同意，将来走的时候，亦不会征求我们的同意。我们是从哪里来的，我们不知道，我们最后到哪里去，我们也不知道。我们所知道的就是这生、老、病、死的一个断片。然而这世界上究竟有的是良辰美景赏心乐事，否则为什么有人老是活不够，甚至要高呼“人生七十才开始”？

到了生日值得欢乐的只有一种人，那就是“万乘之主”。不需要颐指气使，自然有人来山呼万岁，自然有百官上表，自然有人来说什么“一人有庆，兆民赖之”，全不问那个“庆”字是怎么讲法。唐太宗谓长孙无忌曰：“某月日是朕生日，世俗皆为欢乐，在朕翻为感伤。”做了皇帝还懂得感伤，实在是很难得，具见人性未泯，不愧为明主，虽然我们不太清楚他感伤的是哪一宗。是否踌躇满志之时，顿生今昔之感？在历史上最后一个辉煌的千秋节该是清朝慈禧太后六十大庆在颐和园的那一番铺张，可怜“薄海欢腾”之中听到鼙鼓之声动地来了！

田舍翁过生日，唯一的节目是吃，真是实行“鸡猪鱼蒜，逢箸则吃，生老病死，时至则行”的主张，什么都是假的，唯独吃在肚里是便宜。读莲池大师戒杀文，开篇就说，“一曰生日不宜杀生。哀哀父母，生我劬劳，己身始诞之辰，乃父母垂亡之日也！是日也，正宜戒杀持斋，广行善事，庶使先亡考妣，早获超升，见在椿萱，增延福寿，何得顿忘母难，杀害生灵，上贻累于亲，下不利于己？”虽是蔼然仁者之言，但是不合时尚。祝贺生日的人很少吃下一块覆满蜡油的蛋糕而感到满意的，必须七荤八素地塞满肚皮然后才算礼成。过生日而想到父母，现代人很少有这样的联想力。

狗

我初到重庆，住在一间湫隘的小室里，窗外还三两棵硕的芭蕉，屋里益发显得阴森森的，每逢夜雨，凄惨欲绝。但凄凉中毕竟有些诗意，旅中得此，尚复何求？我所最感苦恼的乃是房门外的那一只狗。

我的房门外是一间穿堂，亦即房东一家老小用膳之地，餐桌底下永远卧着一条脑满肠肥的大狗。主人从来没有扫过地，每餐的残羹剩饭，骨屑稀粥，以及小儿便溺，全都在地上星罗棋布着，由那只大狗来舐得一干二净。如果有生人走近，狗便不免有所误会，以为是要和它争食，于是声色俱厉地猛扑过去。在这一家里，狗完全担负了“洒扫应对”的责任。

“君子有三畏”，畏犬其一也。我知道性命并无危险，但是每次出来进去总要经过它的防次，言语不通，思想亦异，每次都要引起摩擦，酿成冲突，日久之后真觉厌烦之至。其间曾经谋求种种对策，一度投以饵饼，期收绥靖之效，不料饵饼尚未啖完，乘我返身开锁之际，无警告地向我的腿部偷袭过来，又一度改取“进取乃最好之防御”的方法，转取主动，见头打头，见尾打尾，虽无挫衄，然积小胜终不能成大胜，且转战之余，血脉偾张，亦大失体统。因此外出即怵回家，回到房里又不敢多饮茶。不过使我最难堪的还不是狗，而是它的主人的态度。

狗从桌底下向我扑过来的时候，如果主人在场，我心里是存着一种奢望的，我觉得狗虽然也是高等动物，脊椎动物哺乳类，然而，究竟，至少在外形上，主人和我是属于较近似的一类，我希望他给我一些援助或同情。但是我错了，主客异势，亲疏有别，主人和狗站在同一立场。我并不是说主人也帮着狗狺狺然来对付我，他们尚不至于这样的合群。我是说主人对我并不解救，看着我的狼狈而哄然噱笑，泛起一种得意之色，面带着笑容对狗嗔骂几声:“小花！你昏了？连 × 先生你都不认识了！”骂的是狗，用的是让我所能听懂的语言。那弦外之音是:“我已尽了管束之责了，你如果被狗吃掉莫要怪我。”俗语说，“打狗看主人”，我觉得不看主人还好，看了主人我倒要狠狠地再打狗几棍。

后来我疏散下乡，遂脱离了这恶犬之家，听说继续住那间房的是一位军人，他也遭遇了狗的同样的待遇，也遭遇了狗的主人的同样的待遇，但是他比我有办法，他拔出枪来把狗当场格毙了，我于称快之余，想起那位主人的悲怆，又不能不赋予同情了。特别是，残茶剩饭丢在地下无人舐，主人事必躬亲洒扫，其凄凉是可想而知的。

在乡下不是没有犬厄。没有背景的野犬是容易应付的，除了菜花黄时的疯犬不计外，普通的野犬都是些不修边幅的夹尾巴的可怜的东西，就是汪汪地叫起来也是有气无力的，不像人家豢养的狗那样振振有词自成系统。有些人家在门口挂着牌示“内有恶犬”,我觉得这比门里埋伏恶犬的人家要忠厚得多。我遇见过埋伏，往往猝不及防，惊惶大呼，主人闻声搴帘而出，嫣然而笑，肃客入座。从容相告狗在最近咬伤了多少人。这是一种有效的安慰，因为我之未及于难是比较可庆幸的事了。但是我终不明白，他为什么不索性养一只虎？来一个吃一个，来两个吃一双，岂不是更为体面吗？

这道理我终于明白了。雅舍无围墙，而盗风炽，于是添置了一只狗。一日邮差贸贸然来，狗大声咆哮，邮差且战且走，蹒跚而逸，主人拊掌大笑。我顿有所悟。别人的狼狈永远是一件可笑的事，被狗所困的人是和踏在香蕉皮上面跌跤的人同样的可笑。养狗的目的就是要它咬人，至少做吃人状。这就是等于养鸡是为要它生蛋一样，假如一只狗像一只猫一样，整天晒太阳睡觉，客人来便咪咪叫两声，然后逡巡而去，我想不但主人惭愧，客人也要惊讶。所以狗咬客人，在主人方面认为狗是克尽厥职，表面上尽管对客抱歉，内心里是有一种愉快的，觉得我的这只狗并非挂名差事，它守在岗位上发挥了作用。所以对狗一面诃责，一面也还要嘉勉。因此脸上才泛出那一层得意之色。还有衣冠楚楚的人，狗是不大咬的，这在主人也不能不有“先获我心”之感。所可遗憾者，有些主人并不以衣裳取人，亦并不以衣裳废人，而这种道理无法通知门上，有时不免要慢待嘉宾，不过就大体论，狗的眼力总是和它的主人差不了多少。所以，有这样多的人家都养狗。

文房四宝

文房四宝，谓笔墨纸砚。《明一统志》:“四宝堂在徽州府治，以郡出文房四宝为义。”这所谓郡，是指歙县。其实歙县并不以笔名，世所称“湖笔徽墨”，湖是指浙江省旧湖州府，不过徽州的文具四远驰名，所以通常均以四宝之名归之。宋苏易简撰《文房四宝画谱》五卷，是最早记叙文房四宝的专书。《牡丹亭·闺塾》:“春香取文房四宝来模字。”《长生殿·制谱》:“不免将文房四宝摆设起来。”是文房四宝一语沿用已久。

凡是读书人，无不有文房四宝，而且各有相当考究的文房四宝，因为这是他必需的工具。从启蒙到出而问世，离不开笔墨纸砚。现在的读书人，情形不同了，读书人不一定要镇日价关在文房里，他可能大部分时间要走进实验室，或是跑进体育场，或是下田去培植什么品种，或是上山去挖掘古坟，纵然有随时书写的必要，“将文房四宝摆设起来”的那种排场是不可能出现的了。至少文房四宝的形态有了变化。我们现在谈文房四宝，多少带有一些思古之幽情。

笔

《史记》：蒙恬筑长城，取中山兔毛造笔。所以我们一直以为我们现在使用的这种毛笔是蒙恬创造的，蒙恬以前没有毛笔。有人指出这个说法不对。毛笔的发明远在秦前。甲骨文里没有“笔”字，不能证明那个时代没有笔。殷墟发掘，内中有朱书的龟板（董作宾先生曾赠我一条幅，临摹一片龟板，就是用朱墨写的，记载着狩猎所得的兽物，龟脊以左的几行文字直行右行，其右的几行文字直行左行，甚为有趣）。看那笔迹，非毛笔不办。20 世纪初长沙一座战国时代古墓中，发现了一支竹管毛笔，兔毛围在笔管一端的外面，用丝线缠起，然后再用漆涂牢。是战国时已有某种形式的毛笔了。蒙恬造笔，可能是指秦笔而言。晋崔豹《古今注》已有指陈，他说：“自古有书契以来，便应有笔，世称蒙恬造笔，何也？答曰：‘蒙恬造笔，即秦笔耳。’”所谓秦笔，是以四条木片做笔杆，而不是用竹，因为秦在西陲，其地不产竹。至于我们现代使用的毛笔究竟是始于何时，大概是无可考。韩愈的《毛颖传》不足为凭。

用兽毛制笔实在是一大发明。有了这样的笔，才有发展我们的书法画法的可能。《太平清话》：“宋时有鸡毛笔、檀心笔、小儿胎发笔、猩猩毛笔、鼠尾笔、狼毫笔。”所谓小儿胎发笔，不知是否真有其事。我国人口虽多，搜集小儿胎发却非易事。就是猩猩的毛恐怕亦不多见。我们常用的毛是羊毫，取其软，有时又嫌太软,遂有“七紫三羊”或“三紫七羊”或“五紫五羊”的发明。紫毫是深紫色的兔毫,比较硬。白居易有一首《紫毫笔》:“紫毫笔，尖如锥兮利如刀。江南石上有老兔，吃竹饮泉生紫毫。宣城之人采为笔，千万毛中择一毫。”可见紫毫一向是很贵重的。我小时候常用的笔是“小毛锥”，写小字用，不知是什么毛做的，价钱便宜，用不了多久不是笔尖掉毛，就是笔头松脱。最可羡慕的是父亲书桌上笔架上插着的琉璃厂李鼎和“刚柔相济”，那就是“七紫三羊”，只有在父亲命我写“一炷香”式的红纸名帖的时候，才许我使用他的“刚柔相济”。这种“七紫三羊”，软中带硬，写的时候省力,写出来的字圆润。“刚柔相济”这个名字实在起得好。我的岳家开设的程五峰斋是北平一家著名老店，科举废后停业，肆中留下的笔墨不少，我享用了好多年，其中最使我快意的是毛笔“磨炼出精神”,原是写大卷用的笔,我拿来写信写稿,写白折子，真是一大享受。

常听人说：善书者不择笔。我的字写不好，从来不敢怨笔不好。可是有一次看到珂罗版影印的朱晦庵的墨迹，四五寸大的行草,酣畅淋漓,近似“笔势飞举而字画中空”的飞白。我忽有所悟。朱老夫子这一笔字，绝不是我们普通的毛笔所能写出来的。史书记载：“蔡邕诣鸿都门，时方修饰，见役人以垩帚成字，因归作飞白书。”朱老夫子写的近似飞白的字，所用的纵然不是垩帚，也必定是一种近似刷子的大笔。英文译毛笔为brush（刷子），很难令人满意，其实毛笔也的确是个刷子，不过有个或长或短或软或硬溜尖的笔锋而已。画水彩画用的笔，也曾有人用以写字，而且写出来颇有奇趣。油漆匠用的排笔，也未尝不可借来大涂大抹一幅画的背景。毛笔是书画用的工具，不同的书画自然需要不同的笔。古代书家率多自己造笔，非如此不能满足他的需要。据说王右军用的是兔毫笔，都是经过他自己精选的赵国平原八九月间的兔子的毫，既长而锐。北方天气寒冷，其毫劲硬，所以右军的字才写得那样的挺秀多姿。大抵魏晋以至于唐，以兔毫为主，宋元以后书家偏重行草，乃以鼠毫、羊毫为主。不过各家作风不同，用途不同，所用之笔亦异，不可一概而论。像沈石田的山水画，浓墨点苔非常出色，那著名的“梅花点”就不是一般画笔所能画得出来的，很可能是先用剪刀剪去了笔锋。

毛笔之妙，固不待言，我们中国的字画之所以能在世界上独树一帜，赖有毛笔为工具。不过毛笔实在不方便，用完了要洗，笔洗是不可少的，至少要有笔套，笔架笔筒也是少不了的。而且毛笔用不了多久必败，要换新的。僧怀素号称草圣，他用过的笔堆积如山，埋在地下，人称笔冢。那是何等的豪奢。欧阳修家贫，其母以荻画地教之学书。那又是何等的困苦。自从科举废，毛笔之普遍的重要性一落千丈。益以连年丧乱，士大夫流离颠沛，较简便的自来水笔、铅笔，以至于较近的球端笔（即俗谓原子笔）、毡头笔（即俗谓签字笔）乃代之而兴。制毛笔的技术也因之衰落。近来我曾搜购“七紫三羊”，无论是来自何方，均不够标准，都是以紫毫为心，秀出外露，羊毫嫌短，不能与紫毫浑融为一体，无复刚柔相济之妙。这也是无可奈何之事。有穷亲戚某,略识之无，其子索钱买毛笔，云是教师严命，国文作文非用毛笔不可，某大怒曰:“有铅笔即可写字，何毛笔为?”孩子大哭而去。画荻学书之事，已不可行于今日。此后毛笔之使用恐怕要限于临池的书家和国画家了。

墨

古时无墨。最初是以竹挺点漆，后来用石墨磨汁，汉开始用松烟制墨，魏晋之际松烟制墨之法益精，遂无再用石墨者。魏韦诞的《合墨法》:“好醇烟捣讫，以细绢簁于缸。醇烟一斤以上。以胶五两，浸梣皮汁中。其皮入水，绿色，解胶，又益墨色，可下鸡子白去黄五枚。益以真珠一两，麝香一两，皆别治细簁。都合稠下铁臼中，宁刚不宜泽，捣三万杵，多益善。合墨不得过二月九日，重不得二两一。”古人制墨，何等考究。唐李廷圭为墨官，尝谓合墨一料需配真珠三两，玉屑一两，捣万杵。晚近需求日多，利之所在，粗制滥造，佳品遂少。历来文人雅士，每喜蓄墨，不一定用以临池，大多是以为把玩之资。细致的质地，沉着的色泽，高贵的形状，精美的雕镂题识，淡远的香气，使得墨成为艺术品。有些名家还自己制墨，苏东坡与贺方回都精研和胶之法。明清两代更是高手如云。而康熙乾隆都爱文墨，除了所谓御墨如三希堂墨妙轩之外，江南督抚之类封疆大吏希意承旨还按时照例进呈所谓贡墨，虽然阿谀奉承的奴才相十足，墨本身的制作却是很精的，偶有流布在外，无不视为珍品。《红楼梦》作者织造曹寅也有镌着“兰台精英”四字的贡墨，为蓄墨者所乐道。至于谈论墨品的专书，则宋有晁季一之《墨经》，李孝美之《墨谱》，明有陆友之《墨史》等，清代则谈墨之书不可胜计。

墨究竟是为用的，不是为玩的。而且玩墨也玩不了多久。苏东坡诗：“此墨足支三十年，但恐风霜侵发齿。非人磨墨墨磨人，瓶应未罄罍先耻。”《苕溪渔隐丛话》：“东坡云：‘石昌言蓄李廷圭墨，不许人磨。或戏之云：子不磨墨，墨将磨子。今昌言墓木拱矣，而墨固无恙。’……”墨之精品，舍不得磨用，此亦人情之常。袁世凯时的“北平兵变”，当铺悉遭劫掠，肆中所藏旧墨散落在外，家君曾收得大小数十笏，皆锦盒装裹，精美豪华。其形状除了普通的长方形圆柱形等之外，还有仿钟、鼎、尊、罍诸般彝器之作。质坚烟细，神采焕然。这样的墨，怎舍得磨？至于那些墨上镌刻的何人恭进，我当时认为无关紧要，现已不复记忆了。

书画养性，至堪怡悦，唯磨墨一事为苦。磨墨不能性急。要缓缓地一匝匝地软磨，急也没用，而且还会墨汁四溅。昔人有云：“磨墨如病儿，把笔如壮夫。”懒洋洋地磨墨是像病儿似的有气无力的样子。不过也有人说，磨墨的时候正好构想。《林下偶谈》：“唐王勃属文，初不精思，先磨墨数升。”也许那磨墨正是精思的时刻。

听人说，绍兴师爷动笔之前必先磨墨，那也许是在盘算他的刀笔如何在咽喉处着手吧？也有人说，作书画之前磨墨，舒展指腕的筋骨，有利于挥洒，不过那也要看各人的体力，弱不禁风的人磨墨数升，怕搦管都有问题，只能作颤笔了。

笔要新，墨要旧。如今旧墨难求，且价绝昂。近有人贻我坊间仿制“十八学士”一匣，“睢阳五老”一匣，只看那镂刻粗糙，金屑浮溢之状，就可以知道墨质如何。能没有臭腥之气，就算不错。

纸

蔡伦造纸，见《后汉书·蔡伦传》：“自古书契，多编以竹简，其用缣帛者，谓之为纸。缣贵而简重，并不便于人。伦乃造意，用树肤、麻头，及敝布、渔网以为纸。元兴元年（105 年）奏上之，帝善其能。自是莫不从用焉。故天下咸称蔡侯纸。”蔡伦是东汉和帝时的一名宦官，亏他想出以植物纤维造纸的方法。造纸的原料各地不同，据苏易简《纸谱》说：“蜀人以麻，闽人以嫩竹，北人以桑皮，剡溪人以藤，海人以苔，浙人以麦面稻秆，吴人以茧，楚人以楮为纸。”多是植物性纤维，就地取材。我国的造纸术，于蔡伦后六百多年传到中亚，再经四百年传到欧洲，这一伟大发明使全世界蒙受其利，是值得大书特书的事。

文人最重视的纸是宣纸，产自安徽宣州，今宣城县，故名。《绩溪县志》：“南唐李后主，留心翰墨，所用澄心堂纸，当时贵之。而南宋亦以入贡。是澄心堂纸之出绩溪，其著名久矣。”按近人考证澄心堂，在今安徽绩溪县艺林寺临溪小学附近，与李后主宫内之澄心堂根本不是一个地方。李后主用绩溪的澄心堂纸，但是他没有制作澄心堂纸。宫中燕乐之地，似不可能设厂造纸。《文房四谱》:“黟歙间多良纸，有凝霜、澄心之号。复有长可五十尺为一幅。盖歙民数百理其楮，然后于长船中以浸之，数十夫举杪以抄之。旁一夫以鼓节之。于是以大熏笼周而焙之,不上于墙壁也。由是自首至尾匀整如一。”澄心堂纸幅大者，特宜于大幅书画之用。不过真的澄心堂纸早已成为稀罕之物，北宋时即已不可多见。《六一诗话》:“余家尝得南唐后主之澄心堂纸……”视为珍宝。宋刘敛（贡父）诗:“当时百金售一幅，澄心堂中千万轴，后人闻此哪复得,就使得之当不识！”如今侈言澄心堂,几人见过真面目?

旧纸难得，黠者就制造赝品，熏之染之，也能古色古香地混充过去，用这种纸易于制作假字画蒙骗世人。这应该算是文人无行的一例。故宫曾流出一批大幅旧纸，被作伪的画家抢购一空。

宣纸有生熟之别，有单宣夹贡之分。互有利弊，各随所好而已。古人喜用熟纸，近人偏爱生纸。生纸易渗水墨，笔头水分要控制得宜，于湿干浓淡之间显出挥洒的韵味。尝见有人作画，急欲获致水墨渗渲的效果，不断地以口吮毫，一幅画成，舌面尽黑。工笔画，正楷书，皆宜熟纸。不过亦不尽然，我看见过徐青藤花卉册页的复制品，看那淋漓的水渲墨晕，不像是熟纸。

文人题诗或书简多喜自制笺纸，唐名妓薛涛利用一品质特佳的井水制成有名的薛涛笺，李商隐所云“浣花笺纸桃花色，好好题诗咏玉钩”，大概就是这种纸。明末盛行花笺，素宣之上加以藻绘，花卉、山水、人物，以及铜玉器之模型，穷工极妍，相习成风。饾版彩色的《十竹斋笺谱》《萝轩变古笺谱》可推为代表作。二十世纪初北京荣宝斋等南纸店发售之笺纸，间更有模印宋版书之断简零篇者，古色古香，甚有意趣。近有嗜杨小楼剧艺而集其多幅戏报为笺纸者，亦别开生面之作。

自毛笔衰竭之后，以宣纸制作之笺纸亦渐不流行，偶有文士搜集，当作版画一般的艺术品看待。周作人的书信好像是一直维持用毛笔笺纸，徐志摩、杨今甫、余上沅诸氏也常保持这种作风。至于稿纸之使用宣纸者，自梁任公先生之后我不知尚有何人。新月书店始制稿纸，采胡适之先生意见，单幅大格宽边，有宣边、毛边、道林三种。其中宣纸一种，购者绝少，后遂不复制。

砚

砚居四宝之末，但是同等重要。广东高要县端溪所产之砚号称端砚，为世所称，其中以斧柯山的石头最为难得，虽然大不过三四指，但是只有冬天水涸的时候才可一人匍匐进入洞口采石，苏东坡所说“千夫挽绠，百夫运斤，篝火下缒，以出斯珍”可以说明端砚之所以珍贵。与端砚齐名的是歙砚，产地在今之江西婺源县（原属安徽）之歙溪。如今无论是端砚或歙砚，都因为历年来开采，罗掘俱穷，已不可多得，吾人只能于昔人著述中略知其一二，例如宋米芾之《砚史》，高似孙之《砚笺》，以及南宋无名氏之《砚谱》等。

历代文人及收藏家多视佳砚为拱璧。南唐官砚，现在日本，《广仓研录》以此砚为所著录名砚百数十方拓本之首，是现存古砚之最古老、最珍贵者。宋人苏东坡得有邻堂遗砚，及米芾的紫金砚等都是极为有名的。所谓良砚，第一是要发墨，因其石之质地坚细适度，磨墨不费时，轻磨三二十下，墨汁浓浓。而且墨愈坚则发墨愈速，佳砚佳墨乃相得而益彰。除了发墨之外还要不伤笔，笔尖软而砚石糙则笔易受损。并且磨起不可有沙沙的声响。磨成墨汁后要在相当久的时间内不渗不干。能有这几项优异的功能便是一方佳砚，初不必问其是端是歙。

我家有一旧砚，家君置在案头使用了几十年，长约尺许，厚几二寸，砚瓦微陷，砚池雕琢甚细，池上方有石眼，左右各雕一龙，做二龙戏珠状。这个石眼有瞳孔，有黄晕，算不算得是“活眼”我就不知道了。家君又藏有桂未谷模写的蝇头隶书汉碑的拓本若干幅，都是刻在砚石上的，写得好，刻得精，拓得清晰，裱褙装裹均极考究，分四大函。《张迁》《曹全》《白石神君》《天发神谶》《孔宙》等无不具备。观此拓片，令人神往，原来的石砚不知流落何方了。

我初来台湾，求一可用之砚亦不易得。有人贻我塑胶砚一方，令人啼笑皆非。菁清雅好文玩，既示我以其所藏之《三希堂法帖》，又出其所藏旧砚多方，供我使用。尤其妙者，菁清尝得一新奇之砚滴，形如废电灯泡，顶端黄铜螺旋，扭开即可注水，中有小孔，可滴水于砚面或砚池，胜似昔之砚蟾。陆放翁有句："自烧熟火添香兽，旋把寒泉注砚蟾。"我之新型砚蟾，注水可长期滴用，方便多多。从此文房四宝，虽不求精，大致粗备。调墨弄笔，此其时矣。

麻　将

我的家庭守旧，绝对禁赌，根本没有麻将牌。从小不知麻将为何物。除夕到上元开赌禁，以掷骰子状元红为限，下注三十几个铜板，每次不超过一二小时。有一次我斗胆问起，麻将怎个打法。家君正色曰:“打麻将吗？到八大胡同去！”吓得我再也不敢提起“麻将”二字。心里留下一个并不正确的印象，以为麻将与八大胡同有什么密切关联。

后来出国留学，在轮船的娱乐室内看见有几位同学作方城戏，才大开眼界，觉得那一百三十六张骨牌倒是很好玩的。有人热心指点，我也没学会。这时候麻将在美国盛行，很多美国人家里都备有一副，虽然附有说明书，一般人还是不易得其门而入。我们有一位同学在纽约居然以教人打牌为副业，电话召之即去，收入颇丰，每小时一元。但是为大家所不齿，认为他不务正业，贻羞士林。

科罗拉多大学有两位教授，姊妹俩，老处女，请我和闻一多到她们家里吃晚餐，饭后摆出了麻将，作为余兴。在这一方面我和一多都是属于“四窍已通其三”的人物——一窍不通，当时大窘。两位教授不能了解，中国人竟不会打麻将？当晚四个人临时参看说明书，随看随打，谁也没能规规矩矩地和下一把牌，窝窝囊囊地把一晚消磨掉了。以后再也没有成局。

麻将不过是一种游戏，玩玩有何不可？何况贤者不免。梁任公先生即是此中老手。我在清华念书的时候，就听说任公先生有一句名言：“只有读书可以忘记打牌，只有打牌可以忘记读书。”读书兴趣浓厚，可以废寝忘食，还有工夫打牌？打牌兴亦不浅，上了牌桌全神贯注，焉能想到读书？二者的诱惑力、吸引力有多么大，可以想见。书读多了，没有什么害处，顶多变成不更事的书呆子、文弱书生。经常不断地十圈二十圈麻将打下去，那毛病可就大了。有任公先生的学问风操，可以打牌，我们没有他那样的学问风操，不得借口。

胡适之先生也偶然喜欢摸几圈。有一年在上海，饭后和潘光旦、罗隆基、饶子离、我，走到一品香开房间打牌。硬木桌上打牌，滑溜溜的，震天价响，有人认为痛快。我照例作壁上观。言明只打八圈。打到最后一圈已近尾声，局势十分紧张。胡先生坐庄，潘光旦坐对面，三副落地，吊单，显然是一副满贯的大牌。“扣他的牌，打荒算了。”胡先生摸到一张白板，地上已有两张白板。“难道他会吊孤张？”胡先生口中念念有词，犹豫不决。左右皆曰：

“生张不可打，否则和下来要包！”胡适先生自己的牌也是一把满贯的大牌，且早已听张，如果扣下这张白板，势必拆牌应付，于心不甘。犹豫了好一阵子，“冒一下险，试试看。”啪的一声把白板打了出去！“自古成功在尝试”,这一回却是“尝试成功自古无”了。潘光旦嘿嘿一笑，翻出底牌，吊的正是白板。胡先生包了。身上现钱不够,开了一张支票,三十几元。那时候这不算是小数目。胡先生技艺不精，没得怨。

抗战期间，后方的人，忙的是忙得不可开交，闲的是闷得发慌。不知是谁诌了四句俚词:“一个中国人，闷得发慌。两个中国人，就好商量。三个中国人，做不成事。四个中国人，麻将一场。”四个人凑在一起，天造地设，不打麻将怎么办？雅舍也备有麻将，只是备不时之需。有一回有客自重庆来，第二天就回去，要求在雅舍止宿一夜。我们没有招待客人住宿的设备，颇有难色，客人建议打个通宵麻将。在三缺一的情形下，第四者若是坚不上场，大家都认为是伤天害理的事。于是我也不得不凑一角。这一夜打下来，天旋地转，我只剩得奄奄一息，誓言以后在任何情形之下，再也不肯做这种成仁取义的事。

麻将之中自有乐趣。贵在临机应变，出手迅速。同时要手挥五弦目送飞鸿，有如谈笑用兵。徐志摩就是一把好手，牌去如飞，不加思索。麻将就怕“长考”。一家长考，三家暴躁。以我所知，麻将一道要推太太小姐们最为擅长。在桌牌上我看见过真正春笋一般的玉指洗牌砌牌，灵巧无比。（美国佬的粗笨大手砌牌需要一根大尺往前一推，否则牌就摆不直！）我也曾听说某一位太太有接连三天三夜不离开牌桌的纪录。（虽然她最后崩溃以至于吃什么吐什么！）男人们要上班，就无法和女性比。我认识的女性之中有一位特别长于麻将，经常午间起床，午后二时一切准备就绪，呼朋引类，麻将开场，一直打到夜深。雍容俯仰，满室生春。不仅是技压侪辈，赢多输少。我的朋友卢冀野是个倜傥不羁的名士，他和这位太太打过多次麻将，他说："政府于各部会之外应再添设一个'俱乐部'，其中设麻将司，司长一职非这位太太莫属矣。"甘拜下风的不只是他一个人。

路过广州，耳畔常闻噼噼啪啪的牌声，而且我在路边看见一辆停着的大卡车，上面也居然摆着一张八仙桌，四个人露天酣战，行人视若无睹。餐馆里打麻将，早已通行，更无论矣。在台湾，据说麻将之风仍然很盛。有中国人的地方就有麻将，有些地方的寓公、寓婆亦不能免。麻将的诱惑力太大。

王尔德说过："除了诱惑之外，我什么都能抵抗。"我不打麻将，并不妄以为自己志行高洁。我脑筋迟钝，跟不上别人反应的速度，影响到麻将的节奏。一赶快就出参差。我缺乏机智，自己的一副牌都常照顾不来，遑论揣度别人的底细，既不知己又不知彼，如何可以应付大局？打牌本是寻乐，往往是寻烦恼，又受气又受窘，干脆不如不打。费时误事的大道理就不必说了。有人说卫生麻将又有何妨？想想看，鸦片烟有没有卫生鸦片，海洛因有没有卫生海洛因？大凡卫生麻将，结果常是有碍卫生。起初输赢小，渐渐提升。起初是朋友，渐渐成赌友，一旦成为赌友，没有交情可言。我曾看见两位朋友，都是斯文人，为了甲扣了乙一张牌，宁可自己不和而不让乙和，事后还扬扬得意，以牌示乙，乙大怒。甲说在牌桌上损人不利己的事是可以做的，话不投机，大打出手，人仰桌翻。我又记得另外一桌，庄家连和七把，依然手顺，把另外三家气得目瞪口呆、面色如土，结果是勉强终局，不欢而散。赢家固然高兴，可是输家的脸看了未必好受。有了这些经验，看了牌局我就怕，作壁上观也没兴趣。何况本来是个穷措大，“黑板上进来白板上出去”也未免太惨。

对于沉湎于此道中的朋友们，无论男女，我并不一概诅咒。其中至少有一部分可能是在生活上有什么隐痛，借此忘忧，如同吸食鸦片一样久而上瘾，不易戒掉。其实要戒也很容易，把牌和筹码以及牌桌一起蠲除，洗手不干便是。

放风筝

偶见街上小儿放风筝，拖着一根棉线满街跑，嬉戏为欢，状乃至乐。那所谓风筝，不过是竹篾架上糊一点纸，一尺见方，顶多底下缀着一些纸穗，其结果往往是绕挂在街旁的电线上。

常因此想起我小时候在北平放风筝的情形。我对放风筝有特殊的癖好，从孩提时起直到三四十岁，遇有机会从没有放弃过这一有趣的游戏。在北平，放风筝有一定的季节，大约总是在新年过后开春的时候为宜。这时节，风劲而稳。严冬时风很大，过于凶猛，春季过后则风又嫌微弱了。开春的时候，蔚蓝的天，风不断地吹，最好放风筝。

北平的风筝最考究。这是因为北平的有闲阶级的人多，如八旗子弟，凡属耳目声色之娱的事物都特别发展。我家住在东城，东四南大街，在内务部街与史家胡同之间有一个二郎庙，庙旁边有一风筝铺，铺主姓于，人称“风筝于”。他做的风筝在城里颇有小名。我家离他近，买风筝特别方便。他做的风筝，种类繁多，如肥沙雁、瘦沙雁、龙井鱼、蝴蝶、蜻蜓、鲇鱼、灯笼、白菜、蜈蚣、美人儿、八卦、蛤蟆以及其他形形色色的。鱼的眼睛是活动的，放起来滴溜溜地转，尾巴拖得很长，临风波动。蝴蝶蜻艇的翅膀也有软的，波动起来也很好看。风筝的架子是竹制的，上面绷起高丽纸面，讲究的要用绢绸，绘制很是精致，彩色缤纷。风筝于的出品，最精彩是“提线”拴得角度准确，放起来不“折筋斗”，平平稳稳。风筝小者三尺，大者一丈以上，通常在家里玩玩有三尺到六尺就很够。新年厂甸开放，风筝摊贩也很多，品质也还可以。

放风筝的线，小风筝用棉线即可，三尺以上就要用棉线数绺捻成的“小线”。小线也有粗细之分，视需要而定。考究的要用“老弦”：取其坚牢，而且分量较轻，放起来可以扭成直线，不似小线之动辄出一圆兜。线通常绕在竹制的可旋转的“线桄子”上。讲究的是硬木制的线桄子，旋转起来特别灵活迅速。用食指打一下，桄子即转十几转，自然地把线绕上去了。

有人放风筝，尤其是较大的风筝，常到城根或其他空旷的地方去，因为那里风大，一抖就起来了。尤其是那一种特制的巨型风筝，名为“拍子”，长方形的，方方正正没有一点花样，最大的没有超过九尺。北平的住宅都有个院子，放风筝时先测定风向，要有人带起一根大竹竿，竿顶置有铁叉头或铜叉头（即挂画所用的那种叉子），把风筝挑起，高高举到房檐之上，等着风一来，一抖，风筝就飞上天去，竹竿就可以撤了，有时候风不够大，举竹竿的人还要爬上房去踞坐在房脊上面。有时候，费了不少手脚，而风姨不至，只好废然作罢，不过这种扫兴的机会并不太多。

风筝和飞机一样，在起飞的时候和着陆的时候最易失事。电线和树都是最碍事的，须善为躲避。风筝一上天，就没有事，有时候进入罡风境界，则不需用手牵着，大可以把线拴在屋柱上面，自己进屋休息，甚至拴一夜，明天再去收回。春寒料峭，在院子里久了会冻得涕泗交流，线弦有时也会把手指勒得青疼，甚至出血，是需要到屋里去休息取暖的。

风筝之“筝”字，原是一种乐器，似瑟而十三弦。所以顾名思义，风筝也是要有声响的。《询刍录》云：“五代李邺于宫中做纸鸢，引线乘风为戏，后于鸢首，以竹为笛，使风入竹，声如筝鸣。”这记载是对的。不过我们在北平所放的风筝，倒不是“以竹为笛”，带响的风筝是两种，一种是带锣鼓的，一种是带弦弓的，二者兼备的当然也不是没有。所谓锣鼓，即是利用风车的原理捶打纸制的小鼓,清脆可听。弦弓的声音比较更为悦耳。有高骈《风筝》诗为证：

夜静弦声响碧空，宫商信任往来风。
依稀似曲才堪听，又被移将别调中。

我以为放风筝是一件颇有情趣的事。人生在世上，局促在一个小圈圈里，大概没有不想偶然远走高飞一下的。出门旅行，游山逛水，是一个办法，然亦不可常得。放风筝时，手牵着一根线，看风筝冉冉上升，然后停在高空，这时节仿佛自己也跟着风筝飞起了，俯瞰尘寰，怡然自得。我想这也许是自己想飞而不可得，一种变相的自我满足吧。春天的午后，看着天空飘着别人家放起的风筝，虽然也觉得很好玩，究不若自己手里牵着线的较为亲切，那风筝就好像是载着自己的一片心情上了天。真是的，在把风筝收回来的时候，心里泛起一种异样的感觉，好像是游罢归来，虽然不是扫兴，至少也是尽兴之后的那种疲惫状态，懒洋洋的，无话可说，从天上又回到了人间，从天上翱翔又回到匍匐地上。

放风筝还可以“送幡”（俗呼为“送饭儿”）。用铁丝圈套在风筝线上，圈上附一长纸条，在放线的时候铁丝圈和长纸条便被风吹着慢慢地滑上天去，纸幡在天空飞荡，直到抵达风筝脚下为止。在夜间还可以把一盏一盏的小红灯笼送上去，黑暗中不见风筝，只见红灯朵朵在天上游来游去。

放风筝有时也需要一点点技巧。最重要的是在放线松弛之间要控制得宜。风太劲，风筝陡然向高处跃起，左右摇晃，把线拉得绷紧，这时节一不小心风筝便会倒栽下去。栽下去不要慌，赶快把线一松，它立刻又会浮起，有时候风筝已落到视线所不能及的地方，依然可以把它挽救起来，凡事不宜操之过急，放松一步，往往可以化险为夷，放风筝亦一例也。技术差的人，看见风筝要栽筋斗，便急忙往回收，适足以加强其危险性，以至于不可收拾。

风筝落在树梢上也不要紧，这时节也要把线放松，乘风势轻轻一扯便会升起，性急的人用力拉，便愈纠缠不清，直到把风筝扯碎为止。在风力弱的时候，风筝自然要下降，线成兜形，便要频频扯抖，尽量放线，然后再及时收回，一松一紧，风筝可以维持于不坠。

好斗是人的一种本能。放风筝时也可表现出战斗精神。发现邻近有风筝飘起，如果位置方向适宜，便可向它斗争。法子是设法把自己的风筝放在对方的线兜之下，然后猛然收线，风筝陡地直线上升，势必与对方的线兜交缠在一起，两只风筝都摇摇欲坠，双方都急于向回扯线，这时候就要看谁的线粗，谁的手快，谁的地势优了。优胜的一方面可以扯回自己的风筝，外加一只俘虏，可能还有一段的线。我在一季之中，时常可以俘获四五只风筝。把俘获的风筝放起，心里特别高兴，好像是在炫耀自己的胜利品。可是有时候战斗失利，自己的风筝被俘，过一两天看着自己的风筝在天空飘荡，那便又是一种滋味了。这种斗争并无伤于睦邻之道，这是一种游戏，不发生侵犯领空的问题，并且风筝也只好玩一季，没有人肯玩隔年的风筝。迷信说隔年的风筝不吉利，这也许是卖风筝的人造的谣言。

下　棋

有一种人我最不喜欢和他下棋，那便是太有涵养的人。杀死他一大块，或是抽了他一个车，他神色自若，不动火，不生气，好像是无关痛痒，使得你觉得索然寡味。君子无所争，下棋却是要争的。当你给对方一个严重威胁的时候，对方的头上青筋暴露，黄豆般的汗珠一颗颗地在额上陈列出来，或哭丧着脸惨笑，或咕嘟着嘴做吃屎状，或抓耳挠腮，或大叫一声，或长吁短叹，或自怨自艾口中念念有词，或一串串的噎嗝打个不休，或红头涨脸如关公，种种现象，不一而足，这时节你“行有余力”便可以点起一支烟，或啜一碗茶，静静地欣赏对方的苦闷的象征。我想猎人追逐一只野兔的时候，其愉快大概略相仿佛。因此我悟出一点道理，和人下棋的时候，如果有机会使对方受窘，当然无所不用其极，如果被对方所窘，便努力做出不介意状，因为既不能积极地给对方以苦痛，只好消极地减少对方的乐趣。

自古博弈并称，全是属于赌的一类，而且只是比“饱食终日无所用心”略胜一筹而已。不过弈虽小术，亦可以观人，相传有慢性人，见对方走当头炮，便左思右想，不知是跳左边的马好，还是跳右边的马好，想了半个钟头而迟迟不决，急得对方拱手认输。是有这样的慢性人，每一着都要考虑，而且是加慢地考虑，我常想这种人如加入龟兔竞赛，也必定可以获胜。也有性急的人，下棋如赛跑，噼噼啪啪，草草了事，这仍旧是饱食终日无所用心的一贯作风。下棋不能无争，争的范围有大有小，有斤斤计较而因小失大者，有不拘小节而眼观全局者，有短兵相接作生死斗者，有各自为战而旗鼓相当者，有赶尽杀绝一步不让者，有好勇斗狠同归于尽者，有一面下棋一面诮骂者，但最不幸的是争的范围超出了棋盘，而拳足交加。有下象棋者，久而无声响，排闼视之，阒不见人，原来他们是在门后角里扭作一团，一个人骑在另一个人的身上，在他的口里挖车呢。被挖者不敢出声，出声则口张，口张则车被挖回，挖回则必悔棋，悔棋则不得胜，这种认真的态度憨得可爱。我曾见过二人手谈，起先是坐着，神情潇洒，望之如神仙中人，俄而棋势吃紧，两人都站起来了，剑拔弩张，如斗鹌鹑，最后到了生死关头，两个人跳到桌上去了！

笠翁《闲情偶寄》说弈棋不如观棋，因观者无得失心，观棋是有趣的事，如看斗牛、斗鸡、斗蟋蟀一般，但是观棋也有难过处，观棋不语是一种痛苦。喉间硬是痒得出奇，思一吐为快。看见一个人要入陷阱而不作声是几乎不可能的事，如果说得中肯，其中一个人要厌恨你，暗暗地骂一声“多嘴驴！”另一个人也不感激你，心想“难道我还不晓得这样走！”如果说得不中肯，两个人要一齐嗤之以鼻，“无见识奴！”如果根本不说，憋在心里，受病。所以有人于挨了一个耳光之后还抚着热辣辣的嘴巴大呼“要抽车，要抽车！”

下棋只是为了消遣，其所以能使这样多人嗜此不疲者，是因为它颇合于人类好斗的本能，这是一种“斗智不斗力”的游戏。所以瓜棚豆架之下，与世无争的村夫野老不免一枰相对，消此永昼；闹市茶寮之中，常有有闲阶级的人士下棋消遣，“不为无益之事，何以遣此有涯之生？”宦海里翻过身最后退隐东山的大人先生们，髀肉复生，而英雄无用武之地，也只好闲来对弈，了此残生，下棋全是“剩余精力”的发泄。人总是要斗的，总是要钩心斗角地和人争逐的。与其和人争权夺利，还不如在棋盘上多占几个官；与其招摇撞骗，还不如在棋盘上抽上一车。宋人笔记曾载有一段故事：“李讷仆射，性卞急，酷好弈棋，每下子安详，极于宽缓，往往躁怒作，家人辈则密以弈具陈于前，讷睹，便忻然改容，以取其子布弄，都忘其恚矣。”（《南部新书》）下棋，有没有这样陶冶性情之功，我不敢说，不过有人下起棋来确实是把性命都可置之度外。我有两个朋友下棋，警报作，不动声色，俄而弹落，棋子被震得在盘上跳荡，屋瓦乱飞，其中一位棋瘾较小者变色而起，被对方一把拉住，“你走！那就算是你输了”。此公深得棋中之趣。

雷

“风来喽，雨来喽，和尚背着鼓来喽。”这是我们家乡常听到的一个童谣，平常在风雨欲来的时候唱的。那个“鼓”就是雷的意思吧。我小的时候就很怕雷，对于这个童谣也就觉得颇有一点恐惧的意味。雨是我所欢迎的，我喜欢那狂暴的骤雨，雨后院里的积水，雨后吹胰子泡，雨后吃咸豌豆，但是雷就令我苦恼。隐隐的远雷还无伤大雅，怕的是那霹雷，咔嚓一声，不由得不心跳。

我小时候怕雷的缘故有二。一个是老早就灌输进来的迷信。有人告诉我说，雷有两种，看那雷声之前的电闪就可以知道，如是红的，那便是殛妖精的，如是白的，那便是殛人的。因此，每逢看见电火是白色的时候，心里就害怕。殛妖精与我无关，我知道我不是妖精，但是殛人则我亦可能有份。而且据说有许多项罪过都是要天打雷劈的，不孝父母固不必说，琐细的事如遗落米粒在地上也可能难逃天诛的。被雷打的人，据说是被雷公（尖嘴猴腮的模样）一把揪到庭院里，双膝跪落，背上还要烧出一行黑字，写明罪状。我吃饭时有无米粒落地，我是一点把握也没有的。所以每逢电火在头上盘旋，心里就打鼓，极力反省吾身，希望未曾有遭天怒。第二个怕雷的缘故是一点粗浅的科学常识。从小学课本里知道雷与电闪是一件东西，是阴阳电在天空中两朵云里吸引而中和，如果笔直地从天空戳到地面便要打死触着它的人或畜。不要立在大树下。这比迷信的说法还可怕。因为雷公究竟不是瞎眼的，而电火则并无选择，谁碰上谁倒霉。因此一遇雷雨，便觉得坐立不安，无所逃于天地之间。后院就有一棵大榆树，说不定我就许受连累。我头痒都不敢抓，怕摩擦生电而与雷电接连！

年事稍长，对于雷电也就司空见惯，而且心想这么多次打雷都没有打死我，以后也许不会打死我了。所以胆就渐壮起来，听到霹雳，顶多打个冷战，看见电闪来得急猛，顶多用手掌按住耳朵，为保护耳膜起见张开大嘴而已。像小时候想在脑袋顶上装置避雷针的幼稚念头，是不再有的了。

可是我到了四川，可真开了眼，才见到大规模的雷电。这地方的雷比别处的响，也许是山谷回音的缘故，也许是住的地方太高太旷的缘故，打起雷来如连珠炮一般，接连地围着你的房子转，窗户玻璃（假如有的话）都震得响颤，再加上风狂雨骤，雷闪一阵阵的照如白昼，令人无法安心睡觉。有一位胆小的太太，吓得穿上了她的丈夫的两只胶鞋，立在屋中央，据说是因为胶鞋不传电。上床的时候，她给四只床腿穿上了四只胶鞋，两只手还要牵着两个女用人，这才稍觉安心。我虽觉得她太胆小一点，但是我很同情她，因为我自己也是很被那些响雷所困扰的。我现在想起四川的雷，还有余悸。

我读到《读者文摘》上一篇专谈雷的文章，恐怖的心情为之减却不少。他说:“你不用怕，一个人被雷打死的机会是极少的，比中头彩还难，那机会大概是一百万分之一都还不到。”我觉得有理。我彩票买过多少回，从没有中过头彩，对于倒霉的事焉见得就那么好运气呢？他还有一个更有力的安慰，他说:“雷和电闪既是一件东西，那么在你看见电火一闪的时候，问题便已经完全解决，该中和的早已中和了，该劈的也早已劈了，剩下来的雷声随后被你听见，并不能为害。如果你中头彩，雷电直落在你的脑瓜顶上,你根本就来不及看见那电闪,更来不及听那一声雷响,所以,你怕什么？”这话说得很有理。电光一闪，一切完事，那声音响就让它响去好了。如果电闪和雷声之间的距离有一两秒钟，那足可证明危险地区离你还有百八十里地，大可安心。万一,万一,一个雷霆正好打在头上，那也只好由它了。

话虽如此，有两点我仍未能释然。第一，那咔嚓的一声我还是怵。过年的时候顽皮的小孩子燃起一个小爆仗往我脚下一丢，我也要吓一跳。我自己放烟火，“太平花”还可以放着玩玩，“大麻雷子”我可不敢点，那一声响我受不了。我是觉得，凡是大声音都可怕，如果来得急猛则更可怕。原始的民族看见雷电总以为是天神发怒，虽说是迷信，其实那心情不难了解。猛古丁的天地间发生那样的巨响，如何能不惊怪？第二，被雷击是最倒霉的死法。有一次报上登着，夫妻睡在床上，双双地被雷劈了。于是人们纷纷议论，都说这两个人没干好事。假使一个人走在街上被汽车撞死，一般人总会寄予同情，认为这是意外横祸，对于死者之所以致死必不再多作捉摸，唯独对于一个被雷击的人，大家总怀疑他生前的行为必定有点暧昧，死是小事，身死而为天下笑，这未免太冤了。

（原载一九四七年十二月十四日《益世报·星期小品》第二十二期，署名李敬远）

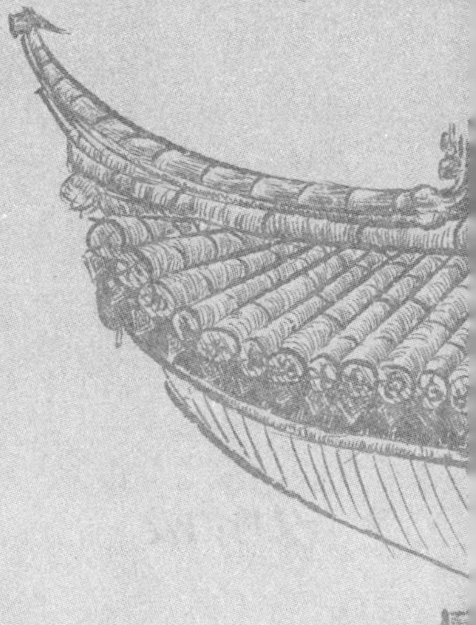

第二辑

万家灯火，一盏归处

父母的爱

父母的爱是天地间最伟大的爱。一个孩子，自从呱呱坠地，父母就开始爱他，鞠之育之，不辞劬劳。稍长，令之就学，督之课之，唯恐不逮。及其成人，男有室，女有归，虽云大事已毕，父母之爱固未尝稍杀。父母的爱没有终期，而且无时或弛。父母的爱也没有差别，看着自己的孩子牙牙学语，无论是伶牙俐齿或笨嘴糊腮，都觉得可爱。眉清目秀的可爱，浓眉大眼的也可爱，天真活泼的可爱，调皮捣蛋的也可爱，聪颖的可爱，笨拙的也可爱，像阶前的芝兰玉树固然可爱，癞痢头儿子也未尝不可爱，只要是自己生的。甚至于孩子长大之后，陂行荡检，贻父母忧，父母除了骂他恨他之外还是对他保留一份相当的爱。

父母的爱是天生的，是自然的，如天降甘霖，霈然而莫之能御，是无条件的施与而不望报。父母子女之间的这一笔账是无从算起的。父母的鞠育之恩，子女想报也报不完，正如《诗经·蓼我》所说:“父兮生我,母兮鞠我。拊我畜我,长我育我,顾我复我,出入腹我。欲报之德。昊天罔极!”父母之恩像天一般高一般大,如何能报得了?何况岁月不待人,父母也不能长在,像陆放翁的诗句“早岁已兴风木叹,余生永废蓼莪诗”正是人生长恨,千古同嗟!

古圣先贤,无不劝孝。其实孝也是人性的一部分,也是自然的,否则劝亦无大效。父母子女间的相互的情爱都是天生的。不但人类如此,一切有情莫不皆然。我不大敢信禽兽之中会有枭獍。

父母爱子女,子女不久长大也要成为父母,也要爱其子女。所以父母之爱像是连锁一般,代代相续,传继不绝。《易》云:“天地之大德曰生。”维护人类生命之最大的、最原始的、最美妙的、最神秘的力量莫过于父母的爱。让我们来赞颂父母的爱!

想我的母亲

父母对子女的爱，子女对父母的爱，是神圣的。我写过一些杂忆的文字，不曾写过我的父母，因为关于这个题目我不敢轻易下笔。小民女士逼我写几句话，辞不获已，谨先略述二三小事以应，然已临文不胜风木之悲。

我的母亲姓沈，杭州人。世居城内上羊市街。我在幼时曾侍母归宁，时外祖母尚在，年近八十。外祖父入学后，没有更进一步的功名，但是课子女读书甚严。我的母亲教导我们读书启蒙，尝说起她小时苦读的情形。她同我的两位舅父一起冬夜读书，冷得腿脚僵冻，取大竹篓一，实以败絮，三个人伸足其中以取暖。我当时听得惕然心惊，遂不敢荒嬉。我的母亲来我家时年甫十八九，以后操持家务尽瘁终身，不复有暇进修。

我同胞兄弟姊妹十一人，母亲的煦育之劳可想而知。我记得我母亲常于百忙之中抽空给我们几个较小的孩子们洗澡。我怕肥皂水流到眼里，我怕痒，总是躲躲闪闪，总是咯咯地笑个不住，母亲没有工夫和我们纠缠，随手一巴掌打在身上，边洗边打边笑。

北方的冬天冷，屋里虽然有火炉，睡时被褥还是凉似铁。尤其是钻进被窝之后，脖子后面透风，冷气顺着脊背吹了进来。我们几个孩子睡一个大炕，头朝外，一排四个被窝。母亲每晚看到我们钻进了被窝，叽叽喳喳的笑语不停，便走过来把油灯吹熄，然后给我们一个个地把脖子后面的棉被塞紧，被窝立刻暖和起来，不知不觉地就睡着了。我不知道母亲用的是什么手法，只知道她塞棉被带给我无可言说的温暖舒适，我至今想起来还是快乐的，可是那个感受不可复得了。

我从小不喜欢喧闹。祖父母生日照例院里搭台唱傀儡戏或滦州影。一过八点我便掉头而去进屋睡觉。母亲得暇便取出一个大簸箩，里面装的是针线剪尺一类的缝纫器材，她要做一些缝缝连连的工作，这时候我总是一声不响地偎在她的身旁，她赶我走我也不走，有时候竟睡着了。母亲说我乖，也说我孤僻。如今想想，一个人能有多少时间可以偎在母亲身旁？

在我的儿时记忆中，我母亲好像是没有时候睡觉。天亮就要起来，给我们梳小辫是一桩大事，一根一根的梳个没完。她自己要梳头，我记得她用一把抿子蘸着刨花水，把头发弄得锃光大亮。然后她要一听上房有动静便急忙前去当差。盖碗茶、燕窝、莲子、点心，都有人预备好了，但是需要她去双手捧着送到祖父母跟前，否则要儿媳妇做什么？在公婆面前，儿媳妇是永远站着，没有座位的。足足地站几个钟头下来，不是缠足的女人怕也受不了！最苦的是，公婆年纪大，不过午夜不安歇，儿媳妇要跟着熬夜在一旁侍候。她困极了，有时候回到房里来不及脱衣服倒下便睡着了。虽然如此，母亲从来没有发过一句怨言。到了民元前几年，祖父母相继去世，我母亲才稍得轻闲，然而主持家政教养儿女也够她劳苦的了。她抽暇隔几年返回杭州老家去度夏，有好几次都是由我随侍。

母亲爱她的家乡。在北京住了几十年，乡音不能完全改掉。我们常取笑她，例如北京的“京”，她说成“金”，她有时也跟我们学，总是学不好，她自己也觉得好笑。我有时学着说杭州话，她说难听死了，像是门口儿卖笋尖的小贩说的话。

我想一般人都会同意，凡是自己母亲做的菜永远是最好吃的。我的母亲平常不下厨房，但是她高兴的时候，尤其是父亲亲自到市场买回鱼鲜或其他南货的时候，在父亲特烦之下，她也欣然操起刀俎。这时候我们就有福了。我十四岁离家到清华，每星期回家一天，母亲就特别疼爱我，几乎很少例外地要亲自给我炒一盘冬笋木耳韭菜黄肉丝，起锅时浇一勺花雕酒，这是我最喜欢的一道菜。但是这一盘菜一定要母亲自己炒，别人炒味道就不一样了。

我母亲喜欢在高兴的时候喝几盅酒。冬天午后围炉的时候，她常要我们打电话到长发叫五斤花雕，绿釉瓦罐，口上罩着一张毛边纸，温热了倒在茶杯里和我们共饮。下酒的是大落花生，若是有“抓空儿的”，买些干瘪的花生吃则更有味。我和两位姊姊陪母亲一顿吃完那一罐酒。后来我在四川独居无聊，一斤花生一罐茅台当作晚饭，朋友们笑我吃“花酒”，其实是我母亲留下的作风。

我自从入了清华，以后和母亲在一起的时候就少了。抗战前后各有三年和母亲住在一起。母亲晚年喜欢听平剧，最常去的地方是吉祥，因为离家近，打个电话给卖飞票的，总有好的座位。我很后悔，我没能分出时间陪她听戏，只是由我的姊姊弟弟们陪她消遣。

我父亲曾对我说，我们的家所以成为一个家，我们几个孩子所以能成为人，全是靠了我母亲的辛劳维护。一九四九年以后，音讯中断，直等到恢复联系，才知道母亲早已弃养，享寿九十岁。西俗，母亲节佩红康乃馨，如不确知母亲是否尚在则佩红白康乃馨各一。如今我只有佩白康乃馨的份了，养生送死，两俱有亏，惨痛！

童年生活

我的童年生活，只模糊地记得一些事。北平有一童谣：

小小子儿，
坐门墩儿，
哭哭啼啼地想媳妇儿。
娶了媳妇儿干什么呀？
点灯，说话儿；
吹灯，做伴儿；
早晨起来梳小辫儿。

梳小辫儿是一天中第一件大事。我是在民国元年才把小辫儿剪了去的。那时候我的辫子已有一尺多长，睡一夜觉，辫子往往就松散了，辫子不梳好是不准出屋门的。所以早起急于梳辫子，而母亲忙，匆匆地给我梳，揪得头皮疼。我非常厌恶这根猪尾巴。父亲读《扬州十日记》《大义觉迷录》之类的书，常把满军入关之后“留头不留发，留发不留头”的事讲给我们听，我们对于辫子益发没有好感。革命后把辫子一刀两断，十分快意。那时候北平的新式理发馆只有东总布胡同西口路北一处，座椅两张。我第一次到那里剪发，连揪带剪，相当痛，而且头发渣顺着脖子掉下去。

民国以前，我的家是纯粹旧式的。孩子不是一家之主，是受气包儿。家规很严。门房、下房，根本不许孩子涉足其间。爷爷奶奶住的上房，无事也不准进去，父亲的书房也是禁地，佛堂更不用说。所以孩子们活动的空间有限。室内游戏以在炕上攀登被窝垛为主，再不就是用窗帘布挂在几张桌前做成小屋状，钻进去坐着，彼此做客互访为乐。玩具是有的，不外乎“打糖锣儿的”担子上买来的泥巴制的小蜡签儿之类，从隆福寺买来的小“空竹”算是上品了。

我记得儿时的服装，最简单不过。夏天似乎永远是一身竹布裤褂，白布是禁忌。冬天自然是大棉袄小棉袄，穿得滚圆臃肿。鞋子袜子都是自家做的，自古以来不就是以“青鞋布袜”作为高人雅士的标识吗？我们在童年时就有了那样的打扮。进了清华之后，才斗胆自主写信到天津邮购了一双白帆布鞋，才买了洋袜子穿。暑假把一双手工做的布袜子原样带回家，被母亲发现，才停止了布袜的供应。布鞋、毛窝，一直在脚上穿着，皮鞋是很久以后的事了。

小孩子哪有不馋的？早晨烧饼油条或是三角馒头，然后一顿面一顿饭，三餐无缺，要想吃零食不大容易。门口零食小贩是不许照顾的，有时候偷着吃“果子干”“玻璃粉”或是买串糖葫芦，被发现便不免要挨骂。所以我出去到大鹁鸽市进陶氏学堂的时候，看见卖浆米藕的小贩，驻足而观，几乎馋死，豁出两天不吃烧饼油条积了两个铜板才得买了一小碟吃。我的一个弟弟想吃肉，有一天情不自已地问出一句使母亲心酸的话：“妈，小炸丸子卖多少钱一碟？”

革命以后，情况不同了。我的家庭也起了革命。我们可以穿白布衫裤，可以随时在院子里拍皮球、放风筝、耍金箍棒，可以逛隆福寺吃“驴打滚儿”“艾窝窝”。父亲也带我们挤厂甸。念字号儿，描红模子，读商务出版的“人手足刀尺，一人二手，开门见山，山高月小，水落石出……”，这一套启蒙教育，都是在炕桌上，在母亲的笤帚疙瘩的威吓下，顺利进行的。我们没受过体罚。我比较顽皮淘气，可是也没挨过打。我爱发问，我读过“一老人，入市中，买鱼两尾，步行回家”之后，曾经发问：“为什么买鱼两尾就不许他回家？”

父亲给我们订了一份商务的《儿童画报》，卷末有一栏绘一空白轮廓，要小读者运用想象力在其中填画一件彩色的实物。寄了去如果中选择有奖。我得了好几次奖，大概我是属于“小时了了”那一类型。上房后炕的炕案上有一箱装订成册的《吴友如画宝》，虽然说明文字未必能看得懂，画中大意往往能体会到一大部分，帮助我了解社会人生不浅。性的知识，我便是在八九岁时从吴友如的几期画报中领悟到的。

这就是我童年生活的大概。

“疲马恋旧秣，羁禽思故栖”

“疲马恋旧秣，羁禽思故栖”是孟郊的句子，人与疲马羁禽无异，高飞远走，疲于津梁，不免怀念自己的旧家园。

我的老家在北平，是距今一百几十年前由我祖父所置的一所房子。坐落在东城相当热闹的地区，出胡同东口往北是东四牌楼，出胡同西口是南小街子。东四牌楼是四条大街的交叉口，所以商店林立，市容要比西城的西四牌楼繁盛得多。牌楼根儿底下靠右边有一家干果子铺，是我家投资开设的，领东的掌柜的姓任，山西人，父亲常在晚间带着我们几个孩子溜达着到那里小憩，掌柜的经常飨我们以汽水，用玻璃球做塞子的那种小瓶汽水，仰着脖子对着瓶口汩汩而饮之，还有从蜜饯缸里抓出来的蜜饯桃脯的一条条的皮子，当时我认为那是一大享受。南小街子可是又脏又臭又泥泞的一条路，我小时候每天必须走一段南小街去上学，时常在羊肉床子看宰羊，在切面铺买“干蹦儿”或糖火烧吃。胡同东口外斜对面就是灯市口，是较宽敞的一条街，在那里有当时唯一可以买到英文教科书《汉英初阶》及墨水钢笔的汉英图书馆，以后又添了一家郭纪云，路南还有一家小有名气的专卖卤虾、小菜、臭豆腐的店。往南走约十五分钟进金鱼胡同便是东安市场了。

我的家是一所不大不小的房子。地基比街道高得多，门前有四层石台阶，情形很突出，人称“高台阶”。原来门前还有左右分列的上马石凳，因妨碍交通而拆除了。门不大，黑漆红心，浮刻黑字“忠厚传家久，诗书继世长”，门框旁边木牌刻着“积善堂梁”四个字，那时人家常有堂号，例如三槐堂卫、百忍堂张，等等，积善堂梁出自何典我不知道。积善之家必有余庆，语见《易经》，总是勉人为善的好话，作为我们的堂号亦颇不恶。打开大门，里面是一间门洞，左右分列两条懒凳，从前大门在白昼是永远敞着的，谁都可以进来歇歇腿。一九一一年兵变之后才把大门关上。进了大门迎面是两块金砖镂刻的“戬谷”两个大字，戬谷一语出自《诗经》“俾尔戬谷”。戬是福，谷是禄，取其吉祥之义。前面放着一大缸水葱（正名为莞，音冠），除了水冷成冰的时候总是绿油油的，长得非常旺盛。

向左转进四扇屏门，是前院。坐北朝南三间正房，中间一间辟为过厅，左右两间一为书房一为佛堂。辛亥革命前两年，我的祖父去世，佛堂取消，因为我父亲一向不喜求神拜佛，这间房子成了我的卧室，那间书房属于我的父亲，他镇日价在里面摩挲他的那些有关金石小学的书籍。前院的南边是临街的一排房，作为用人的居室。前院的西边又是四扇屏门，里面是西跨院，两间北房由塾师居住，两间南房堆置书籍，后来改成了我的书房。小跨院种了四棵紫丁香，高逾墙外，春暖花开时满院芬芳。

走进过厅，出去又是一个院子，迎面是一个垂花门，门旁有四大盆石榴树，花开似火，结实大而且多，院里又有几棵梨树，后来砍伐改种四棵西府海棠。院子东头是厨房，绕过去一个月亮门通往东院，有一棵高庄柿子树、一棵黑枣树，年年收获累累，此外还有紫荆、榆叶梅，等等。我记得这个东院主要用途是摇煤球，年年秋后就要张罗摇煤球，要敷一冬天的使用。煤黑子把煤渣与黄土和在一起，加水，和成稀泥，平铺在地面，用铲子剁成小方粒，放在大簸箩里像滚元宵似的滚成圆球，然后摊在地上晒，这份手艺真不简单，我儿时常在一旁参观，十分欣赏。如遇天雨，还要急速动员抢救，否则化为一汪黑水全被冲走了。在那厨房里我是不受欢迎的，厨师嫌我们碍手碍脚，拉面的时候总是塞给我一团面叫我走得远远的，我就玩那一团面，直玩到那团面像是一颗煤球为止。

进了垂花门便是内院，院当中是一个大鱼缸，一度养着金鱼，缸中还矗立着一座小型假山，山上有桥梁房舍之类，后来不知怎么水也涸了，假山也不见了，干脆作为堆置煤灰煤渣之处，一个鱼缸也有它的沧桑！东西厢房到夏天晒得厉害，虽有前廊也无济于事，幸有宽幅一丈以上的帐篷三块每天及时支起，略可遮抗骄阳。祖父逝后，内院建筑了固定的铅铁棚，棚中心设置了两扇活动的天窗，至是“天棚鱼缸石榴树……”乃粗具规模。民元之际，家里的环境突然维新，一日之内小辫子剪掉了好几根，而且装上了庞然巨物钉在墙上的“德律风”，号码是六八六。照明的工具原来都是油灯、猪蜡，只有我父亲看书时才能点白光熠熠的僧帽牌的洋蜡，煤油灯认为危险，一向抵制不用，至是里里外外装上了电灯，大放光明。还有两架电扇，西门子制造的，经常不准孩子们走近五尺距离以内，生怕削断了我们的手指。

内院上房三间，左右各有套间两间。祖父在的时候，他坐在炕上，隔着玻璃窗子外望，我们在院里跑都不敢跑。有一次我们几个孩子听见胡同里有“打糖锣儿的”的声音，一时忘形，蜂拥而出，祖父大吼：“跑什么？留神门牙！”打糖锣儿的乃是卖糖果的小贩，除了糖果之外兼卖廉价玩具、泥捏的小人、蜡烛台、小风筝、摔炮，花样很多，我母亲一律称之为“土筐货”。我们买了一些东西回来，祖父还坐在那里，唤我们进去。上房是我们非经呼唤不能进去的，而且是一经呼唤便非进去不可的，我们战战兢兢地鱼贯而入，他指着我问：“你手里拿着什么？”我说：“糖。”“什么糖？”我递出了手指粗细的两根，一支黑的，一支白的。我解释说：“这黑的，我们取名为狗屎橛；这白的为猫屎橛。”实则那黑的是杏干做的，白的是柿霜糖，祖父笑着接过去，一支咬一口尝尝，连说：“不错，不错。”他要我们下次买的时候也给他买两支。我们奉了圣旨，下次听到糖锣儿一响，一拥而出，站在院子里大叫：“爷爷，您吃猫屎橛，还是吃狗屎橛？”爷爷会立即搭腔：“我吃猫屎橛！”这是我所记得的与祖父建立密切关系的开始。

父母带着我们孩子住西厢房，我同胞一共十一个，我记事的时候已经有四个，姊妹兄弟四个孩子睡一个大炕，好热闹，尤其是到了冬天，白天玩不够，夜晚钻进被窝齐头睡在炕上还是叽叽喳喳笑语不休，母亲走过来巡视，把每个孩子脖梗子后面的棉被塞紧，使不透风，我感觉异常的舒适温暖，便怡然入睡了。我活到如今，夜晚睡时脖梗子后面透凉气，便想到母亲当年那一份爱抚的可贵。母亲打发我们睡后还有她的工作，她需要去伺候公婆的茶水点心，直到午夜；她要黎明即起，张罗我们梳洗，她很少睡觉的时间，可是等到“多年的媳妇熬成婆”，这情形又周而复始，于是女性惨矣！

大家庭的膳食是有严格规律的，祖父母吃小锅饭，父母和孩子吃普通饭，男女仆人吃大锅饭，只有吃煮饽饽、热汤面是例外。我们北方人，饭桌上没有鱼虾，烩虾仁、溜鱼片是馆子里的菜，只有春夏之交黄鱼、大头鱼相继进入旺季，全家才能大快朵颐，每人可以分到一整尾。秋风起，要吃一两回铛炮羊肉，牛肉是永远不进家门的。院子里升起一大红泥火炉的熊熊炭火，有时也用柴，噼噼啪啪地响，铛上肉香四溢，颇为别致。秋高蟹肥，当然也少不了几回持螯把酒。平时吃的饭是标准的家常饭，到了特别的吉庆之日，看祖父母的高兴，说不定就有整只烤猪或是烧鸭之类的犒劳。祖父母的小锅饭也没有什么了不起，也不过是炮羊肉、烧茄子、焖扁豆之类，不过是细切细做而已。我记得祖父母进膳时，有时看到我们在院里拍皮球，便喊我们进去，教我们张开嘴巴，用筷子夹起半肥半瘦的羊肉片往嘴里塞，我们实在不欣赏肥肉，闭着嘴跑到外面就吐出来。祖父有时候吃得高兴，便叫“跑上房的”小厮把厨子唤来，隔着窗子对他说：“你今天的炮羊肉做得好，赏钱两吊！”厨子在院中慌忙屈腿请安，连声谢谢，我觉得很好笑。我祖母天天要吃燕窝，夜晚由老张妈戴上老花眼镜坐在门旮旯儿弓着腰驼着背摘燕窝上的细茸毛，好可怜，一清早放在一个薄铫儿里在小炉子上煨。官燕木盒子是我们的，黑漆金饰，很好玩。

我母亲从来不下厨房，可是经我父亲特烦，并且亲自买回鱼鲜笋蕈之类，母亲亲操刀砧，做出来的菜硬是不同。我十四岁进了清华学校，每星期只准回家一次，除去途中往返，在家只有一顿午饭从容的时间，母亲怜爱我，总是亲自给我特备一道菜，她知道我爱吃什么，时常是一大盘肉丝韭黄加冬笋木耳丝，临起锅加一大勺花雕酒——菜的香，母的爱，现在回忆起来不禁涎欲滴而泪欲垂！

我生在西厢房，长在西厢房，回忆儿时生活大半在西厢房的那个大炕上。炕上有个被窝垛，由被褥堆垛起来的，十床八床被褥可以堆得很高，我们爬上爬下以为戏，直到把被窝垛压到连人带被一齐滚落下来然后已。炕上有个炕桌，那是我们启蒙时写读的所在。我同哥姐四个人，盘腿落脚地坐在炕上，或是把腿伸到桌底下，夜晚靠一盏油灯、三根灯草，描红模子，写大字，或是朗诵“一老人，入市中，买鱼两尾，步行回家”。我会满怀疑虑地问父亲："为什么他买鱼两尾就不许他回家？"惹得一家大笑。有一回我们围着炕桌夜读，我两腿清酸，一时忘形把膝头一拱，哗啦啦一声炕桌滑落地上，油灯墨盒泼洒得一塌糊涂。母亲有时督促我们用功，不准我们淘气，手里握着笤帚疙瘩或是掸子把儿，做威吓状，可是从来没有实行过体罚。这西厢房就是我的窝，夙兴夜寐，没有一个地方比这个窝更为舒适。虽然前面有廊檐而后面无窗，上支下摘的旧式房屋就是这样的通风欠佳。我从小就是喜欢早起早睡。祖父生日有时叫一台"托偶戏"在院中上演，有时候是滦州影戏，唱的无非是什么《盘丝洞》《走鼓沾棉》《三娘教子》《武家坡》之类，大锣大鼓，尖声细嗓，我吃不消，我依然是按时回房睡觉，大家视我为落落寡合的怪物。可是影戏里有一个角色我至今不忘，那就是每出戏完毕之后上来叩谢赏钱的那个小丑，满身袍褂靴帽而脑后翘着一根小辫，跪下来磕三个响头，有人用惊堂木配合着用力敲三下，砰砰砰，清脆可听。我所以对这个角色发生兴趣，是因为他滑稽，同时代表那种只为贪图一吊两吊的小利就不惜卑躬屈节向人磕头的奴才相。这种奴才相在人间世里到处皆是。

小时过年固然热闹，快意之事也不太多。除夕满院子撒上芝麻秸，踩上去咯吱地响，一乐也；宫灯、纱灯、牛角灯全部出笼，而孩子们也奉准每人提一只纸糊的"气死风"，二乐也；大开赌戒，可以掷状元红，呼卢喝雉，难得放肆，三乐也。但是在另一方面，年菜年年如是，大量制造，等于是天天吃剩菜，几顿煮饽饽吃得人倒尽胃口。杂拌儿嘛，不管粗细，都少不了尘埃细沙杂拌其间，吃到嘴里牙碜。撤供下来的蜜供也是罩上了薄薄一层香灰。压岁钱则一律塞进“扑满”，永远没满过，也永远没扑过，后来不知到哪里去了。天寒地冻，无处可玩，街上店铺家家闭户，里面不成腔调的锣鼓点儿此起彼落。厂甸儿能挤死人，为了“喝豆汁儿，就咸菜儿，琉璃喇叭大沙雁儿”，真犯不着。过年最使人窝心的事莫过于挨门去给长辈拜年，其中颇有些位只是年齿比我长些，最可恼的是有时候主人并不挡驾而叫你进入厅堂朝上磕头，从门帘后面蓦地钻出一个不三不四的老妈妈：“哟，瞧这家的哥儿长得可出息啦！”辛亥革命以后我们家里不再有这些繁文缛节。

还有一个后院，四四方方的，相当宽绰。正中央有一棵两人合抱的大榆树。后边有榆（余）取其吉利。凡事要留有余，不可尽，是我们民族特性之一。这棵榆树不但高大而且枝干繁茂，其圆如盖，遮满了整个院子。但是不可以坐在下面乘凉，因为上面有无数的红毛绿毛的毛虫，不时地落下来，咕咕嚷嚷的惹人嫌。榆树下面有一个葡萄架，近根处埋一两只死猫，年年葡萄丰收，长长的马乳葡萄。此外靠边还有香椿一、花椒一、嘎嘎儿枣一。每逢春暮，榆树开花结荚，名为榆钱。榆荚纷纷落下时，谓之“榆荚雨”（见《荆楚岁时记》）。施肩吾《戏咏榆荚》诗：“风吹榆钱落如雨，绕林绕屋来不住。”我们北方人生活清苦，遇到榆荚成雨时就要吃一顿榆钱糕。名为糕，实则捡榆钱洗净，和以小米面或棒子面，上锅蒸熟，舀取碗内，加酱油醋麻油及切成段的葱白葱叶而食之。我家每做榆钱糕成，全家上下聚在院里，站在阶前分而食之。比《帝京景物略》所说“四月榆初钱，面和糖蒸食之”还要简省。仆人吃过一碗两碗之后，照例要请安道谢而退。我的大哥有一次不知怎的心血来潮，吃完之后也走到祖母跟前，屈下一条腿深深请了个安，并且说了一声“谢谢您！”。祖母勃然大怒：“好哇！你把我当作什么人……”气得几乎晕厥过去。父亲迫于形势，只好使用家法了。从墙上取下一根藤马鞭，高高举起，轻轻落下，一五一十地打在我哥哥的屁股上。我本想跟进请安道谢，幸而免，吓得半死，从此我见了榆钱就恶心，对于无理的专制与压迫在幼小时就有了认识。后院东边有个小院，北房三间，南房一间，其间有一口井。井水是苦的，只可汲来洗衣洗菜，但是另有妙用，夏季把西瓜系下去，隔夜取出，透心凉。

想起这栋旧家宅，顺便想起若干儿时事。如今隔了半个多世纪，房子一定是面目全非了。其实人也不复是当年的模样，纵使我能回去探视旧居，恐怕我将认不得房子，而房子恐怕也认不得我了。

同乡

从前交通险阻，外出旅行是一件苦事。离乡背井，举目无亲，有无限的凄凉。所以，在水上漂泊的时候，百无聊赖，忽然听得有人在说自己的家乡话，一时抑不住心头的欢喜，会不揣冒昧地去搭讪，像崔颢《长干行》所说的：

停船暂借问，或恐是同乡。

说同一方言的人才是同乡，乡音是同乡之间最强有力的联系。

科举的时代，北平有所谓会馆者，尤其是宣武门外一带外省人士汇集的地区，会馆林立。进京赶考的人，泰半就在会馆挂单，饮食住宿都有了着落，而且有老乡照料，自然亲切。会馆是前辈乡贤所捐助设立的，确有其需要。后来科举废除，社会形态改变，会馆就渐渐消失了。有名的江西会馆，规模宏大，常是堂会戏上演的地方。我知道宣武门外北椿树胡同有一所很逼仄的徽州绩溪会馆，一度掌管事务的人却是胡适之先生。胡先生的同乡观念十分浓厚，他家里常有一群群的徽州老乡用没别人能懂的徽州方言和他话旧。就是他来到台湾以后，我有一次到南港拜访，座上先有一位客人是老胡开文笔墨店的后人。在上海时，胡先生曾邀几个朋友到二马路一家徽州菜馆小叙，刚一上楼就听见楼下一声吼叫，胡先生问："楼下账房先生方才吼叫的话，你们懂吗？他喊的是：'绩溪老倌，多加油啊！'在炒菜锅里额外加一勺油，表示优待同乡。我们家乡贫苦，平素是很少油吃。"随后端上来一盘划水鱼、一盘生炒蝴蝶面，果然油水不少，油漾到盘外。

我生长在北平，说的是北平话，因此无须学习国语，附带着也没学习注音符号，一直到现在，ㄅㄆㄇㄈ还搞不太清楚。在清华读书的时候，每年全国本部十八省考选学生入学，各说各省的方言，无形之中各省的学生自成一个小组。唯独直隶省同乡最为散漫，我所认识的同乡，大部分是天津人，真正的北平同乡只有两个，可是，我不久就发现其中一位原来是满洲人，另一位是内蒙古人。我的原籍是浙江，曾经正式向京兆大兴县公署申请入籍，承蒙批准在案。其实凡是会说地道北平话的人都可算是北平人。自从五胡乱华以来，北方民族混杂，北平又是几代为首都，人文荟萃，籍贯问题时常无从说起。能说国语的都是我们的同乡，因此我的同乡观念比较稀薄。在清华有一位同班同学，是中等科唯一的厦门人，他只会说厦门话，在高等科还有一位厦门人，偶然过来陪他聊聊天。他在学校里就像是单独拘禁，不堪寂寞，不久他就疯了。我了解，对于某些人同乡观念之难于消除是有理由的。

在异地遇同乡，是有一种不可抑制的喜悦。前年喜乐先生伉俪遇我，谈笑间才知道是北平同乡。我问：

“您在北平住在哪儿？”

“黄土坑儿。”

“什锦花园儿，对不对？”

“对。您呢？”

“内务部街。”

“灯市口儿，对不对？”

越说越对，于是谈起关于北平的陈谷子烂芝麻，一说就没个完，好像是又回到家乡里一趟。我在台北坐计程车，只有一次发现司机是北平人；不，是司机先发现我是北平人。我告诉他我要到什么地方，详加解释。他回过头频频看我，说：

“您是北平人吧？”

“是呀。”

“在北平住哪儿？”

“东四牌楼南边儿。”

“啊，我住北新桥儿，咱们住得很近嘛……”

于是，一路谈下去，不觉地到了目的地。我说：“零钱别找啦。”他望着我下车。许久许久才开车而去。

任何一个机关首长到任，总是要吸引几个同乡分担要职。人情之常，贤者不免。司印的、掌财的、管总务的都很重要，你难道要他放手交给陌生的不知底细的人去充当？无论如何，同乡总不至于像舅爷、连襟之类的裙带关系那样容易不利于人口。不过像美国卡特当政时，乔治亚帮之鸡犬升天，丑闻迭出，则又另当别论。大凡任何一个机关，若被人讥为会馆，总是不好看的。

林琴南《畏庐琐记》:“闽人喜操土音，每燕集，一遇乡人，即喋喋不已。然他省人无一能解者，故恶闽人刺骨。实则闽音有与古音通者。今略举数条，如……”闽音之与古音通，是众所周知的，但是古音非今人所能尽通，故闽语之流行仍被视为现今方言之一种。林琴南先生所谓他省人恶闽人刺骨，我想他省人不是不知闽音常与古音通，也不是恶闽人之操闽语，只是因为自己听不懂而困扰、而烦恼、而猜疑、而愤怒。我知道从前某一机关有两位谊属同乡的干部，他们时常交头接耳唧唧不休，所操土音无人能解，于是引人注意，疑其所谈必与苞苴有关，其中必定有弊，人言可畏，结果是双双去职。大抵在第三者面前二人以土音土语交谈，至少是不智而且不礼貌的行为。

忆青岛

“上有天堂，下有苏杭。”天堂我尚未去过。《启示录》所描写的“从天上上帝那里降下来的圣城耶路撒冷，那城充满着上帝的荣光，闪烁像碧玉宝石，光洁像水晶”，城墙是碧玉造的，城门是珍珠造的，街道是纯金的。珠光宝气，未能免俗。真不想去。新的耶路撒冷是这样的，天堂本身如何，可想而知。至于苏杭，余生也晚，没赶上当年的旖旎风光。我知道苏州有一个顽石点头的地方，有亭台楼阁之胜，网师渔隐，拙政灌园，均足令人向往。可是想到一条河里同时有人淘米洗锅刷马桶，不禁胆寒。杭州是白傅留诗、苏公判牍的地方，荷花十里，桂子三秋，曾经一度被人当作汴州。如今只见红男绿女游人如织，谁有心情看浓妆淡抹的山色空蒙。所以苏杭对我也没有多少号召力。

我曾梦想，如果有朝一日，可以安然退休，总要找一个比较舒适安逸的地点去居住。我不是不知道随遇而安的道理。

树下一卷诗，
一壶酒，一条面包——
荒漠中还有你在我身边歌唱——
啊，荒漠也就是天堂！

这只是说说罢了。荒漠不可能长久地变成天堂。我不存幻想，只想寻找一个比较能长久的居之安的所在。我是北平人，从不以北平为理想的地方。北平从繁华而破落，从高雅而庸俗、而恶劣，几经沧桑，早已无复旧观。我虽然足迹不广，但北自辽东，南至百粤，也走过了十几省，窃以为真正令人流连不忍去的地方应推青岛。

青岛位于东海之滨，在胶州湾之入口处，背山面海，形势天成。光绪二十三年（1897 年）德国强租胶州湾，辟青岛为市场，大事建设。直到如今，青岛的外貌仍有德国人的痕迹。例如房屋建筑，屋顶一律使用红瓦片，山坡起伏绿树葱茏之间，红绿掩映，饶有情趣。民国三年青岛又被日本夺占，民国十一年才得收回。尔后虽然被几个军阀盘踞，表面上没有遭到什么破坏。当初建设的根底牢固，就是要糟蹋一时也糟蹋不了。青岛的整齐清洁的市容一直维持了下来。我想在全国各都市里，青岛是最干净的一个。“无风三尺土，有雨一街泥”的北平不能比。

青岛的天气属于大陆气候，但是有海湾的潮流调剂，四季的变化相当温和。称得上是“春有百花秋有月，夏有凉风冬有雪”的好地方。冬天也有过雪，但是很少见，屋里面无须生火不会结冰。夏天的凉风习习，秋季的天高气爽，都是令人喜的，而春季的百花齐放，更是美不胜收。樱花我并不喜欢，虽然第一公园里整条街的两边都是樱花树，繁花如簇，一片花海，游人摩肩接踵，蜜蜂嗡嗡之声震耳，可是花没有香气，没有姿态。樱花是日本的国花，日本和我们有血海深仇，花树无辜，但是我不能不连带着对它有几分憎恶！我喜欢的公园里培养的那一大片娇艳欲滴的西府海棠。杜甫诗里没有提起过它，历代诗人词人歌咏赞叹它的不在少数。上清宫的牡丹高与檐齐，别处没有见过，山野有此丽质，没有人嫌它有富贵气。

推开北窗，有一层层的青山在望。不远的一个小丘有一座楼阁矗立，像堡垒似的，有俯瞰全市傲视群山之势，人称总督府，是从前德国总督的官邸，平民是不敢近的，青岛收回之后作为冠盖往来的饮宴之地，平民还是不能进去的（听说后来有时候也偶尔开放）。里面是什么样子我不知道，也不想知道。还有人说里面闹鬼。反正这座建筑物，尽管相当雄伟，却不给人以愉快的印象，因为它带给我们耻辱的回忆。

其实青岛本身没有高山峻岭，邻近的崂山，又称牢山，却是峣峥巉崄，为海滨一大名胜。读《聊斋志异·崂山道士》，早已心向往之，以为至少那是一些奇人异士栖息之所。由青岛驱车至九水，就是山麓，清流汩汩，到此尘虑全消。舍车扶策步行上山，仰视峰嶝，但见参嵯翳日，大块的青石陡峭如削，绝似山水画中之大斧劈的皴法，而且牛山濯濯，没有什么迎客松五老松之类的点缀，所以显得十分荒野。有人说这样的名山而没有古迹岂不可惜，我说请看随便哪一块巍巍的巨岩不是大自然千百万年锤炼而成，怎能说没有古迹？几小时的登陟，到了黑龙潭观瀑亭，已经疲不能兴。其他胜境如清风岭碧落岩，则只好留俟异日。游山逛水，非徒乘兴，也须有济胜之具才成。

青岛之美不在山而在水。汇泉的海滩宽广而水浅，坡度缓，作为浴场据说是东亚第一。每当夏季，游客蜂拥而至，一个个一双双的玉体横陈，在阳光下干晒，晒得两面焦，扑通一声下水，冲凉了再晒。其中有佳丽，也有老丑。玩得最尽兴的莫过于夫妻俩带着小儿女阖第光临。小孩子携带着小铲子小耙子小水桶，在沙滩上玩沙土，好像没个够。在这万头攒动的沙滩上玩腻了，缓步踱到水族馆，水族固有可观，更妙的是下面岩石缝里有潮水冲积的小水坑，其中小动物很多。如寄生蟹，英文叫 hermit crab，顶着螺蛳壳乱跑，煞是好玩。又如小型水母，像一把伞似的一张一阖，全身透明。孩子们利用他们的小工具可以罗掘一小桶，带回家去倒在玻璃缸里玩，比大人玩热带鱼还兴致高。如果还有余勇可贾，不妨到栈桥上走一遭。桥尽头处有一个八角亭，额曰回澜阁。在那里观壮阔之波澜，当大王之雄风，也是一大快事。

汇泉在冬天是被遗弃的，却也别有风致。在一个隆冬里，我有一回偕友在汇泉闲步，在沙滩上走着走着累了，便倒在沙上晒太阳，和风吹着我们的脸。整个沙滩属于我们，没有旁人，最后来了一个老人向我们兜售他举着的冰糖葫芦。我们在近处一家餐厅用膳，还喝了两杯古拉索（柑香酒）。尽一日欢，永不能忘。

汇泉冬夜涨潮时，潮水冲上沙滩又急遽地消退，轰隆呜咽，往复不已。我有一个朋友赁居汇泉尽头，出户不数步就是沙滩，夜闻涛声不能入眠，匆匆移去。我想他也许没有想到，那就是观音说教的海潮音，乃觌面失之。

说来惭愧，“饮食之人”无论到了什么地方总是不能忘情口腹之欲。青岛好吃的东西很多。牛肉最好，热销国内外。德国人佛劳塞尔在中山路开一餐馆，所制牛排我认为是国内第一。厚厚大大的一块牛排，煎得外焦里嫩，切开之后里面微有血丝。牛排上面覆以一枚嫩嫩的荷包蛋，外加几根炸番薯。这样的一份牛排，要两元钱，佐以生啤酒一大杯，依稀可以领略樊哙饮酒切肉之豪兴。内行人说，食牛肉要在星期三四，因为周末屠宰，牛肉筋脉尚生硬，冷藏数日则软硬恰到好处。佛劳塞尔店主善饮，我在一餐之间看他在酒桶之前走来走去，每经酒桶即取饮一杯，不下七八杯之数，无怪他大腹便便，如酒桶然。这是五十年前旧话，如今这个餐馆原址闻已变成邮局，佛劳塞尔如果尚在人间当在百龄以上。

青岛的海鲜也很齐备。像蚶、蛤、牡蛎、虾、蟹以及各种鱼类应有尽有。西施舌不但味鲜，名字也起得妙，不过一定要不惜工本，除去不大雅观的部分，专取其洁白细嫩的一块小肉，加以烹制，才无负于其美名，否则就近于唐突西施了。以清汤氽煮为上，不宜油煎爆炒。顺兴楼最善烹制此味，远在闽浙一带的餐馆以上。我曾在大雅沟菜市场以六元市得鲥鱼一尾，长二尺半有余，小口细鳞，似才出水不久，归而斩成几段，阖家饱食数餐，其味之腴美，从未曾有。菜蔬方面隽品亦多。蒲菜是自古以来的美味，诗经所说“其蔌维何，维笋及蒲”，蒲的嫩芽极细致清脆。青岛的蒲菜好像特别粗壮，以做羹汤最为爽口。再就是附近潍县的大葱，粗壮如甘蔗，细嫩多汁。一日，有客从远道来，止于寒舍，唯索烙饼大葱，他非所欲。乃如命以大葱进，切成段段，如甘蔗状，堆满大大一盘。客食之尽，谓乃生平未有之满足。青岛一带的白菜远销上海，短粗肥壮而质地细嫩。一般人称之为山东白菜。古人所称道的“春韭秋菘”，菘就是这大白菜。白菜各地皆有，种类不一，以山东白菜为最佳。

青岛不产水果，但是山东半岛许多名产以青岛为集散地。例如莱阳梨，此梨产在莱阳的五龙河畔，因沙地肥沃，故品质特佳。外表不好看，皮又粗糙，但其细嫩酥脆甜而多浆，绝无渣滓，美得令人难以相信，大的每个重十台两以上。再如肥城桃，皮破则汁流，真正是所谓水蜜桃，海内无其匹，吃一个抵得半饱。今之人多喜怀乡，动辄曰吾乡之梨如何，吾乡之桃如何，其夸张心理可以理解。但如食之以莱阳梨、肥城桃，两相比较，恐将哑然失笑。他如烟台之香蕉苹果玫瑰葡萄，也是青岛市面上常见的上品。

一般山东人的特性是外表倔强豪迈，内心敦厚温和。宦场中人，大部分肉食者鄙，各地皆然，固无足论。观风问俗，宜对庶民着眼。青岛民风淳厚，每于细民中见之。我初到青岛，看到人力车夫从不计较车资，乘客下车一律付与一角，路程远则付两角，无争论者。这是全国所没有的现象。有人说这是德国人留下的无形的制度，无论如何这种作风能维持很久便是难能可贵。青岛市面上绝少讨价还价的恶习。虽然小事一端，代表意义很大。无怪乎有人感叹，齐鲁本是圣人之邦，青岛焉能不绍其余绪？

我家里请了一位厨司老张，他是一位异人。他的手艺不错，蒸馒头，烧牛尾，都很擅长。每晚膳事完毕，沐浴更衣外出，夜深始返。我看他面色苍白消瘦，疑其吸毒涉赌。我每日给他菜钱二元，有时候他只飨我以白菜、豆腐之类，勉强可以果腹而已。我问他何以至此，他惨笑不答。过几天忽然大鱼大肉罗列满桌，俨若筵席，我又问其所以，他仍微笑不语。我懂了，一定是昨晚赌场大赢。几番叮问之后，他最后蹦出这样的一句："这就是一点良心！"

我赁屋于鱼山路七号，房主王君乃铁路局职员，以其薄薪多年积蓄成此小筑。我于租满前三个月退租离去，仍依约付足全年租赁，王君坚不肯收，争执不已，声达户外。有人叹曰："此君子国也。"

我在青岛居住四年，往事如烟。如今隔了半个世纪，人事全非，山川有异。悬想可以久居之地，乃成为缥缈之乡！噫！

六朝如梦——记六十年前的南京

江雨霏霏江草齐，六朝如梦鸟空啼。

无情最是台城柳，依旧烟笼十里堤。

这是唐末五代前蜀诗人韦庄的一首七言绝句《台城》，咏的是一幅图画，有怀古感慨之意。金陵自古帝王洲，明成祖迁都北京，金陵始有南京之名。龙盘虎踞，再加上六朝金粉，俨然江南文化重镇，历来文人雅士常有吟咏描述的篇章。韦庄的这一首是最著名的之一。

民国十五年秋，我在南京有半年的勾留，赁屋于东南大学大门对面的蓁巷。从海外归来，初到南京，好像有忽然置身于中古时代之感。以面积论，南京比北京大。从下关进入市内，唯一的交通工具是破旧的敞篷马车，路旁大部分是田畴草牧。南京的饮水要由挑夫或水车从下关取江水运到市内，江水是黄泥浆，家家都要备大水缸，用明矾澄清之后才能饮用。南京有电灯厂，电力不足，灯泡无光，只露丝丝红线，街灯形同虚设，人人预备手电筒。至于厕所，则厕列蹲坑，不备长筹，室有马桶，绝无香枣。每年至少产卵三次，每次至少产卵二百的臭虫，温热带地区无处无之，而“南京虫”之名独为天下所熟知，好像冤枉，不过亲自领教之后亦知其非浪得虚名。

因韦庄诗说起台城，我就先从台城说起。台城离我的学校和住处很近。一日午后课毕，偕友步行趋往。所谓台城，本是台省与宫殿所在之地的总称，其故址在鸡鸣山南乾河沿北。今习称鸡鸣寺北与明城墙相接的一段为台城遗址，实乃附会。但是台城太有名了，相传梁武帝萧衍于侯景之乱饿死于此。也有人说梁武帝并非饿死，实因老病于战乱之中死去。所有这些历史上的事实，后人不暇深考，鸡鸣寺附近那一段城墙大家认为是台城，我们也就无妨从众了。那一段城墙有个颇为宽大而苔藓丛生的墁砖的斜坡，循坡而上，即至墙头。这地方的景观甚为开阔，王勃《梓州福会寺碑》所谓“右萦层雉，左控崇峦”庶几近之。不过到处都是败壁摧垣，有一片萧索寂寥之感。我去的那一天，正值初秋，清风飒至，振衣当之，殊觉快意。想起台城在六朝的故事，由梁武帝想到陈后主，也不知那景阳井（即胭脂井）究竟在什么地方，只觉得一幕幕的历史悲剧曾在这一带扮演过，不禁兴起阵阵怀古的哀愁。这时节夕阳西下，猛听得远远传来军中喇叭的声音，益发凄凉，为之愀然，遂偕友携手踉跄而下。以后我们还去过许多次，凄迷的淑景至今不能忘。

南京有两个湖，一大一小。大的是玄武湖，小的是莫愁湖。玄武湖在南京城东北，周长约十五公里，面积约四平方公里半，其中有几个岛屿。本是历朝操练水兵和帝王游宴之所，后来废湖为田，又曾几度疏浚为湖，直到清末辟为公园，习称后湖。其间古迹不少，如东晋郭璞的坟墓等。萧统编《昭明文选》也是在这个地方。我曾去过后湖两次，匆匆不及深入观赏，只见到处是席棚茶座，扰攘不堪。莫愁湖小得多，在水西门外，周长仅约三四公里。相传南齐时代，洛阳女子莫愁远嫁到此地的卢姓人家，夫君远征，郁郁寡欢，湖因此得名。此说似不可信，因六朝时此地尚属大江的区域，莫愁湖之名始见于北宋乐史《太平寰宇记》。湖虽小，但有一段不平凡的历史。传说明太祖朱洪武曾在这湖上和徐达下过一局棋，赌注就是莫愁湖，徐达赢了，莫愁湖就成了他的别墅。后来好事者在此建了一座楼，名“胜棋楼”。大门口还有一副对联：

粉黛江山留得半湖烟雨

王侯事业都如一局棋枰

倒也稳妥贴切，可惜那局棋谱没有留下，无由窥测徐达的黑子棋怎样在白子中间摆出了“万岁”二字。我去游赏过一次，湖山仍旧，只是枯荷败柳，一片荒凉。

莫愁湖一度号称“金陵第一名胜”，而我最欣赏的地方却是清凉山下的扫叶楼。扫叶楼是明末清初高人画士龚贤（半千）的隐居之地，在水西门外，毗近莫愁湖。驱车至清凉寺，拾级而升，数转即可登楼上。半千是昆山人，流寓金陵，结庐于清凉山下，葺“半亩园”，筑“扫叶楼”，莳花种竹，远离尘嚣，以卖书鬻画自给。从游者甚众，编《芥子园画传》之王概即出其门下。我游扫叶楼，偕往者胡梦华、卢冀野，二君皆已下世。犹忆在扫叶楼上瀹茗清谈，偷闲半日。俯视半亩园，局面甚小，而趣味不俗。明末清初，江南固多隐逸，“金陵八家”以半千为首。其画“用笔厚重，用墨丰秾”，与时下泼墨之风迥异。半千不独以书画胜，人品之高尤足令人起敬。壁间中央供扫叶僧画像一帧，惜余当时未加详察，今已不复记忆是半千自画像的原本，抑或是后人模拟之作。对半千其人，我至今怀有敬意，因而对扫叶楼印象亦特别深刻。

明初宫殿建筑几已完全毁于兵燹，惟孝陵木构殿堂之石基尚在，石碑翁仲以及神兽雕刻大体完好，见其规模之宏大。陵前殿址有屋数楹，想系后人所筑，游客至此可以少憩。壁间悬朱元璋画像，不知何人手笔，獐头鼠目，长长的下巴，如猪拱嘴，望之不似人君。也有人说此像相当逼真，帝王之相固当有异常流。我对朱元璋个人的印象相当复杂，以一个平民出身的人而能克敌制胜位至九五，当然颇不简单，但其为人之猜忌残酷，亦历来所少有。他入葬孝陵，殉葬者有十余人，极人间之惨事。明清两代荒谬绝伦之文字狱，朱元璋实开其端。我凭吊其陵寝，很难对他下一单纯之论断，从陵门到孝陵殿基址，有一拱形墓门隧道直抵墓门，据专家言乃一伟大的建筑设计。

从明陵折返，途经一小博物馆，内中陈列若干古物之中有一块高与人齐的石头，上面血渍殷然，据云是方孝孺洒的血。我看了大为震撼。方孝孺一代大儒，因拒为明燕王棣篡位草诏而被判大逆，诛九族，方曰“诛十族亦无所惧”，于是于九族之外加上门生一族，八百七十余人死之！这是历史上专制帝王最不人道的暴行！这也是重气节的读书人为了正义而付出的最大的代价。我在小学读历史，老师讲起过诛十族的故事，即不胜其愤慨，如今看到这血渍石，焉得不为这惨痛的往事而神伤？

到了南京而不去秦淮河一游，好像是说不过去。东南大学外文系教授李辉光、畜牧系的教授罗清生，经常和我在一起游宴。有一天我提议去看看这“烟笼寒水月笼沙”的胜景，二公无兴趣，强而后可。在华灯初上的时候，我们到了河畔。哇！窄窄的一条小河，好像是一汪子死水，上面还泛着一些浮沤，两岸全是破敝的民房，河上泊着几只褪色的游艇。我们既来则安，勉强地冲着一只游艇走去，只见船舱中走出一位衣履不整的老妪，带着一位浓妆艳抹俗不可耐的村姑出来迎客。我们不知所措，狼狈而逃，恐怕真是赢得李太白诗中所谓“两岸拍手笑”了。未来之前不是没有心理准备。明知这条传说中“祖龙”开凿的河渠，两岸有过多少风流韵事，都早已成为陈迹，不复存在，但是万没想到会堕落荒废到如此的地步。只能败人意，扫人兴，怎能勾起人一丝半点的思古之幽情？朱自清写过一篇《桨声灯影里的秦淮河》，为人传诵，他认为当时的秦淮河上的船依然“雅丽过于他处而又有奇异的吸引力”，我不能不惊服佩弦先生的胃口之强了。

金陵号称有四十八景，可观之地当然不止上述几处，我课余得闲游览所及如是而已。友辈往还，亦多乐事。张欣海、余上沅、陈登恪和我，当时均无室家，如无其他应酬，每日晚餐辄相聚于成贤街一小餐馆。南京烹调并不独树一帜，江南风味，各地相差不多。我们每餐都很丰盛，月底结账，四人分摊，每人摊派三十余元，约合一般教授月薪六分之一。有一天，李辉光告诉我，北门桥有一西餐馆供应鹿肉，唯须预订，俟猎户上山有获，即通知赴宴。我为好奇，应允参加一份。不久，果然接到通知，欣然往。座客六七人。鹿唯两只腿可食。虽非珍馐，究属难得一尝的野味。其实以鹿肉供食，在我国古时是寻常事。《礼记·内则》：“春宜羔豚……夏宜腒鱐……秋宜犊麛……冬宜鲜羽……”麛，同麑，小鹿也。又提到鹿脯、麋脯之类。可见食鹿肉并不稀奇。

罗清生最善拇战，划拳赌酒，多半胜券在握。我曾请教其术，据告并无秘诀，唯须默察对方出拳之路数，如能看出其中变化之格式，自然易于猜中，同时自己之路数亦宜多所变化，务使对方莫测高深。因思孙子兵法谋攻篇所谓“知彼知己，百战不殆”，大概即是这个道理。我聆教之后，数十年间以酒会友拳战南北几乎无往不利。

图书馆主任洪范五先生亦我酒友之一，拇战时声调高亢，有如铜锤花脸。其寝室内经常备有一整脸盆之茶叶蛋，微火慢煨，蛋香满室。不独先生有此偏嗜，客来必定食蛋一枚。每蛋均写有号码，以志炖煮之先后。来客无不称美，主人引以为乐。

民国十六年春，革命军北伐，直薄南京，北军溃败，学校停课改组，我未获续聘，因而结束我在南京半载之盘桓。六十年前之南京，其风景人物，已经如梦，至若怀想六朝时代之金陵，真是梦中之梦了。

平山堂记

我常以为，关于居住的经验，我的一份是很宏富的。最特别的，如王宝钏住过的那种“窑”，我都住过一次，其他就不必说了。然而不然。我住过平山堂之后，才知道天下之大无奇不有，我的以往的经验实在是渺不足道。

平山堂者，广州国立中山大学城内教员宿舍也。我于一九四八年十二月避乱南征，浮海十有六日，于一九四九年一月一日抵广州，应中山大学聘，迁入平山堂。在迁入之前，得知可以获得“二房一厅”，私心庆幸不置。三日吉辰，携稚子及行李大小十一件乘“指挥车”往，到了一座巍巍大楼之下，车戛然而止。行李卸下之后，登楼巡视，于黝黑之甬道中居然有管理员，于是道明来意，取得钥匙。所谓二房一厅者，乃屋一间，以半截薄板隔成三块，外面一块名曰厅，里面那两块名曰房。于浮海十有六日之后，得此大为满意，因房屋甚为稳定，全不似海上之颠簸，突兀广厦，寒士欢颜。

平山堂有石额，金曾澄题，盖构于二十余年前，虽壁垩斑驳，蛛网尘封，而四壁峭立，略无倾斜。楼上为教员宿舍，约住二十余家，楼下为附属小学，学生数百人，又驻有内政部警察大队数十名，又有司法官训练班教室及员生数十人，楼之另一翼为附属中学教员宿舍，盖亦有数十家。房屋本应充分利用，若平山堂者可谓毫无遗憾。

我们的房间有一特点，往往需两家共分一窗，而且两家之间的墙壁上下均有寸许之空隙，所以不但鸡犬之声相闻，而且炊烟袅袅随时可以飘荡而来。平山堂无厨房之设备，各家炊事均需于其二房一厅中自行解决之。我以一房划为厨房，生平豪华莫此为甚，购红泥小火炉一，置炭其中临窗而点燃之，若遇风向顺利之时，室内积烟亦不太多，仅使人双目流泪略感窒息而已。各家炊饭时间并不一致，有的人黎明即起生火煮粥，亦有人于夜十二时开始操动刀砧生火烧油哗啦一声炒鱿鱼。所以一天到晚平山堂里面烟烟煴煴。有几家在门外甬道烧饭，盘碗罗列，炉火熊熊，俨然是露营炊饭之状，行人经过，要随时小心不要踢翻人家的油瓶醋罐。

水势就下，所以也难怪楼上的那仅有的一个水管不出水。在需用水的时候，它不绝如缕，有时候扑簌如落泪，有时候只有吱吱的干响如助予之叹息。唯一水源畅通的时候是在午夜以后，有识之士就纷纷以铅铁桶轮流取水囤积，其声淙然，彻夜不绝。白昼用水则需下楼汲取。楼下有蓄水池，洗澡洗衣洗米即在池边举行，有时亦在池内举行之。但是我们的下水道是相当方便的，窗口即是下水道，随时可以听见哗的一声响。举目一望，即可看见各式各样的器皿在窗口一晃而逝。至于倒出来的东西，其内容是相当复杂的了。

老练的人参观一个地方，总要看看它的厕所是什么样子。关于这一点我总是抱着“谢绝参观”的态度，所以也不便多所描写，我只能提供几点事实。的的确确，我们是有厕所的，而且有两处之多，都在楼下，而且至少有五百人以上集体使用，不分男女老幼。原来每一个小房间都有门的，现在门已多不知去向。原来是可以抽水的，现已不通水。据一位到过新疆的朋友告诉我，那地方大家都用公共厕所，男女不分，而且使用的人都是面朝里蹲下。朝里朝外倒没有关系，只是大家都要有一致的方向就好。可惜关于此点，平山堂没有规定，任何人都要考虑许久，才能因地制宜决定方向。

平山堂多奇趣。有时候东头发出惨叫声，连呼救命，大家蜂拥而出，原来是一位后母在鞭挞孩子。有时西头号啕大哭，如丧考妣，大家又蜂拥而出，原来是一位五十多岁的老太婆被儿媳逼迫而伤心。有时候，一声吆喝，如雷贯耳，原来是一位热心人报告发薪的消息，这一回是家家蜂拥而出，夺门而走，搭汽车，走四十分钟到学校，再搭汽车，四十分钟回到城内，跑金店兑换港纸——有一次我记得清清楚楚兑得港币三元二毫五仙。

别以为平山堂不是一个好去处。当时多少人羡慕我们住在这样一个好地方。平山堂旁边操场上，躺着三五百男男女女从山东流亡来的青年学生（我祝福他们，他们现在大概是在澎湖吧），有的在生病，有的满身渍泥。我的孩子眼泪汪汪地默默地拿了十元港纸买五十斤大米送给他们煮粥吃。那一夜，我相信平山堂上有许多人没有能合眼。平山堂前面进德会旁檐下躺着一二百人，内中有东北的学生教授及眷属，撑起被单毛毯而挡不住那斜风细雨的侵袭。

邻居的一位朋友题了一首咏平山堂的诗如下：

岁暮犹为客，荒斋举目非。
炊烟环室起，烛影一痕微。
蛮语穿尘壁，蚊雷绕翠帏。
干戈何日罢，携手醉言归？

盖纪实也。我于一九四九年六月离平山堂，到台湾。我于平山堂实有半年之缘。现在想想，再回去尝受平山堂的滋味，已不可得。将来归去，平山堂是否依然巍立，亦不可知。半年来平山堂之种种，恐日久或忘，是为记。

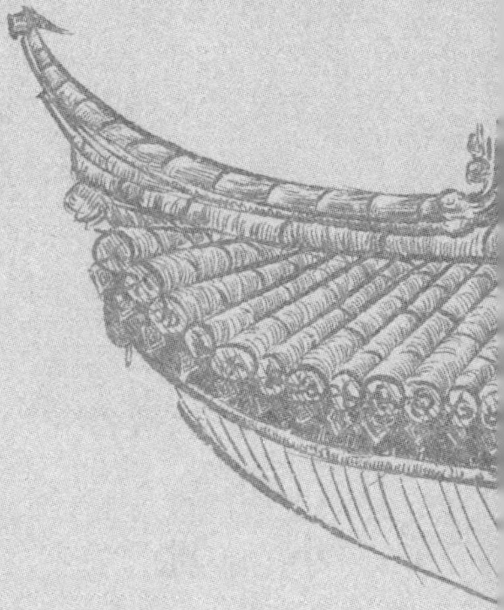

第三辑

生活滋味，慢慢品味

小　　账

小账是我们中国的一种坏习惯，在外国许多地方也有小账，但不像我们的小账制度那样的周密，认真，麻烦，常常令人不快。我们在饭馆里除了小账加一之外还要小账，理发洗澡要小账，坐轮船火车要小账，雇汽车要小账，甚而至于坐人力车坐轿子，车夫轿夫也还会要饶一句："道谢两白钱！"

小账制度的讨厌在于小账没有固定的数目，给少了固然要遭白眼，给多了也是不妙，最好是在普通的数目上稍微多加那么一点点，庶几可收给小账之功而不被谥为猪头三。然而这就不容易，这需要有经验、老门槛。

在有些地方，饭馆的小账是省不得的，尤其是在北方，堂倌客气得很，你的小账便也要相当的慷慨。小账加一，甚至加二加三加四加五，堂倌便笑容可掬，鞠躬如也，你才迈出门槛，就听见堂倌直着脖子大叫："送座，小账 × 元 × 角！"声音来得雄壮，调门来得高亢，气势来得威武，并且一呼百诺，一阵欢声把你直送出大门口，门口旁边还站着个把肥头胖耳的大块头，满面春风的弯腰打拱。小账之功效，有如此者。假如你的小账给得太少，譬如吃了九角八分面你给大洋一元还说“不用找啦”，那你就准备看着一张丧气的脸罢！堂倌绝不隐恶扬善，他是很公道的，你的“恶”他也要“扬”一下，他会怪声怪气地大吼一声：“小账二分……”门外还有人应声：“啊！二分！谢谢！”你只好臊不搭的溜之乎也。听说有一个人吃完饭放了二分钱在桌上，堂倌性急了一点，大叫：“小账二分！”那个人恼羞成怒，把那两分钱拿起来放进衣袋去，堂倌接着又叫：“又收回去了！”

一个外国传教士曾记载着：中国的客栈饭馆和澡堂一类场所有一种规矩，就是在客人付账之后，接受银钱的堂倌一定要高声报告小账的数目，这种规矩表面上好像是替客人拉面子，表示他如何阔绰（或其反面），也确有初次出门的客人这样想的；但实际上是让其他的堂倌们知道，他并没有揩什么油，小账是大家平均分配的，经收的他是“涓滴归公”了的（见潘光旦先生著：《民族特性与民族卫生》页一四五，商务版）。这观察固然是很对的，但是多付小账能有意想不到之效力，也是事实。在饭馆多付几成小账，以后你去了便受特别优待，你要一盘烩虾仁，堂倌便会附耳过来说：“二爷，不用吃虾仁了，不新鲜！”虾仁究竟新鲜与否是另一问题，单是这一句话显得多么亲切有味！在澡堂里于六角之外另给小账六角，给过几次之后，你再去，堂倌老远地就望见你，心里说“六角的来了”。

记得老舍先生有一篇小说，提起火车里的查票人的几副面孔，在三等车里两个查票人都板着面孔，在二等车里一个板面孔一个露笑脸，在头等车里两个人都带笑容。我们不能不佩服老舍先生形容尽致。不过你们注意过火车上的小账没有？坐二三等车的人不能省小账，你给了之后茶房还会嘟嘟囔囔地说：“请你老再回回手！”你回了手之后，他还要咂嘴摇头，勉强算是饶了你这一遭，并不满意。可是在头等车里很少有此等事，小账随便给，并无闲话听。原因很简单，他不知你是何许人，不敢啰唣。轮船里的大餐间，也有类似情形。陇海线浙赣线均不许茶房收小账，规矩很好，有些花钱的老爷们偏要破坏这规矩，其实是不该的。

考小账制度之所以这样发达，原因不外乎两个，一个是劳苦的工役薪俸太低，一个是有钱的人要凭借金钱的势力去买得格外的舒服。

劳力者的待遇，就一般论，实在太低。出卖劳力的人，一个月的薪俸只有十块八块，这是很普通的事，每月挣五六块的薪金而每月分小账可以分到三五十元，这也是很普通的事。为了贪求小账，劳动者便不能不低声下气地去伺候顾主，这固然也有好处，然而这种制度对于劳动者是不公道的，因为小账近于“恩惠”，而不是应得的报酬。广东有许多地方不要小账，那精神是可取的。要取消小账制度，劳力者的人格才得更受尊敬。在业主方面着想，小账是最好不过，这负担是出自顾客方面，而且因此还可以把业主的负担（薪金）减轻。

富有的人并不嫌小账为多事。常言道："有钱能使鬼推磨。"有钱的人往往就想：我有钱，什么事都办得到，多费几个钱算什么！在北平听过戏的人应该知道所谓"飞票"。好戏上场，总是很晚的，富有阶级的人无须早临而得佳座，因为卖"飞票"的人在门口守候着，拿着预先包销的佳座的票子向你兜售，你只消比票价多出百分之五十做小账，第二排第三排便随你挑选，假如再多付一点小账，等一会儿还会有一小壶特别体己好茶送到你的眼前。有钱的人不必守规矩，钱就是规矩。火车站买票也是苦差事，然而老于此道者亦无须着急，尽管到候车室里吸烟品茶，茶房会从票房的后门进去替你办得妥妥帖帖，省你一身大汗，费你几角小账。只要有钱，就有办法。假如没有小账制度，有钱也是不成，大家都得守规矩，有钱的人和没钱的人不是平等了吗？

我提议：一，把劳苦的人的工资提高；二，把小账的制度取缔一下，例如饭馆既有堂彩加一的办法，就不必另收小账（改作加二也好）；三，公用机关和大企业要首先倡导打破小账制度，这事说起来容易，一时自然办不到。可是我还要说！

（原载一九三九年一月二十四日《中央日报·平明》，署名文茜）

厨　　房

从前有教养的人家子弟，永远不走进下房或是厨房，下房是仆人起居之地，厨房是庖人治理膳馐之所，湫隘卑污，故不宜厕身其间。厨房多半是在什么小跨院里，或是什么不显眼的角落（旮旯儿），而且常常是邻近溷厕。孟子有“君子远庖厨”之说，也是基于“眼不见为净”的道理。在没有屠宰场的时候，杀牛宰羊均须在厨中举行，否则远庖厨做甚？尽管席上的重珍兼味美不胜收，而那调和鼎鼐的厨房却是龌龊脏乱，见不得人。试想，煎炒烹炸，油烟弥漾而无法宣泄，烟熏火燎，煤渣炭屑经常的月累日积，再加上老鼠横行，蚊蝇乱舞，蚂蚁蟑螂之无孔不入，厨房焉得不脏？当然厨房也有干净的，想郇公厨香味错杂，一定不会令人望而却步，不过我们的传统厨房多少年来留下的形象，大家心里有数。

埃及废王法鲁克，当年在位时，曾经游历美国，看到美国的物质文明，光怪陆离，目不暇接，对于美国家庭的厨房之种种设备，尤其欢喜赞叹。临归去时，他便订购了最豪华的厨房设备全套，运回国去。他的眼光是很可佩服的，他选购的确是美国文化精粹的一部分。虽然那一套设备运回去之后，曾否利用，是否适用，因为没有情报追踪，我们不得而知，但是我们知道埃王陛下一顿早点要吃二十个油煎荷包蛋，想来御膳的规模必不在小，美国式家庭厨房的设备是否能胜负荷，就很难说。

美式厨房是以主妇为中心而设计的。所占空间不大，刚好容主持中馈的人站在中间有回旋的余地。炉灶用电，不冒烟，无气味，下面的空箱放置大大小小煮锅和平底煎锅，俯拾即是。抬头有电烤箱或是微波烤箱，烤鸡烤鸭烤盆菜，烘糕烘点烘面包，自动控制，不虞烧焦。左手有沿墙一般长的料理台，上下都是储柜抽屉，用以收藏盘碗餐具，墙上有电插头，供电锅、烤面包器、绞肉机、打蛋器之类使用。台面不怕刀切不怕烫。右边是电冰箱，一个不够可以有两个。转过身来是洗涤槽，洗菜洗锅洗碗，渣渣末末的东西（除了金属之外）全都顺着冷热水往下冲，启动电钮就可以听见呼噜呼噜地响，底下一具绞碎机（disposal）发动了，把一刀的渣滓弃物绞成了碎泥冲进下水道里。下水道因此无阻塞之虞。左手有个洗碗机，冲干净了的碟碗插列其间，装上肥皂粉，关上机门启动电钮，盘碗便自动洗净而且吹干。在厨做饭的人真是有左右逢源、进退自如之感。

美式厨房也非尽善尽美。至少寓居美国而坚持不忘唐餐的人就觉得不大方便。唐餐讲究炒菜，这个“炒”字是美国人所不能领略的。炒菜要用锅,尖底的铁锅(英文为 wok 大概是粤语译音),西式平底锅只宜烙饼煎蛋，要想吃葱爆牛肉片、榨菜炒肉丝什么的，非尖底锅不办，否则翻翻搅搅掂掂那几下子无从施展。而尖底锅放在平平的炉灶上，摇摇晃晃，又非有类似“支锅碗”的东西不可，炒菜有时需要旺油大火，不如此炒出来的东西不嫩。过去有些中国餐馆大师傅，嫌火不够大，不惜舀起大勺猪油往灶口里倒，使得火苗骤旺，电灶火力较差，中国人用电灶容易把电盘烧坏，也就是因为烧得太旺太久之故。火大油旺，则油烟必多。灶上的抽烟机发挥作用有限，一顿饭做下来，满屋子是油烟，寝室客厅都不能免。还有外国式的厨房不备蒸笼，所谓双层锅，具体而微，可以蒸一碗蛋羹而已。若想做小笼包，非从国内购运柳木制的蒸笼不可，一层屉不够要两三层，摆在电灶上格格不入。铝制的蒸锅，有干净相，但是不对劲。

人在国外而顿顿唐餐，则其厨房必定走样。我有一位朋友，高尚士也,旅居美国多年,贤伉俪均善烹调,热爱我们的固有文化,蒸、炒、烹、煎，无一不佳。我曾叨扰郇厨，坐在客厅里，但见厨房门楣之上悬一木牌写着两行文字，初以为是什么格言之类，趋前视之，则是一句英文，曰:“我们保留把我们自己的厨房弄得乱七八糟的权利。”当然这是给洋人看的。我推门而入，所谓乱七八糟是谦辞，只是东西多些，大小铁锅蒸笼，油钵醋瓶，各式各样的作料器皿，纷然杂陈，随时待用。做中国菜就不能不有做中国菜的架势。现代化的中国厨房应该是怎个样子，尚有待专家设计。

我国自古以来，主中馈的是女人，虽然解牛的庖丁一定是男人。《易·家人》：“无攸遂，在中馈，贞吉。”疏曰：“妇人之道，巽顺为常，无所必遂，其所职主在于家中馈食供祭而已。”所以新妇三日便要入厨洗手做羹汤，多半是在那黑黝黝又脏又乱的厨房里打转一直到老。我知道一位缠足的妇人，在灶台前面一站就是几个钟头，数十年如一日，到了老年两足几告报废，寸步难移。谁说的男子可以不入厨房？假如他有时间、有体力、有健康的观念，应该没有阻止他进入厨房的理由。有一次我在厨房擀饺子皮，系着围裙，满手的面粉，一头大汗，这时候有客来访，看见我的这副样子大为吃惊，他说：“我是从来不进厨房的，那是女人去的地方。”我听了报以微笑。不过他说的话不是没有事实根据，绝大多数的女人是被禁锢在厨房里，而男人不与焉。今天之某些职业妇女常得意忘形地讽主持中馈的人为“在厨房上班”。其实在厨房上班亦非可耻之事，我们的母亲祖母曾祖母有几个不在厨房上班？在妇女运动如火如荼的美国，妇女依然不能完全从厨房里“解放”出来。记得某处妇女游行，有人高举木牌，上面写着“停止烧饭，饿死那些老鼠！”“老鼠”饿不死的，真饿急了他会乖乖地自己去烧饭。

理　发

理发不是一件愉快事。让牙医拔过牙的人，望见理发的那张椅子就会怵怵不安，两种椅子很有点相像。我们并不希望理发店的椅子都是檀木螺钿，或是路易十四式，但至少不应该那样的丑，方不方圆不圆的，死橛橛硬邦邦的，使你感觉到坐上去就要受人割宰的样子。门口担挑的剃头挑儿，更吓人，竖着的一根小小的旗杆，那原是为挂人头的。

但是理发是一种必不可免的麻烦。“君子整其衣冠，尊其瞻视，何必蓬头垢面，然后为贤？”理发亦是观瞻所系。印度锡克族，向来是不剪发不剃须的，那是“受诸父母不敢毁伤”的意思，所以一个个的都是满头满脸毛毵毵的，滔滔皆是，不以为怪。在我们的社会里，就不行了，如果你蓬松着头发，就会有人疑心你是在丁忧，或是才从监狱里出来。髭须是更讨厌的东西，如果蓄留起来，七根朝上八根朝下都没有关系，嘴上有毛受人尊敬，如果刮得光光的露出一块青皮，也行，也受人尊敬，唯独不长不短的三两分长的髭须，如鬃鬣，如刺猬，如刈后的稻秆，看起来令人不敢亲近，鲁智深“腮边新剃暴长短须戗戗地好渗濑人”，所以人先有五分怕他。钟馗须髯如戟，是一副啖鬼之相。我们既不想吓人，又不欲啖鬼，而且不敢不以君子自勉，如何能不常到理发店去？

理发匠并没有令人应该不敬重的地方，和刽子手屠户同样的是一种为人群服务的职业，而且理发匠特别显得高尚，那身西装便可以说是高等华人的标志。如果你交一个刽子手朋友，他一见到你就会相度你的脖颈，何处下刀相宜，这是他的职业使然。理发匠俟你坐定之后，便伸胳臂挽袖相度你那一脑袋的毛发，对于毛发所依附的人并无兴趣。一块白绸布往你身上一罩，不见得是新洗的，往往是斑斑点点的如虎皮宣。随后是一根布条在咽喉处一勒。当然不会致命，不过箍得也就够紧，如果是自己的颈子大概舍不得用那样大的力。头发是以剪为原则，但是附带着生薅硬拔的却也不免，最适当的抗议是对着那面镜子拎眉皱眼地做个鬼脸，而且希望他能看见。人的头生在颈上，本来是可以相当地旋转自如的，但是也有几个角度是不大方便的，理发匠似乎不大顾虑到这一点，他总觉得你的脑袋的姿势不对，把你的头扳过来扭过去，以求适合他的刀剪。我疑心理发匠许都是孔武有力的，不然腕臂间怎有那样大的力气？

椅子前面竖起一面大镜子是颇有道理的，倒不是为了可以顾影自怜，其妙在可以知道理发匠是在怎样收拾你的脑袋，人对于自己的脑袋没有不关心的。戴眼镜的朋友摘下眼镜，一片模糊，所见亦属有限。尤其是在刀剪晃动之际，呆坐如僵尸，轻易不敢动弹，对于左右坐着的邻客无从瞻仰，是一憾事。左边客人在挺着身子刮脸，声如割草，你以为必是一个大汉，其实未必然，也许是个女客；右边客人在喷香水擦雪花，你以为必是佳丽，其实亦未必然，也许是个男子。所以不看也罢，看了怪不舒服。最好是废然枯坐。

其中最愉快的一段经验是洗头。浓厚的肥皂汁滴在头上，如醍醐灌顶，用十指在头上搔抓，虽然不是麻姑，却也手似鸟爪。令人着急的是头皮已经搔得清痛，而东南角上一块最痒的地方始终不曾搔到。用水冲洗的时候，难免不泛滥入耳，但念平夙盥洗大概是以脸上本部为限，边远陬隅辄弗能届，如今痛加涤荡，亦是难得的盛举。电器吹风，却不好受，时而凉飕习习，时而夹上一股热流，热不可当，好像是一种刑罚。

最令人难堪的是刮脸。一把大刀锋利无比，在你的喉头上眼皮上耳边上，滑来滑去，你只能瞑目屏息，捏一把汗。Robert Lynd 写过一篇《关于刮脸的讲道》，他说：

“当剃刀触到我的脸上，我不免有这样的念头：‘假使理发匠忽然疯狂了呢？’很幸运的，理发匠从未疯狂过，但我遭遇过别种差不多的危险，例如，有一个矮小的法国理发匠在雷雨中给我刮脸，电光一闪，他就跳得老高。还有一个喝醉了的理发匠，举着剃刀找我的脸，像个醉汉的样子伸手去一摸却扑了个空。最后把剃刀落在我的脸上了，他却靠在那里镇定一下，靠得太重了些，居然把我的下颊右方刮下了一块胡须，刀还在我的皮上，我连抗议一声都不敢。就是小声说一句，我觉得，都会使他丧胆而失去平衡，我的颈静脉也许要在他不知不觉间被他割断，后来剃刀暂时离开我的脸了，大概就是法国人所谓 Reculer pour mieux sauter（退回去以便再向前扑），我趁势立刻用梦魇的声音叫起来：'别刮了，别刮了，够了，谢谢你。'……"

这样的怕人的经验并不多有。不过任何人都要心悸，如果在刮脸时想起相声里的那段笑话，据说理发匠学徒的时候是用一个带茸毛的冬瓜来做实验的，有事走开的时候便把刀向瓜上一剁，后来出师服务，常常错认人头仍是那个冬瓜。刮脸的危险还在其次，最可恶的是他在刮后用手毫无忌惮地在你脸上摸，摸完之后你还得给他钱！

割胆记

“胆结石？没关系，小毛病，把胆割去就好啦！赶快到医院去。下午就开刀，三天就没事啦！”——这是我的一位好心的朋友听说我患胆结石之后对我所说的一番安慰兼带鼓励的话。假如这结石是生在别人的身上，我可以完全同意他的看法，可惜这结石是生在我的这只不争气的胆里，而我对于自己身上的任何零件都轻易不肯割爱。

一九六二年五月二十二日，我清晨照例外出散步，回来又帮着我的太太提了二十几桶水灌园浇花，也许劳累了些，随后就胃痛起来。这一痛，不似往常的普通胃痛，真正的是如剜如绞，在床上痛得翻跟头，竖蜻蜓，呼天抢地，死去活来。医生来，说是胆结石症（Cholelithiasis），打过针后镇定了一会，随后又折腾起来。熬过了一夜，第二天我就进了医院——中心诊所。

除了胃痛之外，我还微微发热，这是胆囊炎（Cholecystitis）

的征象。在这情形之下，如不急剧恶化，宜先由内科治疗等到体温正常，健康复原之后再择吉开刀。X 光照相显示，我的胆特别大，而且形状也特别，位置也异常。我的胆比平常人的大两三倍。通常是梨形，上小底大，我只是在越王勾践《卧薪尝胆图》上看见过。我的胆则形如扁桃。胆的位置是在腹部右上端，而我的胆位置较高，高三根肋骨的样子。我这扁桃形的胆囊，左边一半堆满了石头，右边一半也堆满了石头，数目无法计算。做外科手术，最要紧的是要确知患部的位置，而那位置最好是能相当暴露在容易动手处理的地方。我的胆的部位不太好。别人横斜着挨一刀，我可能要竖着再加上一刀，才能摘取下来。

感谢内科医师们，我的治疗进行得非常顺利，使紧急开刀成为不必需。七天后我出院了。医师嘱咐我，在体力恢复到最佳状态时，向外科报到。这是一个很令人为难的处境。如果在病发的那一天，立刻就予以宰割，没有话说，如今要我把身体养得好好地再去从容就义，那很不是滋味。这种外科手术叫作“间期手术”(interval operation)，是最安全可靠的。但是对病人来讲，在精神上很紧张。

关心我的朋友们也开始紧张了。主张开刀派与主张不开刀派都言之成理，但是我没有法子能同时听从两面的主张。“去开刀吧，一劳永逸，若是不开也不一定就出乱子，可是有引起黄疸病的可能，也可能导致肝癌，而且开刀也很安全，有百分之九十几的把握。如果迁延到年纪再大些，开刀就不容易了……”——这一套话很有道理。“要慎重些的好，能不开还是不开，年纪大的人要特别慎重，医师的话要听但亦不可全听，专家的知识可贵，常识亦不可忽视。……”这一套话也很中听。

这时节报纸上刊出西德新发明专治各种结石特效药的广告，不用开刀，吃下药去即可将结石融化，或使大者变小，小者排出体外。这种药实在太理想了！可是一细想这样神奇的药应该经由临床实验，应该由医学机构证明推荐，何必花费巨资在报纸上大登广告？良好的医师都不登广告，良好的药品似乎也无须大吹大擂。我不但未敢尝试，也未敢向医师提起这样的神药。

中医有所谓偏方，据说往往有奇效。四年前我发现有糖尿症，我明知道这病症是终身的，无法根治，但是好心的朋友们坚持要我喝玉黍须煮的水，我喝了一百天，结果是病未好，不过也没有坏。这次我患胆石，从三个不同的来源来了三个偏方，核对之下内容完全一样，有一个特别注明为“叶天士秘方”。叶天士大名鼎鼎，无人不知，这秘方满天飞，算不得怎样秘了。处方如下：

白术二钱 白芍二钱 白扁豆二钱炒 黄芪二钱炙
茯苓二钱 甘草二钱 生姜五片 红枣二枚

就是不懂岐黄之术的人也可以看得出来这不是一服霸道的药。吃几服没有关系，有益无损，只怕叶天士未必肯承认是他的方子而已。

又有朋友老远地寄给我一包药草，说是山胞在高山采摘的专治结石的特效药，他的母亲为了随时行善特地在庭园栽植了满满的一畦。像是菊花叶似的，味苦。神农尝百草，不知他尝过这草没有。不过据说多少人都服了见效，一块块的石头都消灭于无形，病霍然愈。

各种偏方，无论中西，都能给怕开刀的人以精神上的安慰，有时也能给病人以灵验的感觉。因为像胆石这样的病，即使不服任何药物，也会渐渐平伏下去，不过什么时候再来一次猛烈的袭击就不得而知。可能这一生永不再发，也可能一年半载之后又大发特发，甚至一发而不可收。所以拖延不是办法。或是冒险而开刀，或是不开刀而冒险，二者必取其一。我自内科治疗之后，体力复原很慢，一个月后体温始恢复正常，然后迁延复迁延，同时又等候着秋凉，而长夏又好像没有尽止似的燠热，秋凉偏是不来。这样的我熬过了五个月，身体上没有什么苦痛，精神上可受了折磨。胆里含着一包石头，就和肚里怀着鬼胎差不多，使得人心里七上八下的不得安宁。好容易挨到十月底，凉风起天末，中心诊所的张先林主任也从美国回来了，我于二十二日入院接受手术。

二十二日那一天，天高气爽，我携带一个包袱，由我的太太陪着，准时于上午八点到达医院报到，好像是犯人自行投案一般。没有敢惊动朋友们，因为开刀的事无论如何也不能算是喜事，而且刀尚未开，谁也不敢说一定会演变成为丧事，既不在红白喜事之列，自然也不必声张。可是事后好多朋友都怪我事前没有通知。

五个月前的旧地重游，好多的面孔都是熟识的。我的心情是很坦然的，来者不怕，怕者不来，既来则安之。我担心的是我的太太，我怕她受不住这一份紧张。

我对开刀是有过颇不寻常的经验的。二十年前我在四川北碚割盲肠，紧急开刀。临时把外科主任请来，他在发疟疾，满头大汗。那时候除了口服的 Sulhnilamide 之外还没有别的抗生素。手术室里蚊蝇乱舞，两位护士不住地挥动拍子防止蚊蝇在伤口下蛋。手术室里一灯如豆，而且手术正在进行时突然停电，幸亏在窗外伫立参观手术的一位朋友手里有一只二尺长的大型手电筒，借来使用了一阵。在这情形之下完成了手术，七天拆线，紧跟着发高热，白细胞激增，呈昏迷现象，于是医师会诊，外科说是感染了内科病症，内科说是外科手术上出了毛病，结果是二度开刀打开看看以释群疑。一看之下，谁也没说什么，不再缝口，塞进一卷纱布，天天洗脓，足足仰卧了一个多月，半年后人才复原。所以提起开刀，我知道是怎样的滋味。

但是我忽略了一个事实。二十年来，医学进步甚为可观，而且此时此地的人才与设备，也迥异往昔。事实证明，对于开刀前前后后之种种顾虑，全是多余的。二十二日这一天，忙着做各项检验，忙得没有工夫去胡思乱想。晚上服一颗安眠药，倒头便睡。翌日黎明，又服下一粒 Morphine Atroprin，不大功夫就觉得有一点飘飘然、忽忽然，软趴趴的，懒洋洋的，好像是近于“不思善，不思恶”那样的境界，心里不起一点杂念，但是并不是湛然寂静，是迷离恍惚的感觉。就在这心理状态下，于七点三十分被抬进手术室。想象中的手术前之紧张恐怖，根本来不及发生。

剖腹，痛事也。手术室中剖腹，则不知痛为何物。这当然有赖于麻醉剂。局部麻醉，半身麻醉，全身麻醉，我都尝受过，虽然谈不上痛苦，但是也很不简单。我记得把醚(ether)扣在鼻子上，一滴一滴地往上加，弄得腮帮嘴角都湿漉漉的，嘴里“一、二、三……”应声数着，我一直数到三十几才就范，事后发现手腕扣紧皮带处都因挣扎反抗而呈淤血状态。我这一回接受麻醉，情形完全不同。躺在冰凉梆硬的手术台上，第一件事是把氧气管通到鼻子上，一阵清凉的新鲜空气喷射了出来，就好像是在飞机乘客座位旁边的通气设备一样。把氧气和麻醉剂同时使用是麻醉术一大进步，病人感觉至少有舒适之感。其次是打葡萄糖水，然后静脉注射一针，很快地就全身麻醉了，妙在不感觉麻醉药的刺激，很自然很轻松地不知不觉地丧失了知觉，比睡觉还更舒服。以后便是撬开牙关，把一根管子插入肺管，麻醉剂由这管子直接注入肺里去，在麻醉师控制之下可以知道确实注入了多少麻醉剂，参看病人心脏的反应而予以适当的调整。这其间有一项危险，不牢固的牙齿可能脱落而咽了下去；我就有两颗动摇的牙齿，多亏麻醉师王大夫为我悉心处理，使我的牙齿一点也没受到影响。

手术是由张先林先生亲自实行的，由俞瑞璋苑玉玺两位大夫协助。张先生的学识经验，那还用说？去年我的一位朋友患肾结石，也是张先生动的手术，他告诉我张先生的手不仅是快，而且巧。

肉窟窿里面没有多少空间让手指周旋，但是他的几个手指在里面运用自如，单手就可以打个结子。我在八时正式开刀，十时抬回了病房。在我，这就如同睡了一觉，大梦初醒，根本不知过了多久，亦不知发生了什么事。猛然间听得耳边有人喊我，我醒了，只觉得腰腹之间麻木凝滞，好像是梆硬的一根大木橛子横插在身体里面，可是不痛。照例麻醉过后往往不由自主地吐真言。我第一句话据说是:“石头在哪里？石头在哪里？”由鼻孔里插进去抽取胃液的橡皮管子，像是一根通心粉，足足地抽了三十九小时才撤去，不是很好受的。

我的胆是已经割下来了，我的太太过去检观，粉红的颜色，皮厚有如猪肚，一层层地剖开，里面像石榴似的含着一大堆湿黏乌黑的石头。后来用水漂洗，露出淡赭色，上面有红蓝色斑点，石质并不太坚，一按就碎，大者如黄豆，小者如芝麻，大小共计一百三十三颗，装在玻璃瓶里供人参观。石块不算大，数目也不算多，多的可达数百块，而且颜色普通，没有鲜艳的色泽，也不清莹透彻，比起以戒定慧熏修而得的佛舍利，当然相差甚远。胆不是一个必备的器官，它的职务只是贮藏胆液并且使胆液浓缩，浓缩到八至十倍。里面既已充满石头，它的用处也就不大，割去也罢。高级动物大概都有胆，不过也有没有胆的，所以割去也无所谓。割去之后，立刻感觉到腹腔里不再东痛西痛。

朋友们来看我，我就把玻璃瓶送给他们看。他们的反应不尽相同，有的说:“啊哟，这么多石头，你看，早就该开刀，等了好几个月，多受了多少罪！”有的说：“啊哟，这么多石头，当然非开刀不可，吃药是化不了的！”有的说：“啊哟，这么多石头，可以留着种水仙花！”有的说：“啊哟，这么多石头，外科医师真是了不起！”随后便是我或繁或简地叙述割胆的经过，垂问殷勤则多说几句，否则少说几句。

第二天早晨护士小姐催我起来走路。才坐起来便觉得头晕目眩，心悸气喘，勉强下床两个人搀扶着绕走了一周。但是第三天不需扶持了，第四天可以绕室数回，第五天可以外出如厕了。手术之后立即进行运动的办法，据说是由于我们中国伤兵在第二次世界大战中所表现的惊人的成效而确立的。我们的伤兵于手术之后不肯在床上僵卧，常常自由活动，结果恢复得特别快，这给了医术人员一个启示。不知这说法有无根据？

我在第九天早晨，大摇大摆地提着包袱走出医院，回家静养。一出医院大门，只见一片阳光，照耀得你睁不开眼，不禁暗暗叫道：“好漂亮的新鲜世界！”

相声记

我要记的不是听相声，而是我自己说相声。

在抗战期间有一次为了筹什么款开游艺大会，有皮黄，有洋歌，有杂耍。少不了要一段相声。后台老板瞧中了老舍和我，因为我们两个平素就有点贫嘴贱舌，谈话就有一点像相声，而且焦德海草上飞也都瞻仰过。别的玩意不会，相声总还可以凑合。老舍的那一口北平话真是地道，又干脆又圆润又沉重，而且土音土语不折不扣，我的北平话稍差一点，真正的北平人以为我还行，外省人而自以为会说官话的人就认为我说得不大纯粹。老舍的那一张脸，不用开口就够引人发笑，老是绷着脸，如果龇牙一笑，能立刻把笑容敛起，像有开关似的。头顶上乱蓬蓬的一撮毛，没梳过，倒垂在又黑又瘦的脸庞上。衣领大约是太大了一点，扣上纽扣还是有点松，把那个又尖又高的“颏里嗉（北平土话，谓喉结）”露在外面。背又有点驼，迈着八字步。真是个相声的角色。

我比较起来，就只好去（当）那个挨打的。我们以为这事关抗战，义不容辞，于是就把这份差事答应了下来。老舍挺客气，决定头一天他逗我捧，第二天我逗他捧。不管谁逗谁捧，事实上我总是那个挨打的。

本想编一套新词儿，要与抗战有关，那时候有这么一股风气，什么都讲究抗战，在艺坛上而不捎带上一点抗战，有被驱逐出境的危险。老舍说："不，这玩意可不是容易的，老词儿都是千锤百炼的，所谓雅俗共赏，您要是自己编，不够味儿。咱们还是挑两段旧的，只要说得好，陈旧也无妨。"于是我们选中了《新洪洋洞》《一家六口》。老舍的词儿背得烂熟，前面的帽子也一点不含糊，真像是在天桥长大的。他口授，我笔记。我回家练了好几天，醒来睁开眼就嚷："你是谁的儿子……我是我爸爸的儿子……"家里人听得真腻烦。我也觉得一点都不好笑。

练习熟了，我和老舍试着预演一次。我说爸爸儿子的乱扯，实在不大雅，并且我刚说爸爸二字，他就"啊"一声，也怪别扭的。他说："不，咱们中国群众就爱听这个，相声里面没有人叫爸爸就不是相声。这一节可千万删不得。"对，中国人是觉得当爸爸是便宜事。这就如同做人家的丈夫也是便宜事一样。我记得抬滑竿的前后二人喜欢一唱一答，如果他们看见迎面走来一位摩登女郎，前面的就喊："远看一朵花。"后面的接声说："教我的儿子喊她妈！"我们中国人喜欢在口头上讨这种阿Q式的便宜，所谓"夜壶掉了把儿"，就剩了一个嘴了。其实做了爸爸或丈夫，是否就是便宜，这笔账只有天知道。

照规矩说相声得有一把大折扇，到了紧要关头，敲在头上，啪的一声，响而不疼。我说：“这可以免了。”老舍说，“行，虚晃一下好了，别真打。可不能不有那么一手儿，否则煞不住。”

一切准备停当，游艺大会开幕了，我心里直扑通。我先坐在池子里听戏，身旁一位江苏模样的人说了：“你说什么叫相声？”旁边另一位高明的人说：“相声，就是昆曲。”我心想真糟。

锣鼓歇了，轮到相声登场。我们哥儿俩大摇大摆地踱到台前，深深地向观众鞠了一躬，然后一边一块，面部无表情，直挺挺地一站，两件破纺绸大褂，一人一把大扇子。台下已经笑不可抑。老舍开言道：“刚才那个小姑娘的洋歌唱得不错。”我说：“不错！”一阵笑。“现在咱们两个小子子儿伺候一段相声。”又是一阵笑。台下的注意力已经被抓住了。后台刚勾上半个脸的张飞也蹭到台上听来了。

老舍预先嘱咐我，说相声讲究“皮儿薄”，一戳就破。什么叫“皮儿薄”，就是说相声的一开口，底下就得立刻哗的一阵笑，一点不费事。这一回老舍可真是“皮儿薄”，他一句话，底下是一阵笑，我连捧的话都没法说了，有时候我们需要等半天笑的浪潮消下去之后才能继续说。台下越笑，老舍的脸越绷，冷冰冰的像是谁欠他二百两银子似的。

最令观众发笑的一点是我们所未曾预料到的。老舍一时兴起，忘了他的诺言，他抽冷子恶狠狠地拿扇子往我头上敲来，我看他来势不善往旁一躲，扇子不偏不倚地正好打中我的眼镜框上，眼镜本来很松，平常就往往出溜到鼻尖上，这一击可不得了，哗啦一声，眼镜掉下来了，我本能地两手一捧，把眼镜接住了。台下鼓掌喝彩大笑，都说这一手儿有功夫。

我们的两场相声，给后方的几百个观众以不少的放肆的大笑，可是我很惭愧，内容与抗战无关。人生难得开口笑。我们使许多愁眉苦脸的人开口笑了。事后我在街上行走，常有人指指点点地说："看，那就是那个说相声的！"

（原载一九四七年九月七日《益世报·星期小品》，署名绿鸽）

搬　　家

人讥笑我，说我大概是吃了耗子药，否则怎么会五年之内搬了三次家。搬家是辛苦事。除非是真的家徒四壁，任谁都会蓄积一些弃之可惜留之无用的东西，到了搬家的时候才最感觉到累赘。小时候师长就谆谆告诫不可暴殄天物，常引陶侃竹头木屑的故事为例，所以长大了之后很难改除收藏废物的习惯，日积月累，满坑满谷全是东西。其中一部分还怪不得我，都是朋友们的宠锡嘉贶，有些还真是近似“白象”，也不管蜗居逼仄到什么地步，一头接着一头的“白象”接踵而来，常常是在拜领之后就进了储藏室或是束之高阁。到了搬家的时候，陈谷子烂芝麻一齐出仓，还是哪一样都舍不得丢。没办法，照搬。我认识一个人，他也是有这个爱惜物资的老毛病，当年他到外国读书，订购牛奶每天一瓶，喝完牛奶之后觉得那瓶子实在可爱，洗干净之后通明透剔，舍不得丢进垃圾桶，就放在屋角，久而久之成了一大堆，地板有压坏之虞，无法处理，最后花一笔钱才请人为之清除。我倒不至于这样的痴，可是毛病也不少。别的不提，单说朋友们的来信，我照例往一只抽屉里一丢，并非庋藏，可是一抽屉一抽屉的塞得结结实实，难道搬家时也带了走？要想审阅一遍去芜存菁，那工程也很浩大，无已，硬着头皮选出少数的存留，剩下的大部分的朵云华笺最好是付之丙丁，然而那要构成空气污染也于心不忍，只好弃之，好在内中并无机密。我还听说有一位先生，每天看完报纸必定折叠整齐，一天一沓，一月一捆，久之堆积到充栋的地步，一日行经其下，报纸堆突然倒坍，老先生压在底下受伤竟至不治。我每次搬家必定割舍许多平素不肯抛弃的东西，可叹的是旧的才去新的又来。

搬一次家要动员好多人力。我小时在北平有过两次搬家的经验。大敞车、排子车、人力车，外加十个八个“窝脖儿的”，忙活十天半个月才暂告段落。所谓“窝脖儿的”，也许有人还没听说过，凡是精致的家具，如全堂的紫檀、大理石心的硬木桌椅，以至于玻璃罩的大座钟和穿衣镜等等，都禁不得磕碰，不能用车运送，就是雕花的柜橱之类也不能上车。于是要雇请“窝脖儿的”来任艰巨。顾名思义，他的运输工具主要的就是他的脖颈。他把头低下来，用一块麻包之类的东西垫在他的脖颈上，再加上一块夹板，几百斤重的东西架在他的脖子上，他伸出两手扶着，就健步如飞地上路了。我曾察看他的脖子，与众不同，有一大块青紫的肉坟起如驼峰，是这一行业的标记。后来有所谓搬场公司，这一行就没落了。可是据我的经验，所谓搬场公司虽然扬言服务周到，打个电话就来，可是事到临头，三五个粗壮大汉七手八脚得像拆除大队似的把东西塞满大卡车、小发财，一声吆喝，风驰电掣而去，这时候我便不由得想起从前的“窝脖儿的”那一行业。搬一次家，家具缺胳膊短腿是保不齐的，至若碰瘪几个坑、擦掉几块漆，那是题中应有之义，可以算作是一种折旧。如果搬家也可以用货柜制度该有多好，即使有人要在你忙乱之际顺手牵羊，也将无所施其技。

搬一次家如生一场病，好久好久才能苏息过来，又好久好久才能习惯下来。这一切都没有什么可怨的，只要有个地方可以栖迟也就罢了。我从小到大，居住的地方越搬越小，从前有个三进五进外加几个跨院，如今则以坪计。喜乐先生给我画过一幅“故居图”，是极高明的一幅界画，于俯瞰透视之中绘出平昔宴居之趣，悬在壁上不时地撩起我的故国之思，而那旧式的庭院也是值得怀念的。如今我的家越搬越高，搬到了十几层之上，在这一点上倒是名副其实的乔迁。

俗话说：“千金买房，万金买邻。”旨哉言也。孟母三迁，还不是因为邻居不大理想？假使孟母生于今日，卜居一大城市之中，恐怕非一日一迁不可。孟母三迁，首先是因为其舍近墓，后来迁居市旁，其地又为贾人炫卖之所，最后徙居学宫之旁，才决定安居下去。“昔孟母，择邻处”，主要是为了孩子，怕孩子受环境影响，似尚不曾考虑环境的安宁、卫生等条件，如今择邻而处，真是万难。我如今的住处，左也是学宫，右也是学宫，几曾见有“设俎豆揖让进退之事”？时常是哝聒之声盈耳，再不就是操场上的扩音喇叭疯狂地叫喊。贾人炫卖更是常事，如果楼下没有修理汽车的小肆之夜以继日的敲敲打打就算是万幸了。我住的地方位于台北盆地之中，四面是山，应该是有“山花如水净，山鸟与云闲”（王荆公诗）的景致，但是不，远山常为雾罩，眼前看到的全是鳞次栉比的鸽子笼。而且千不该万不该我买了一具望远镜，等到天朗气清之日向远山望去，哇！全是累累的坟墓。我想起洛阳北门外有北邙山，“北邙山头少闲土，尽是洛阳人旧墓”（王建诗），城外多少土馒头，城内多少馒头馅，亘古如斯，倒也不是什么值得特别感慨的事。

不过我住的地方是傍着一条交通孔道，早早晚晚车如流水，轰轰隆隆，其中最令人心惊的莫过于丧车。张籍诗：“洛阳北门北邙道，丧车辚辚入秋草。”我所听到的声音不只是辚辚，于辚辚之外还有锣、鼓、喇叭、唢呐，以及不知名的敲打吹腔的乐器，有不成节奏的节奏和不成腔调的腔调。不过有一回我听出了所奏的是“苏武牧羊”。这种乐队车常不止一辆，场面大的可能有十辆八辆，南管北管、洋鼓洋号各显其能。这种大出丧、小出丧，若遇黄道吉日，一天可能有几十档子由我楼下经过。有人来贺新居问我，住在这样的地方听这种声音，是不是不大吉利。我说，这有什么不吉利。想起王荆公一首五古《两山间》，其中有这样几句：

> 我欲抛山去，山仍劝我还。
> 只应身后冢，亦是眼中山。
> 且复依山住，归鞍未可攀。

讲　价

韩康采药名山，卖于长安市，三十余年，口不二价。这并不是说三十余年物价没有波动，这是说他三十余年没有讲过一次谎，就凭这一点怪脾气他的大名便入了《后汉书》的逸民列传。这并不证明买卖东西无须讲价是我们古已有之的固有道德，这只是证明自古以来买卖东西就得要价还价，出了一位韩康，便是人瑞，便可以名垂青史了。韩康不但在历史上留下了佳话，在当时也是颇为著名的，一个女子向他买药，他守价不移，硬是没得少，女子大怒，说："难道你是韩康，一个钱没得少？"韩康本欲避名，现在小女子都知道他的大名，吓得披发入山。卖东西不讲价，自古以来，是多么难得！我们还不要忘记韩康"家世著姓"，本不是商人，如果是个"逐什一之利"的，有机会能得什二什三时岂不更妙？

从前有些店铺讲究货真价实，"言不二价""童叟无欺"的金字招牌偶然还可以很骄傲地悬挂起来，不必大减价雇吹鼓手，主顾自然上门。这种事似乎渐渐少了。童叟根本也不见得好欺侮，而且买卖大半是流动的，无所谓主顾，不讲价还是不过瘾，不七折八扣显得买卖不和气，交易一成买者就又会觉得上当。在尔虞我诈的情形之下，讲价便成为交易的必经阶段，反正是“漫天要价，就地还钱”。看看谁有本事谁讨便宜。

我买东西很少的时候能不比别人的贵。世界上有一种人，喜欢到人家里面调查物价，看看你家里有什么东西都要打听一下是用什么价钱买的，除非你在每一事物上都黏上一个纸签标明价格，否则将不胜其啰唣。最扫兴的是，我已经把真的价钱瞒起，自欺欺人地只说了一半的价钱来搪塞他，他有时还会把头摇得像个“波浪鼓”似的，表示你上了弥天的大当！我承认，有些人是特别地善于讲价，他有政治家的脸皮，外交家的嘴巴，杀人的胆量，钓鱼的耐心，坚如铁石，韧似牛皮，所以他能压倒那待价而沽的商人。我尝虚心请教，大概归纳起来讲价的艺术不外下列诸端：

第一，要不动声色。进得店来，看准了他没有什么你就要什么，使得他显得寒碜，先有几分惭愧。然后无精打采地道出你所真心要买的东西，伙计于气馁之余，自然欢天喜地地捧出他的货色，价钱根本不会太高。如果偶然发现一项心爱的东西，也不可失声大叫，如获异宝，必要行若无事，淡然处之，于打听许多种物价之后，随意问询及之，否则你打草惊蛇，他便奇货可居了。

第二，要无情地批评。甘瓜苦蒂，天下物无全美。你把货物捧在手里，不忙鉴赏，先求其疵缪之所在，不厌其详地批评一番，尽量地道出它的缺点。有些物事，本是无懈可击的，但是“嗜好不能争辩”，你这东西是红的，我偏喜欢白的，你这东西大的，我偏喜欢小的。总之，是要把东西褒贬得一文不值缺点百出，这时候伙计的脸上也许要一块红一块白的不大好看，但是他的心里软了，价钱上自然有了商量的余地，我在委曲迁就的情形之下来买东西，你在价钱上还能不让步吗？

第三，要狠心还价。先假设，自从韩康入山之后每个商人都是说谎的。不管价钱多高，拦腰一砍。这需要一点胆量，狠得下心，说得出口，要准备看一副嘴脸。人的脸是最容易变的，用不了加多少钱，那副愁云惨雾的苦脸立刻开霁，露出一缕春风。但这是最紧要的时候，这是耐心的比赛，谁性急谁失败，他一文一文地减，你就一文一文地加。

第四，要有反顾的勇气。交易实在不成，只好掉头而去，也许走不了好远，他会请你回来，如果他不请你回来，你自己要有回来的勇气，不能负气，不能讲究“义不反顾，计不旋踵”。讲价到了这个地步，也就山穷水尽了。

这一套讲价的秘诀，知易行难，所以我始终未能运用。我怕费工夫，我怕伤和气，如果我粗脖子红脸，我身体受伤，如果他粗脖子红脸，我精神上难过，我聊以解嘲的方法是记起郑板桥爱写的那四个大字：“难得糊涂”。

《淮南子》明明地记载着“东方有君子之国”，但是我在地图上却找不到。《山海经》里也记载着:“君子国衣冠带剑，其人好让不争。”但只有《镜花缘》给君子国透露了一点消息。买物的人说:“老兄如此高货，却讨恁般贱价，教小弟买去，如何能安?务求将价加增，方好遵教。若再过谦，那是有意不肯赏光交易了。”卖物的人说:“既承照顾，敢不仰体?但适才妄讨大价，已觉厚颜，不意老兄反说货高价贱，岂不更教小弟惭愧?况敝货并非‘言无二价’，其中颇有虚头。”照这样讲来，君子国交易并非言无二价，也还是要讲价的，也并非不争，也还有要费口舌唾液的。什么样的国家，才能买东西不讲价呢?我想与其讲价而为对方争利，不如讲价而为自己争利，比较合于人类本能。

有人传授给我在街头雇车的秘诀:街头孤零零的一辆车，车夫红光满面鼓腹而游的样子，切莫睬他，如果三五成群鸠形鹄面，你一声吆喝便会蜂拥而来，竞相延揽，车价会特别低廉。在这里我们发现人性的一面——残忍。

衣　裳

莎士比亚有一句名言:“衣裳常常显示人品。”又有一句:“如果我们沉默不语，我们的衣裳与体态也会泄露我们过去的经历。”可是我不记得是谁了，他曾说过更彻底的话:我们平常以为英雄豪杰之士，其仪表堂堂确是与众不同，其实，那多半是衣裳装扮起来的，我们在画像中见到的华盛顿和拿破仑，固然是奕奕赫赫，但如果我们在澡堂里遇见二公，赤条条一丝不挂，我们会要有异样的感觉，会感觉得脱光了大家全是一样。这话虽然有点玩世不恭，确有至理。

中国旧式士子出而问世必须具备四个条件:一团和气，两句歪诗，三斤黄酒，四季衣裳;可见衣裳是要紧的。我的一位朋友，人品很高，就是衣裳“普罗”一些，曾随着一伙人在上海最华贵的饭店里开了一个房间，后来走出饭店，便再也不得进去，司阍的巡捕不准他进去，理由是此处不施舍。无论怎样解释也不得要领，结果是巡捕引他从后门进去，穿过厨房，到账房内去理论。这不能怪那巡捕，我们几曾看见过看家的狗咬过衣冠楚楚的客人？

衣裳穿得合适，煞费周章，所以内政部礼俗司虽然绘定了各种服装的式样，也并不曾推行，幸而没有推行！自从我们剪了小辫儿以来，衣裳就没有了体制，绝对自由，中西合璧的服装也不算违警，这时候若再推行“国装”，只是于错杂分歧之中更加重些纷扰罢了。

李鸿章出使外国的时候，袍褂顶戴，完全是“满大人”的服装。我虽无爱于清朝章制，但对于他的不穿西装，确实是很佩服的。可是西装的势力毕竟太大了，到如今理发匠都是穿西装的居多。我忆起了二十年前我穿西装的一幕。那时候西装还是一件比较新奇的事物，总觉得有点“机械化”，其构成必相当复杂。一班几十人要出洋，于是西装逼人而来，试穿之日，适值严冬，或缺皮带，或无领结，或衬衣未备，或外套未成，但零件虽然不齐，吉期不可延误，所以一阵骚动，胡乱穿起，有的宽衣博带如稻草人，有的细腰窄袖如马戏丑，大体是赤着身体穿一层薄薄的西装裤，冻得涕泗交流，双膝打战，那时的情景足当得起“沐猴而冠”四个字。当然后来技术渐渐精进，有的把裤脚管烫得笔直，视如第二生命，有的在衣袋里插一块和领结花色相同的手绢，俨然像是一个绅士，猛然一看，国籍都要发生问题。

西装是有一定的标准的。譬如，做裤子的材料要厚，可是我看见过有人在光天化日之下穿夏布西装裤，光线透穿，真是骇人！衣服的颜色要朴素沉重，可是我见过著名自诩讲究穿衣裳的男子们，他们穿的是色彩刺目的宽格大条的材料、颜色惊人的衬衣、如火如荼的领结，那样子只有在外国杂耍场的台上才偶然看得见！大概西装破烂，固然不雅，但若崭新而俗恶则更不可当。所谓洋场恶少，其气味最下。

中国的四季衣裳，恐怕要比西装更麻烦些。固然西装讲究起来也是不得了的，历史上著名的一例，詹姆斯第一的朋友白金翰爵士有衣服一千六百二十五套。普通人有十套八套的就算很好了。中装花样要多些，虽然终年一两件长袍也能度日。中装有一件好处，舒适。中装像是变形虫，没有一定的形式，随着穿的人身体变。不像西装，肩膀上不用填麻布使你冒充宽肩膀，脖子上不用戴枷系索，裤子里面有的是“生存空间”，而且冷暖平均，不像西装咽喉下面一块只是一层薄衬衣，容易着凉，裤子两边插手袋处却又厚至三层，特别郁热！中国长袍还有一点妙处，马彬和先生(英国人入我国籍)曾为文论之。他说这钟形长袍是没有差别的，平等的，一律地遮掩了贫富贤愚。马先生自己就是穿一件蓝长袍，他简直崇拜长袍。据他看，长袍不势利，没有阶级性，可是在中国，长袍同志也自成阶级，虽然四川有些抬轿的也穿长袍。中装固然比较随便，但亦不可太随便，例如脖子底下的纽扣，在西装可以不扣，长袍便非扣不可，否则便不合于“新生活”。再例如虽然在蚊虫甚多的地方，裤脚管亦不可放进袜筒里去，做绍兴师爷状。

男女服装之最大不同处，便是男装之遮盖身体无微不至，仅仅露出一张脸和两只手可以吸取日光紫外线，女装的趋势，则求遮盖愈少愈好。现在所谓旗袍，实际上只是大坎肩，因为两臂已经齐根划出。两腿尽管细直如竹筷，扭曲如松根，也往往一双双地摆在外面。袖不蔽肘，赤足裸腿，从前在某处都曾悬为厉禁，在某一种意义上，我们并不惋惜。还有一点可以指出，男子的衣服，经若干年的演化，已达到一个固定的阶段，式样色彩大概是千篇一律的了，某一种人一定穿某一种衣服，身体丑也好，美也好，总是要罩上那么一套。女子的衣裳则颇多个人的差异，仍保留大量的装饰的动机，其间大有自由创造的余地。既是创造，便有失败，也有成功。成功者便是把身体的优点表彰出来，把劣点遮盖起来；失败者便是把劣点显示出来，优点根本没有。我每次从街上走回来，就感觉得我们除了优生学外，还缺乏妇女服装杂志。不要以为妇女服装是琐细小事，法朗士说得好："如果我死后还能在无数出版书籍当中有所选择，你想我将选什么呢？"……在这未来的群籍之中我不想选小说，亦不选历史，历史若有兴味亦无非小说。我的朋友，我仅要选一本时装杂志，看我死后一世纪中妇女如何装束。妇女装束之能告诉我未来的人文，胜过于一切哲学家、小说家、预言家及学者。

衣裳是文化中很灿烂的一部分。所以，裸体运动除了在必要的时候之外（如洗澡等等），我总不大赞成。

梦

《庄子·大宗师》:“古之真人，其寝不梦。”注:“其寝不梦，神定也，所谓至人无梦是也。”做到至人的地步是很不容易的，要物我两忘，“嗒然若丧其偶”才行，偶然接连若干天都是一夜无梦，浑浑噩噩地睡到大天光，这种事情是常有的，但是长久地不做梦，谁也办不到。有时候想梦见一个人，或是想梦做一件事，或是想梦到一个地方，拼命地想，热烈地想，刻骨镂心地想，偏偏想不到，偏偏不肯入梦来。有时候没有想过的，根本不曾起过念头的，而且是荒谬绝伦的事情，竟会窜入梦中，突如其来，挥之不去，好惊、好怕、好窘、好羞！至于我们所企求的梦，或是值得一做的梦，那是很难得一遇的事，即使偶有好梦，也往往被不相干的事情打断，瞿然而觉。大致讲来，好梦难成，而噩梦连连。

我小时候常做的一种梦是下大雪。北国冬寒，雪虐风饕原是常事，哪有一年不下雪的？在我幼小的心灵中，对于雪没有太大的震撼，顶多在院里堆雪人、打雪仗。但是我一年四季之中经常梦雪，差不多每隔一二十天就要梦一次。对于我，雪不是“战退玉龙三百万，败鳞残甲满天飞”（张承吉句），我没有那种狂想。也没有白居易“可怜今夜鹅毛雪，引得高情鹤氅人”那样的雅兴。更没有柳宗元“独钓寒江雪”的那份幽独的感受。雪只是大片大片的六出雪花，似有声似无声地、没头没脑地从天空筛将下来。如果这一场大雪把地面上的一切不平都匀称地遮覆起来，大地成为白茫茫的一片，像韩昌黎所谓“坳中初盖底，凸处遂成堆”，或是相传某公所谓的“黑狗身上白，白狗身上肿”，我一觉醒来便觉得心旷神怡，整天高兴。若是一场风雪有气无力，只下了薄薄一层，地面上的枯枝败叶依然暴露，房顶上的瓦垄也遮盖不住，我登时就会觉得哽结，醒后头痛欲裂，终朝寡欢。这样的梦我一直做到十四五岁才告停止。

紧接着常做的是另一种梦，梦到飞。不是像一朵孤云似的飞，也不是像抟扶摇而上九万里的大鹏，更不是徐志摩在《想飞》一文中所说的“飞上天空去浮着，看地球这弹丸在太空里滚着，从陆地看到海，从海再看回陆地，凌空去看一个明白”，我没有这样规模的豪想。我梦飞，是脚踏实地两腿一弯，向上一纵，就离了地面，起先是一尺来高，渐渐上升一丈开外，两脚轻轻摆动，就毫不费力地越过了影壁，从一个小院蹿到另一个小院，左旋右转，夷犹如意。这样的梦，我经常做，像彼得·潘“那个永远长不大的孩子”，说飞就飞，来去自如。醒来之后，就觉得浑身通泰。

若是在梦里两腿一踹，竟飞不起来，身像铅一般的重，那么醒来就非常沮丧，一天不痛快。这样的梦做到十八九岁就不再有了。大概是彼得·潘已经长大，而我像是雪莱《西风颂》所说的：“落在人生的荆棘上了！”

成年以后，我过的是梦想颠倒的生活，白天梦做不少，夜梦却没有什么可说的。江淹少时梦人授以五色笔，由是文藻日新。王殉梦大笔如椽，果然成大手笔。李白少时笔头生花，自是天才瞻逸，这都是奇迹。说来惭愧，我有过一支小小的可以旋转笔芯的四色铅笔，我也有过一幅朋友画赠的“梦笔生花图”，但是都无补于我的文思。

我的亲人、我的朋友送给我的各式各样的大小粗细的笔，不计其数，就是没有梦见过五色笔，也没有梦见过笔头生花。至于黄帝之梦游华胥、孔子之梦见周公、庄子之梦为蝴蝶、陶侃之梦见天门，不消说，对我更是无缘了。我常有噩梦，不是出门迷失，找不着归途，到处“鬼打墙”，就是内急找不到方便之处，即使找到了地方也难得立足之地，再不就是和恶人打斗而四肢无力，结果大概都是大叫一声而觉。像黄粱梦、南柯一梦……那样的丰富经验，纵然是梦不也是很快意吗？

梦本是幻觉，迷离惝恍，与过去的意识或者有关，与未来的现实应是无涉，但是自古以来就把梦当兆头。晋皇甫谧《帝王世纪》说：黄帝做了两个大梦，一个是“大风吹天下之尘垢皆去”，一个是“人执千钧之弩驱羊万群”，于是他用江湖上拆字的方法占梦，依前梦“得风后于海隅，登以为相”，依后梦“得力牧于大泽，进以为将”。据说黄帝还著了《占梦经》十一卷。假定黄帝轩辕氏是于公元前2698年即帝位，他用什么工具著书，其书如何得传，这且不必追问。《周礼·春官》证实当时有官专司占梦之事：“观天地之会，辨阴阳之气，以日月星辰，占六梦之吉凶，一曰正梦，二曰噩梦，三曰思梦，四曰寤梦，五曰喜梦，六曰惧梦。”后世没有占梦的官，可是梦为吉凶之兆，这种想法仍深入人心。如今一般人梦棺材，以为是升官发财之兆；梦粪便，以为黄金万两之征。何况自古就有传说，梦熊为男子之祥，梦兰为妇人有身，甚至梦见自己的肚皮生出一棵大松树，谓为将见人君，真是痴人说梦。

群芳小记

“老子爱花成癖”，这话我不敢说。爱花则有之，成癖则谈何容易。需要有一块良好的场地，有一间宽敞的温室，有各种应用的器材。更重要的是有健壮的体格和充分的闲暇。我何足以语此。好不容易我有了余力，有了闲暇，但是曾几何时，人垂垂老矣！两臂乏力，腰不能弯，腿不能蹲。如何能够剪草、搬盆、施肥、换土？请一位园丁，几天来一次，只能帮做一点粗重的活。而且花是要自己亲手培养，看着它抽芽放蕊，才有趣味。像鲁迅所描写的“吐两口血，扶着丫鬟，到阶前看秋海棠”，那能算是享受吗？

迁台以来，几度播迁，看到了不少可爱的花。但是我经过多少次的移徙，“乔迁”上了高楼，竟没有立锥之地可资利用，种树莳花之事乃成为不可能。无已，只好寄情于盆栽。幸而菁清爱花有甚于我者，她拓展阳台安设铁架，常不惜长途奔走载运花盆、肥土，戴上手套做园艺至于忘寝废食。如今天晴日丽，我们的窗前绿意盎然。尤其是她培植的“君子兰”由一盆分为十余盆，绿叶黄花，葳蕤多姿。我常想起黄山谷的句子:“白发黄花相牵挽，付与时人冷眼看。”

菁清喜欢和我共同赏花，并且要我讲述一些有关花木的见闻，爰就记忆所及，拉杂记之。

一、海棠

海棠的风姿艳质，于群芳之中颇为突出。

我第一次看到繁盛缤纷的海棠是在青岛的第一公园。二十年[①]春，值公园中樱花盛开，夹道的繁花如簇，交叉蔽日，蜜蜂嗡嗡之声盈耳，游人如织。我以为樱花无色无香，纵然蔚为雪海，亦无甚足观，只是以多取胜。徘徊片刻，乃转去苗圃，看到一排排西府海棠，高及丈许，而花枝招展，绿鬓朱颜，正在风情万种、春色撩人的阶段，令人有忽逢绝艳之感。

海棠的品种繁多，以“西府”为最胜，其姿态在“贴梗”“垂丝”之上。最妙处是每一花苞红得像胭脂球，配以细长的花茎，斜欹挺出而微微下垂，三五成簇。凡是花，若是紧贴在梗上，便无姿态，例如茶花，好的品种都是花朵挺出的。樱花之所以无姿态，便是因为无花茎。榆叶梅之类更是品斯下矣。海棠花苞最艳，开放之后花瓣的正面是粉红色，背面仍是深红，俯仰错落，浓淡有致。海棠的叶子也陪衬得好，嫩绿光亮而细致。给人整个的印象是娇

① 即 1931 年。

小艳丽。我立在那一排排的西府海棠前面，良久不忍离去。

十余年后我才有机会在北平寓中垂花门前种植四棵西府海棠，着意培植，春来枝枝花发，朝夕品赏，成为毕生快事之一。明初诗人袁士元和刘德彝《海棠》诗有句云:“主人爱花如爱珠，春风庭院如画图。”似此古往今来,同嗜者不在少。两蜀花木素盛，海棠尤为著名。昌州（今大足县）且有“海棠香国”之称。但是杜工部经营草堂，广栽花木，独不及海棠，诗中亦不加吟咏，或谓避母讳，不知是否有据。唐诗人郑谷《蜀中赏海棠》诗云:“浓淡芳春满蜀乡，半随风雨断莺肠，浣花溪上堪惆怅，子美无心为发扬。”其言若有憾焉。

以海棠与美人春睡相比拟，真是联想力的极致。《唐书·杨贵妃传》:“明皇登沉香亭，召杨妃，妃被酒新起，命力士从侍儿扶掖而至。明皇笑曰:‘此真海棠睡未足耶？’”大概是海棠的那副懒洋洋的娇艳之状像是美人春睡初起。究竟是海棠像美人，还是美人像海棠，倒是一个有趣的问题。苏东坡一首《海棠》诗有句云:“林深雾暗晓光迟，日暖风清春睡足。”是把海棠比作美人。

秦少游对于海棠特别感兴趣。宋释惠洪《冷斋夜话》:“少游在横州，饮于海棠桥，桥南北多海棠，有老书生家于海棠丛间。少游醉宿于此，明日题其柱云:‘唤起一声人悄，衾暖梦寒窗晓。瘴雨过，海棠晴，春色又添多少？社瓮酿成微笑，半缺瘿瓢共舀。觉倾倒，急投床，醉乡广大人间小。’”家于海棠丛中，多么风流！少游醉后题词，又是多么潇洒！少游家中想必也广植海棠，因为同为苏门四学士的晁补之有一首《喜朝天》，注“秦宅，作海棠”，有句云：“碎锦繁绣，更柔柯映碧，纤搊匀殷。谁与将红间白，采薰笼，仙衣覆斑斓。如有意，浓妆淡抹，斜倚阑干。”刻画得淋漓尽致。

二、含笑

白朴的曲子《庆东原》有这样的一句：“忘忧草，含笑花，劝君闻早冠宜挂。”以“忘忧草”（即萱草）与“含笑花”作对，很有意思。大概是语出欧阳修《归田录》：“丁晋公在海南，篇咏尤多，如：‘草解忘忧忧底事，花名含笑笑何人？’尤为人所传诵。”含笑花是什么样子，我从未见过，因为它是南方花木，北地所无。

我来到台湾之后十年，开始经营小筑，花匠为我在庭园里栽了一棵含笑。是一人来高的灌木，叶小枝多，毫无殊相。可是枝上有累累的褐色花苞，慢慢长大，长到像莲实一样大，颜色变得淡黄，在燠热溽蒸的天气中，突然绽开。不是突然展瓣，是花苞突然裂开小缝，像是美人的樱唇微绽，一缕浓烈的香气荡漾而出，所以名为含笑。那香气带着甜味，英文俗名称之为“香蕉灌木”（banana shrub），名虽不雅，确是贴切。宋人陈善《扪虱新话》：“含笑有大小，小含笑香尤酷烈。四时有花，唯夏中最盛。又有紫含笑、茉莉含笑。皆以日夕入稍阴则花开。初开香尤扑鼻。予山居无事，每晚凉坐山亭中，忽闻香风一阵，满室郁然，知是含笑开矣。”所记是实。含笑易谢，不待隔日即花瓣敞张，露出棕色花心，香气亦随之散尽，落花狼藉满地。但是翌日又有一批花苞绽开，如是持续很久。淫雨之后，花根积水，遂渐呈枯零之态。急为垫高地基，盖以肥土，以利排水，不久又欣欣向荣，花苞怒放了。

大抵花有色则无香，有香则无色。不知是否上天造物忌全？含笑异香袭人，而了无姿色，在群芳中可独树一格。宋人姚宽《西溪丛语》载“三十客”之说，品藻花之风格，其说曰：“牡丹，贵客。梅，清客。李，幽客。桃，妖客。杏，艳客。莲，溪客。木樨，严客。海棠，蜀客。……含笑，佞客。……”含笑竟得“佞客”之名，殊难索解。佞有伪善或谄媚之意。含笑芬芳馥郁，何佞之有？我对于含笑特有一份好感，因为本地人喜欢采择未放的含笑花苞，浸以净水，供奉在亡亲灵前或佛龛案上，一瓣心香，情意深远，美极了。有一位送货工友，在我门外就嗅到含笑香，向我乞讨数朵，问以何用，答称新近丧母，欲以献在灵前，我大为感动，不禁鼻酸。

三、牡丹

牡丹不是我国特产，好像是传自西方。隋唐以来，始盛播于中土，朝野为之风靡。天宝中，杨贵妃在沉香亭赏木芍药，李白作《清平调词》三章，有“云想衣裳花想容”之句。木芍药即牡丹。百年之后，裴度退隐，“寝疾永乐里，暮春之月，忽过游南园，令家仆童升至药栏，语曰：‘我不见花而死，可悲也。’怅然而返。明早报牡丹一丛先发，公视之，三日乃薨。”是真所谓牡丹花下死。

白居易为钱塘寺，携酒赏牡丹，张祜题诗云：“浓艳初开小药栏，人人惆怅出长安。风流却是钱塘守，不踏红尘看牡丹。”刘禹锡赏牡丹诗：“唯有牡丹真国色，花开时节动京城。”其他诗人吟咏牡丹者不计其数。

周敦颐《爱莲说》：“自李唐来，世人甚爱牡丹。……牡丹花之富贵者也。……牡丹之爱宜乎众矣。”濂溪先生独爱莲，这也罢了，但是字里行间对于牡丹似有贬义。国色天香好像蒙上了羞。富贵中人和向往富贵的人当然仍是趋牡丹如鹜。许多志行高洁的人就不免要受《爱莲说》的影响，在众芳之中别有所爱而讳言牡丹了。一般人家里没有药栏，也没有盆栽的牡丹，但至少壁上可以悬挂一幅富贵花图。通常是一画就是五朵，而且颜色不同，魏紫姚黄之外再加上绛色的、粉红色的和朱红色的。据说这表示五世其昌。五朵花都是同时在盛开怒放的姿态之中，花蕊暴露，而没有一瓣是萎腇褪色的。同时，还必须多画上几个含苞待放的蓓蕾，表示不会断子绝孙。因此牡丹益发沾染了俗气。

其实，牡丹本身不俗。花大而瓣多，色彩淡雅，黄蕊点缀其间，自有雍容丰满之态。其质地细腻，不但花瓣的纹路细致，而且厚薄适度。叶子的脉理停匀，形状色彩亦均秀丽可观。最难得的是其近根处的木本，在泡松的木干之中抽出几根，透润的枝条，极有风致。比起芍药不可同日而语。尝看恽南田工笔画的没骨牡丹，只觉其美，不觉其俗，也许因为他不是画给俗人看的。

名花多在寺院中，除了庄严佛土，还可吸引众生前去随喜。

苏东坡知杭州，就常到明庆寺吉祥寺赏牡丹，有诗为证。《雨中明庆寺赏牡丹》:“霏霏雨露作清妍，烁烁明灯照欲然。明日春阴花未老，故应未忍着酥煎。”末句有典故，五代后蜀有一兵部二卿李昊，牡丹开时分赠亲友，附兴采酥，于花谢时煎食之。牡丹花瓣裹上面糊，下油煎之，也许有一股清香的味道，犹之菊花可以下火锅，不过究竟有些煞风景。北平崇效寺的牡丹是有名的，据说也有所谓名士在那里吃油炸牡丹花瓣，饱尝异味。崂山的下清寺，有牡丹高与檐齐，可惜我几度游山不曾有一见的机会。

牡丹娇嫩，怕冷又怕热。东坡说:“应笑春风木芍药，丰肌弱骨要人医。”我在故乡曾植牡丹一栏，天寒时以稻草束之，一任冰雪埋覆，来春启之施肥，使根干处通风，要灌水但是也要宜排水。届时花必盛开，似不需特别调护。在台湾亦曾参观过一次牡丹展，细小羸弱，全无妖妍之致，可能是时地不宜。

四、莲

《古乐府》:“江南可采莲，莲叶何田田。”不只江南可采莲，凡是有水的地方，大概都可以有莲，除非是太寒冷的地方。“曲院风荷”是西湖十景之一。南京玄武湖里一片荷花，多少人在那里荡小舟，钻进去偷吃莲蓬。可是莲花在北方依然是常见的，济南的大明湖，北平的什刹海，都是暑日菡萏敷披风送荷香的胜地，而北海靠近金鳌玉蝀桥一带的荷芰，在炎夏时候更是青年男女闹舡寻幽谈爱的好地方。

初来台湾，一日忽动乡思，想吃一碗荷叶粥，而荷叶不可得。市内公园池塘内有莲花，那是睡莲，非我所欲。后来看到植物园里有一相当大的荷塘，近边处的花和叶都已被人摧折殆尽。有一天作郊游，看见稻田中居然有一塘荷花，停身觅主人请购荷叶，主人不肯收资，举以相赠。回家煮粥，俟熟乘沸以荷叶盖在上面，少顷粥现淡绿色，有香气扑鼻。多余的荷叶弃之可惜，实以米粉肉，裹而蒸之，亦有情趣。其实这也是类似莼鲈之想，慰情聊胜于无而已。

小时家里种了好几大盆荷花。春水既泮，便从温室取出置阳光下，截除烂根细藕，换泥加水，施特殊肥料（车厂出售之修马掌骡掌的角质碎片）。到了夏初，则荷叶突出，荷花挺现，不及池塘里的高大，但亦丰腴可喜。清晨露尚未晞，露珠在荷叶上滚来滚去。静看荷花展瓣，瓣上有细致的纹路，花心露出淡黄的花蕊和秀嫩的莲房，有说不出的一股纯洁之致。而微风过处，茎细而圆大的荷叶，微微摇晃，婀娜多姿，尤为动人。陈造《早夏》诗："凉荷高叶碧田田。"画家写风竹，枝叶披拂，令人如闻风飕飕声，但我尚未见有人画出饶有动态的风荷。

先君甚爱种荷，晨起辄裴回荷盆间，计数其当日开放之花朵，低吟慢唱，自得其乐。记得有一次折下一枝半开的红莲插入一只仿古蟹爪纹细长素白的胆瓶里，送到书房几上。塾师援笔在瓶上写了"出淤泥而不染，濯清涟而不妖"几个大字，犹如俗匠在白瓷茶壶上题"一片冰心"一般。"花如解语还多事"，何况是陈腐的题句？欲其雅，适得其反。

近闻有人提议定莲花为花莲的县花。这显然是效法美国人之所谓“州花”。广植莲花，未尝不好，锡以封号，似可不必。

五、辛夷

辛夷，属木兰科，名称很多，一名新雉，又名木笔，因其花未开时形如毛笔。又名侯桃，因其花苞如小桃，有茸毛。辛夷南北皆有之。王维辋川别墅中即有一处名辛夷坞，有诗为证：“木末芙蓉花，山中发红萼。涧户寂无人，纷纷开且落。”北平颐和园的正殿之前有两棵辛夷，花开极盛，但我一向不曾在花时游览，仅于画谱中略识其面貌。蜀中花事夙盛，大街小巷辄有花户设摊贩花。二十八年春，我在重庆，一日踱出中国旅行社招待所，于路隅花摊购得辛夷一大枝，花苞累累有百数十朵，有如叉枝繁多之蜡烛台，向逆旅主人乞得大花瓶一只，注满清水，插花入瓶，置于梳妆台上，台三面有镜，回光交映，一室生春。

辛夷有紫红、纯白两种，纯白者才是名副其实的木笔。而且真像是毛笔头，溜尖溜尖地一个个地笔直地矗立在枝上。细小者如小楷兔毫，稍大者如寸楷羊毫，更大者如小型羊毫抓笔。著花时不生叶，赭色枝头遍插白笔头，纯洁无疵，蔚为奇观。花开六瓣，瓣厚而实，晨展而夕收，插瓶六七日始谢尽。北碚后山公园有辛夷数十本，高约二丈，红白相间，非常绚烂，我于偕友登小丘时无意中发现之。其处鲜有人去观赏，花开花谢，狼藉委地，没有人管。

美国西雅图市，家家户前芳草如茵，莳花种树，一若争奇斗艳。于篱落间偶然亦可见有辛夷杂于其内。率皆修剪其枝干不令过高。我的寄寓之所，院内也有一棵，而且是不落叶的那一种，一年四季都有绿叶，花开时也有绿叶扶持。比较难于培植，但是花香特别浓郁。有一次我发现一只肥肥大大的蜜蜂卧在花心旁边，近视之则早已僵死。杜工部句："不是爱花即欲死，只恐花尽老相催。"这只蜜蜂莫非是爱花即欲死？

来到台湾，我尚未见过辛夷。

六、水仙

岁朝清供，少不得水仙。记得小时候，一到新春，家人就把大大小小的瓷钵搬了出来，连同里面盛着的小圆石子一起洗刷干净，然后一钵钵地把水仙的鳞茎栽植其中，用石子稳定其根须，注以清水，置诸案头。那些小圆石子，色洁白，或椭圆，或略扁，或大或小，据说是产自南京的雨花台。多少年下来，雨花台的石子被人捡光了，所以家藏的几钵石子就很宝贵。好像比水仙还更被珍惜。为了点缀色彩，石子中间还洒上一些碎珊瑚，红白相间，别有情趣。

水仙一花六瓣，作白色，花心副瓣，作黄色，宛然盏样，故有"金盏银台"之称。它怕冷，它要阳光。我们把它放在窗内有阳光处去晒它，它很快地展瓣盛开。天天搬来搬去，天天换水，要小心地伺候它。它有袭人的幽香，它有淡雅的风致。虽是多年生草本，但北地苦寒难以过冬，不数日花开花谢，只得委弃。盛产水仙之地在闽南，其地有专家培植修割，及春则运销各地供人欣赏。英国十七世纪诗人赫里克（Herrick）看了水仙（Narcissus），辄有春光易老之叹。他说：

人生苦短，和你一样，
我们的春天一样的短；
很快地长成，面临死亡，
和你，和一切，没有两般。
（We have short time to stay,as you,
We have as short a spring ;
As quick a growth to meet decay,
As you,or anything.）

西方的水仙，和我们的品种略异，形色完全一样，而花朵特大，唯香气则远逊。他们不在盆里供养，而是在湖边泽地任其一大片一大片地自由滋生。诗人华兹华斯有一首名诗《我孤独地漂荡像一朵云》，歌咏的就是水边瞥见成千成万朵的水仙花，迎风招展，引发诗人一片欢愉之情而不能自已，而他最大的快乐是日后寂寞之时回想当时情景益觉趣味无穷。我没有到过英国的湖区，但是我在美洲若干公园里看见过成片的水仙，仿佛可以领略到华兹华斯当年的感受。不过西方人喜欢看大片的花丛，我们的文人雅士则宁可一株、一枝、一花、一叶地细细观赏，山谷所云“坐对真成被花恼”，情调完全不同。(《离骚》“既滋兰之九畹兮，又树蕙之百亩”，我想是想象之辞，不可能真有其事。)

在台湾，几乎家家户户有水仙点缀春景。植水仙之器皿，花样翻新，奇形怪状，似不如旧时瓷钵之古朴可爱，至于粗糙碎石块代替小圆石，那就更无足论了。

七、丁香

提起丁香，就想起杜甫一首小诗：

> 丁香体柔弱，乱结枝犹垫。
> 细叶带浮毛，疏花披素艳。
> 深栽小斋后，庶近幽人占。
> 晚堕兰麝中，休怀粉身念。

这是他的《江头五咏》之一，见到江畔丁香发此咏叹。时在宝应元年。诗中的“垫”字费解。仇注根据《说文》：“垫，下也。凡物之下坠皆可云垫。”好像是说丁香枝弱，故此下坠。施鸿保《读杜诗说》：“下堕义，与犹字不合。今人常语衬垫，若训作衬，则谓子结枝上，犹衬垫也。”施说有见。末两句意义嫌晦，大概是说丁香可制为香料，与兰麝同一归宿，未可视为粉身碎骨之厄。仇注认为是寓意“身名隳于脱节”，《杜臆》亦谓“公之咏物，俱有为而发，非就物赋物者。……丁香体虽柔弱，气却馨香，终与兰麝为偶，虽粉身甘之，此守死善道者”，似皆失之迂。

丁香结就是丁香蕾，形如钉，长三四分，故云丁香。北地俗人以为“丁”“钉”同音，出出入入地碰钉子，不吉利，所以正院堂前很少种丁香，只合“深栽小斋后”了。二十四年春我在北平寓所西跨院里种了四棵紫丁香。“白菡萏香，紫丁香肥。”丁香要紫的。起初只有三四尺高。十年后重来旧居，四棵高大的丁香打成一片，一半翻过了墙垂到邻家，一半斜坠下来挡住了我从卧室走到书房的路。这跨院是我的小天地，除了一条铺砖的路和一个石几两个石墩之外，本来别无长物，如今三分之二的空间付与了丁香。春暖花开的时候招蜂引蝶，满院香气四溢，尽是嘤嘤嗡嗡之声。又隔三十年，现在丁香如果无恙，不知谁是赏花人了。

八、兰

兰花品种繁多。所谓洋兰（卡特丽亚），顾名思义是外国来的品种，尽管花朵大，色彩鲜艳，我总觉得我们应该视如外宾，不但不可亵玩，而且不耐长久观赏。我们看一朵花，还要顾及它在我们文化历史上的渊源，这样才能引起较深的情愫。看花要如遇故人，多少旧事一齐兜上心来。在台湾，洋兰却大得其道，花展中姹紫嫣红大半是洋兰的天下，态浓意远的丽人出入“贵宾室”

中，衣襟上佩戴的也多半是洋兰。我喜欢品赏的是我们中国的兰。

我是北方人，小时不曾见过兰。只从芥子园画谱上学得东一撇西一撇的画成为一个凤眼，然后再加一笔破凤眼。稍长，友人从福建捧着一盆兰花到北平，不但真的是捧着，而且给兰花特制一个木条笼子，避免沿途磕碰。我这才真个地见到了兰，素心兰。这个名字就雅，令人想起陶诗的句子："闻多素心人，乐与数晨夕。"花心是素的，花瓣也是素的，素白之中微泛一点绿意。面对素心兰，不禁联想到"弱不好弄，长实素心"的高士。兰的香味不是馥郁，是若有若无的缕缕幽香。讲到品格，兰的地位极高。我们常说"桂馥兰熏"，其实桂香太甜太浓，尚不能与兰相比。

来到台湾，我大开眼界。友人中颇有几位善于艺兰，所以我的窗前几上，有时候叨光也居然兰蕊驰馨。尝有客款扉，足尚未入户，就大叫起来："君家有素心兰耶？"这位朋友也是素心人，我后来给他送去一盆素心兰。我所有的几盆兰，不数年分植为数十盆，乃于后院墙角搭起一丈见方的小棚，用疏隔的竹篾遮覆以避骄阳直晒，竹篾上面加铺玻璃以防淫雨，因此还招致了"违章建筑"的罪名，几乎被报请拆除。竹篾上的玻璃引起了墙外行人的注意，不久就有半大不小的各色人物用砖石投掷，大概是因为玻璃破碎之声清脆悦耳之故。小棚因此没有能持久，跟着我的数十盆兰花也渐渐地支离破碎了。和我望衡对宇的是胡伟克先生，我发现他家里廊上、阶前、墙头、树下，到处都是兰花，大部分是洋兰，素心兰也有，而且他有一间宽大的温室，里面也堆满了兰花。胡先生有一只工作台子，上面放着显微镜，他用科学方法为兰花品种做新的交配，使兰花长得更肥，色泽更为鲜艳多姿。他的兰花在千盆以上。我听他的夫人抱怨：“为了这些劳什子，我的手指都磨粗了。”我经常看见一车一车地盛开的兰花从他门前运走。他的家不仅是芝兰之室，真是芝兰工厂。

兰本来是来自山间，有苔藓覆根，雨露滋润，不需要什么肥料。移在盆里，他所需要的也只是适量的空气和水，盆里不可用普通的泥土，最好是用木炭、烧过的黏土、缸瓦碎片的三种混合物，取其通空气而易排水。也有人主张用砂、桂圆树皮、蛇木屑、木炭、碎石子混拌，然后每隔三个月用（NH_4）$_2SO_4$+KCE 液厣水喷洒一次。叶子上生虫也需勤加拂拭。总之，兰来自幽谷，在案头供养是不大自然的，要小心伺候了。

九、菊

花事至菊而尽，故曰蘜，蘜是菊之本字。蘜者，尽也。“兰有秀兮菊有芳，怀佳人兮不能忘。”这是汉武帝看着时光流转，自春徂秋，由花事如锦到花事阑珊，借着秋风而发的歌咏。菊和九月的关系密切，故九月被称为菊月，或称为菊秋，重阳日或径称为菊节。是日也，饮菊花茶，设菊花宴，还可以准备睡菊花枕，百病不生，平夙饮菊潭水，可以长生到一百多岁。没有一种比菊花和人的关系打得更火热。

自从陶渊明“采菊东篱下”之后，菊就代表一种清高的风格，生长在篱笆旁边，自然也就带着几分野趣。吕东莱的句子“短篱残菊一枝黄，正是乱山深处过重阳”，是很好的写照。经人工加以培养，菊好像是变了质。宋《乾淳岁时记》：“禁中例，于八日作重九，排当于庆瑞殿，分列万菊，灿然炫眼，且点菊花灯，略如元夕。”这是在殿堂之上开菊展，当然又是一种情况。

菊是多年生草本，摘下幼枝插在土里就活。曩昔在北平家园中，一年之内曾繁殖数十盆，竟以秽恶之粪土培养之，深觉戚戚然于心未安。幼苗长大之后，枝弱不能挺立，则树细竹竿或秸秫以为支撑，并标以红纸签，写上“绿云”“紫玉”“蟹爪”“小白梨”……奇奇怪怪的名称。一盆一盆地放在“兔儿爷摊子”上（一排比一排高的梯形架），看上去一片花朵，闹则闹矣，但是哪能令人想到一丝一毫的“元亮遗风”？

台湾艺菊之风很盛，但是似乎不取其清瘦，而爱其痴肥。每一盆菊都修剪成独花孤挺，叶子的正面反面经常喷药，讲究从根到顶每片叶子都是肥大绿光，顶上的一朵花盛开时直像是特大的馒头一个，胖胖大大的，需要铁丝做盘撑托着它。千篇一律，朵朵如此，当然是很富态相。“帘卷西风，人比黄花瘦”，那时的黄花，一定不像如今的这样肥。

十、玫瑰

玫瑰，属蔷薇科。唐朝有一位徐夤，作过一首咏玫瑰的诗：

芳菲移自越王台，最似蔷薇好并栽。
秾艳尽怜胜彩绘，嘉名谁赠作玫瑰？
春城锦绣风吹拆，天染琼瑶日照开。
为报朱衣早邀客，莫教零落委苍苔。

诗不见佳，但是让我们知道在唐朝玫瑰即已成了吟咏的对象。《群芳谱》说："花亦类蔷薇，色淡紫，青橐黄蕊，瓣末白，娇艳芬馥，有香有色，堪入茶、入酒、入蜜。"这玫瑰，是我们固有品种的玫瑰，花朵小，红得发紫，香味特浓。可以熏茶，可以调酒（玫瑰露），可以做蜜汁（玫瑰木樨）。娇小玲珑，惹人怜爱。玫瑰多刺，被人视若蛇蝎，其实玫瑰何辜，他本不预备供人采摘。"三十客"列玫瑰为"刺客"，也是冤枉的。

外国的蔷薇品种不一，亦统称为玫瑰。常见有高至五六尺以上者，俨然成一小树，花朵肥大，除了深绯浅红者外，还有黄色的，别有风致。也有蔓生的一种，沿着篱笆墙壁伸展，可达一二丈外。白色的尤为盛旺。我有朋友蛰居台中，莳花自遣，曾贻我海外优良品种之玫瑰数本，我悉心培护，施以舶来之"玫瑰食粮"，果然绰约妩媚不同凡响，不过气候土壤皆不相宜，越年逐渐凋萎。园林有玫瑰专家，我曾专诚探访，畦圃广阔，洋洋大观，唯几乎全是外来品种，绚烂有余，韵味不足。求其能入茶入酒入蜜者，竟不可得，乃废然返。

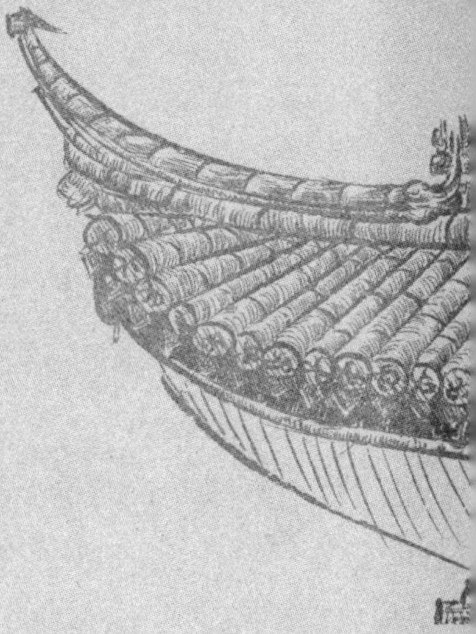

第四辑

人间烟火味，最抚凡人心

吃

据说饮食男女是人之大欲，所以我们既生而为人，也就不能免俗。然而讲究起吃来，这其中有艺术，又有科学，要天才，还要经验，尽毕生之力恐怕未必能穷其奥妙。听说美国哥伦比亚大学师范学院（就是杜威、克伯屈的讲学之所），就有好几门专研究吃的学科。甚笑哉，吃之难也！

我们中国人讲究吃，是世界第一。此非一人之言也，天下人之言也。随便哪位厨师，手艺都不在杜威、克伯屈的高足之下。然而一般中国人之最善于吃者，莫过于北京的旗人。从前旗人，坐享钱粮，整天闲着，便在吃上用功，现在旗人虽多中落，而吃风尚未尽泯。四个铜板的肉，两个铜板的油，在这小小的范围之内，他能设法调度，吃出一个道理来。富庶的人，更不必说了。

单讲究吃得精，不算本事。我们中国人外带着肚量大。一桌酒席，可以连上一二十道菜，甜的、咸的、酸的、辣的，吃在肚里，五味调和。饱餐之后，一个个的吃得头部发沉，步履维艰。不吃到这个程度，便算是没有吃饱。

荀子曰:“无廉耻而嗜乎饮食,则可谓恶少者矣。”我们中国人，接近恶少者恐怕就不在少数。

馋

馋，在英文里找不到一个十分适当的字。罗马暴君尼禄，以至于英国的亨利八世，在大宴群臣的时候，常见其撕下一根根又粗又壮的鸡腿，举起来大嚼，旁若无人，好一副饕餮相！但那不是馋。埃及废王法鲁克，据说每天早餐一口气吃二十个荷包蛋，也不是馋，只是放肆，只是没有吃相。对某一种食物有所偏好，于是大量地吃，这是贪多无厌。

馋，则着重在食物的质，最需要满足的是品味。上天生人，在他嘴里安放一条舌，舌上还有无数的味蕾，教人焉得不馋？馋，基于生理的要求，也可以发展成为近于艺术的趣味。

也许我们中国人特别馋一些。馋字从食，毚声。毚音馋，本义是狡兔，善于奔走，人为了口腹之欲，不惜多方奔走以膏馋吻，所谓“为了一张嘴，跑断两条腿”。

真正的馋人，为了吃，决不懒。我有一位亲戚，属汉军旗，又穷又馋。一日傍晚，大风雪，老头子缩头缩脑偎着小煤炉子取暖。他的儿子下班回家，顺路市得四只鸭梨，以一只奉其父，父得梨，大喜，当即啃了半只，随后就披衣戴帽，拿着一只小碗，冲出门外，在风雪交加中不见了人影。他的儿子只听得大门哐啷一声响，追已无及。

越一小时，老头子托着小碗回来了，原来他是要吃榅桲拌梨丝！从前酒席，一上来就是四干、四鲜、四蜜饯，榅桲、鸭梨是现成的，饭后一盘榅桲拌梨丝别有风味（没有鸭梨的时候白菜心也能代替）。这老头子吃剩半个梨，突然想起此味，乃不惜于风雪之中奔走一小时。这就是馋。

人之最馋的时候是在想吃一样东西而又不可得的那一段期间。希腊神话中之谭塔勒斯，水深及颚而不得饮，果实当前而不得食，饿火中烧，痛苦万状，他的感觉不是馋，是求生不成求死不得。馋没有这样的严重。人之犯馋，是在饱暖之余，眼看着、回想起或是谈论到某一美味，喉头像是有馋虫搔抓作痒，只好干咽唾沫。一旦得遂所愿，恣情享受，浑身通泰。

抗战七八年，我在后方，真想吃故都的食物，人就是这个样子，对于家乡风味总是念念不忘，其实“千里莼羹，未下盐豉”也不见得像传说的那样迷人。

我曾痴想北平羊头肉的风味，想了七八年；胜利还乡之后，一个冬夜，听得深巷卖羊头肉小贩的吆喝声，立即从被窝里爬出来，把小贩唤进门洞，我坐在懒凳上看着他于暗淡的油灯照明之下，抽出一把雪亮的薄刀，横着刀刃片羊脸子，片得飞薄，然后取出一只蒙着纱布的羊角，撒上一些椒盐。我托着一盘羊头肉，重复钻进被窝，在枕上一片一片地把羊头肉放进嘴里，不知不觉地进入了睡乡，十分满足地解了馋瘾。但是，老实讲，滋味虽好，总不及在痴想时所想象的香。

我小时候，早晨跟我哥哥步行到大鹁鸽市陶氏学堂上学，校门口有个小吃摊贩，切下一片片的东西放在碟子上，洒上红糖汁、玫瑰木樨，淡紫色，样子实在令人馋涎欲滴。走近看，知道是糯米藕。一问价钱，要四个铜板，而我们早点费每天只有两个铜板。我们当下决定，饿一天，明天就可以一尝异味。所付代价太大，所以也不能常吃。糯米藕一直在我心中留下了不可磨灭的印象。后来成家立业，想吃糯米藕不费吹灰之力，餐馆里有时也有供应，不过浅尝辄止，不复有当年之馋。

馋与阶级无关。豪富人家，日食万钱，犹云无下箸处，是因为他这种所谓饮食之人放纵过度，连馋的本能和机会都被剥夺了，他不是不馋，也不是太馋，他麻木了，所以他就要千方百计地在食物方面寻求新的材料、新的刺激。

我有一位朋友，湖南桂东县人，他那偏僻小县却因乳猪而著名，他告诉我说每年某巨公派人前去采购乳猪，搭飞机运走，充实他的郇厨。烤乳猪，何地无之？何必远求？我还记得有人治寿筵，客有专诚献“烤方”者，选尺余见方的细皮嫩肉的猪臀一整块，用铁钩挂在架上，以炭火燔炙，时而武火，时而文火，烤数小时而皮焦肉熟。上桌时，先是一盘脆皮，随后是大薄片的白肉，其味绝美，与广东的烤猪或北平的炉肉风味不同，使得一桌的珍馐相形见绌。可见天下之口有同嗜，普通的一块上好的猪肉，苟处理得法，即快朵颐。像《世说》所谓王武子家的烝豚，乃是以人乳喂养的，实在觉得多此一举，怪不得魏武未终席而去。人是肉食动物，不必等到“七十者可以食肉矣”，平素有一些肉类佐餐，也就可以满足了。

北平人馋，可是也没听说有谁真个馋死，或是为了馋而倾家荡产。大抵好吃的东西都有个季节，逢时按节地享受一番，会因自然调节而不逾矩。

开春吃春饼，随后黄花鱼上市，紧接着大头鱼也来了。恰巧这时候后院花椒树发芽，正好掐下来烹鱼。鱼季过后，青蛤当令。紫藤花开，吃藤萝饼；玫瑰花开，吃玫瑰饼；还有枣泥大花糕。

到了夏季，“老鸡头才上河哟”，紧接着是菱角、莲蓬、藕、豌豆糕、驴打滚、艾窝窝，一起出现。席上常见水晶肘，坊间唱卖烧羊肉，这时候嫩黄瓜、新蒜头应时而至。

秋风一起，先闻到糖炒栗子的气味，然后就是炰烤涮羊肉，还有七尖八团的大螃蟹。“老婆老婆你别馋，过了腊八就是年。”过年前后，食物的丰盛就更不必细说了。一年四季的馋，周而复始的吃。

馋非罪，反而是胃口好、健康的现象，比食而不知其味要好得多。

请　客

常听人说："若要一天不得安，请客；若要一年不得安，盖房；若要一辈子不得安，娶姨太太。"请客只有一天不得安，为害不算太大，所以人人都觉得不妨偶一为之。

所谓请客，是指自己家里邀集朋友便餐小酌，至于在酒楼饭店"铺筵席，陈尊俎"，呼朋引类，飞觞醉月，享用的是金樽清酒，玉盘珍馐，最后一哄而散，由经手人员造账报销，那种宴会只能算是一种病狂或是罪孽，不提也罢。

妇主中馈，所以要请客必须先归而谋诸妇。这一谋，有分教，非十天半月不能获致结论，因为问题牵涉太广，不能一言而决。

首先要考虑的是请什么人。主客当然早已内定，陪客的甄选大费酌量。眼睛生在眉毛上边的宦场中人，吃不饱饿不死的教书匠，一身铜臭的大腹贾，小头锐面的浮华少年……若是聚在一个桌上吃饭，便有些像是鸡兔同笼，非常勉强。把素未谋面的人拘在一起，要他们有说有笑，同时食物都能顺利地从咽门下去，也未免强人所难。主人从中调处，殷勤了这一位，怠慢了那一位，想找一些大家都有兴趣的话题亦非易事。所以客人需要分类，不能鱼龙混杂。客的数目视设备而定，若是能把所有该请的客人一网打尽，自然是经济算盘，但是算盘亦不可打得太精。再大的圆桌面也不过能坐十三四个体态中型的人。说来奇怪，客人单身者少，大概都有宝眷，一请就是一对，一桌只好当半桌用。有人请客宽发笺帖，心想总有几位心领谢谢，万想不到人人惠然肯来，而且还有一位特别要好带来一个七八岁的小宝宝！主人慌忙添座，客人谦让“孩子坐我腿上”！大家挤挤攘攘，其中还不乏中年发福之士，把圆桌围得密不通风，上菜需飞越人头，斟酒要从耳边下注，前排客满，主人在二排敬陪。

拟菜单也不简单。任何家庭都有它的招牌菜。可惜很少人肯用其所长，大概是以平素见过的饭馆酒席的局面作为蓝图。家里有厨师厨娘，自然一声吩咐，不再劳心，否则主妇势必亲自下厨操动刀俎。主人多半是擅长理论，真让他切葱剥蒜都未必能够胜任。所以拟定菜单，需要自知之明，临时“钻锅”翻看食谱未必有济于事。四冷荤，四热炒，四压桌，外加两道点心，似乎是无可再减，大鱼大肉，水陆杂陈，若不能使客人连串地打饱嗝，不能算是尽兴。拟菜单的原则是把客人一个个地填得嘴角冒油。而客人所希冀的也往往是一场牙祭。有人以水饺宴客，馅子是猪肉菠菜，客人咬了一口，大叫:“哟，里面怎么净是青菜！”一般人还是欣赏肥肉厚酒，管它是不是烂肠之食！

宴客的吉日近了，主妇忙着上菜市，挑挑拣拣，拣拣挑挑，又要物美又要价廉，装满两个篮子，半途休憩好几次才能气喘汗流地回到家。泡的，洗的，剥的，切的，闹哄一两天，然后丑媳妇怕见公婆也不行，吉日到了。客人早已折简相邀，难道还会不肯枉驾？不，守时不是我们的传统。准时到达，岂不像是“头如穹庐咽细如针”的饿鬼？要让主人干着急，等他一催请再催请，然后徐徐命驾，姗姗来迟，这才像是大家风范。当然朋友也有特别性急而提早莅临的，那也使得主人措手不及慌成一团。客人的性格不一样，有人进门就选一个最好的座位，两脚高架案上，真是宾至如归；也有人寒暄两句便一头扎进厨房，声称要给主妇帮忙，系着围裙伸着两只油手的主妇连忙谦谢不迭。等到客人到齐，无不饥肠辘辘。

落座之前还少不了你推我让的一幕。主人指定座位，时常无效，除非事前摆好名牌，而且写上官衔，分层排列，秩序井然。敬酒按说是主人的责任，但是也时常有热心人士代为执壶，而且见杯即斟，每斟必满。不知是什么时候什么人兴出来的陋习，几乎每个客人都会双手举杯齐眉，对着在座的每一位客人敬酒，一霎间敬完一圈，但见杯起杯落，如“兔儿爷捣碓”。不喝酒的也要把汽水杯子高高举起，虚应故事，喝酒的也多半是拎眉皱眼地抿那么一小口。一大盘热乎乎的东西端上来了，像翅羹，又像糨糊，一人一勺子，盘底花纹隐约可见，上面撒着的一层芫荽不知被哪一位像芟除毒草似的拨到了盘下，又不知被哪一位从盘下夹到嘴里吃了。还有人坚持海味非蘸醋不可,高呼要醋,等到一碟“忌讳”送上台面，海味早已不见了。菜是一道一道地上，上一道客人喊一次“太丰富,太丰富”,然后埋头大嚼,不敢后人。主人照例谦称:“不成敬意，家常便饭。”心直口快的客人就许提出疑问:“这样的家常便饭，怕不要吃穷了?”主人也只好扑哧一笑而罢。将近尾声的时候，大概总有一位要先走一步，因为还有好几处应酬。这时候主妇踱了进来，红头涨脸，额角上还有几颗没揩干净的汗珠，客人举起空杯向她表示慰劳之意，她坐下胡乱吃一些残羹剩炙。

席终，香茗水果伺候，客人靠在椅子上剔牙，这时节应该是客去主人安了。但是不，大家雅兴不浅，谈锋尚健，饭后磕牙，海阔天空，谁也不愿首先言辞，致败人意。最后大概是主人打了一个哈欠而忘了掩口，这才有人提议散会。天下无不散之筵席，奈何奈何?不要以为席终人散，立即功德圆满，地上有无数的瓜子皮、纸烟灰，桌上杯碟狼藉，厨房里有堆成山的盘碗锅勺，等着你办理善后!

北平的零食小贩

北平人馋。馋，据字典说是“贪食也”，其实不只是贪食，是贪食各种美味之食。美味当前，固然馋涎欲滴，即使闲来无事，馋虫亦在咽喉中抓挠，迫切地需要一点什么以膏馋吻。三餐时固然希望膏粱罗列，任我下箸，三餐以外的时间也一样地想馋嚼，以锻炼其咀嚼筋。看鹭鸶的长颈都有一点羡慕，因为颈长可能享受更多的徐徐下咽之感，此之谓馋，馋字在外国语中无适当的字可以代替，所以讲到馋，真“不足为外人道”。有人说北平人之所以特别馋，是由于当年的八旗子弟游手好闲的太多，闲就要生事，在吃上打主意自然也是可以理解的。所以各式各样的零食小贩便应运而生，自晨至夜逡巡于大街小巷之中。

北平小贩的吆喝声是很特殊的。我不知道这与平剧有无关系，其抑扬顿挫，变化颇多，有的豪放如唱大花脸，有的沉闷如黑头，又有的清脆如生旦，在白昼给浩浩欲沸的市声平添不少情趣，在夜晚又给寂静的夜带来一些凄凉。细听小贩的呼声，则有直譬，有隐喻，有时竟像谜语一般的耐人寻味。而且他们的吆喝声，数十年如一日，不曾有过改变。我如今闭目沉思，北平零食小贩的呼声俨然在耳，一个个的如在目前。现在让我就记忆所及，细细数说。

首先让我提起“豆汁儿”。绿豆渣发酵后煮成稀汤，是为豆汁儿，淡草绿色而又微黄，味酸而又带一点霉味，稠稠的、浑浑的、热热的。佐以辣咸菜，即“棺材板”切细丝，加芹菜梗、辣椒丝或末。有时亦备较高级之酱菜如酱萝卜、酱黄瓜之类，但反不如辣咸菜之可口，午后啜三两碗，愈吃愈辣，愈辣愈喝，愈喝愈热，终至大汗淋漓，舌尖麻木而止。北平城里人没有不嗜豆汁儿者，但一出城则豆渣只有喂猪的份，乡下人没有喝豆汁儿的。外省人居住北平二三十年往往不能养成喝豆汁儿的习惯。能喝豆汁儿的人才算是真正的北平人。

其次是“灌肠”。后门桥头那一家的大灌肠，是真的猪肠做的，遐迩驰名，但嫌油腻。小贩的灌肠虽有肠之名实则并非肠，仅具肠形，一条条的以芡粉为主所做成的橛子，切成不规则形的小片，放在平底大油锅上煎炸，炸得焦焦的，蘸蒜盐汁吃。据说那油不是普通油，是从作坊里从马肉等熬出来的油，所以有这一种怪味。单闻那种油味，能把人恶心死，但炸出来的灌肠，喷香！

从下午起有沿街叫卖“面筋哟”者，你喊他时须喊“卖熏鱼儿的”，他来到你们门口打开他的背盒由你拣选时却主要的是猪头肉。除猪头肉的脸子、口条之外还有脑子、肝、苦肠、心头、蹄筋等等，外带着别有风味的干硬的火烧。刀口上手艺非凡，从夹板缝里抽出一把飞薄的刀，横着削切，把猪头肉切得薄如纸，塞在那火烧里食之，熏味扑鼻！这种卤味好像不能登大雅之堂，但是在煨煮熏制中有特殊的风味。离开北平便尝不到。

薄暮后有叫卖羊头肉者，这是回教徒的生意，刀板器皿刷洗得一尘不染，切羊脸子是他的拿手，切得真薄，从一只牛角里撒出一些特制的胡盐。北平的羊好，有浓厚的羊味，可又没有浓厚到膻的地步。

也有推着车子卖“烧羊脖子烧羊肉”的。烧羊肉是经过煮和炸两道工序的，除肉之外还有肚子和卤汤。在夏天佐以黄瓜、大蒜是最好的下面之物。推车卖的不及街上羊肉铺所发售的，但慰情聊胜于无。

北平的“豆腐脑”，异于川湘的豆花，是哆里哆嗦的软嫩豆腐，上面浇一勺卤，再加蒜泥。

“老豆腐”另是一种东西，是把豆腐煮出了蜂窠，加芝麻酱、韭菜末、辣椒等作料，热乎乎的连吃带喝亦颇有味。

北平人做“烫面饺”不算一回事，真是举重若轻叱咤立办，你喊三十饺子，不大的工夫就给你端上来了，一个个包得细长齐整，又俊又俏。

斜尖的炸豆腐，在花椒盐水里煮得饱饱的，有时再羼进几个粉丝做的炸丸子，放进一点辣椒酱，也算是一味很普通的零食。

馄饨何处无之？北平挑担卖馄饨的却有他的特点，馄饨本身没有什么异样，由筷子头拨一点肉馅往三角皮子上一抹就是一个馄饨，特殊的是那一锅肉骨头熬的汤别有滋味，谁家里也不会把那么多的烂骨头煮那么久。

一清早卖点心的很多，最普通的是烧饼油条。北平的烧饼主要的有四种，芝麻酱烧饼、螺蛳转儿、马蹄儿、驴蹄儿，各有千秋。芝麻酱烧饼，外省仿造者都不像样，不是太薄就是太厚，不是太大就是太小，总是不够标准。螺蛳转儿最好是和“甜浆粥”一起用，要夹小圆圈油鬼。马蹄儿只有薄薄的两层皮，宜加圆饱的甜油鬼。驴蹄儿又小又厚，不要油鬼做伴。北平油鬼，不叫油条，因为根本不作长条状，主要的只有两种，四个圆饱连在一起的是甜油鬼，小圆圈的油鬼是咸的，炸得特焦，夹在烧饼里一按咔嚓一声。离开北平的人没有不想念那种油鬼的。外省的油条，虚泡囊肿，不够味，要求炸焦一点也不行。

“面茶”在别处没见过。真正的一锅糨糊，炒面熬的，盛在碗里之后，在上面用筷子蘸着芝麻酱洒满一层，唯恐洒得太多似的。味道好吗？至少是很怪。

卖“三角馒头”的永远是山东老乡。打开蒸笼布，热腾腾的各样蒸食，如糖三角、混糖馒头、豆沙包、红枣蒸饼、高庄馒头，听你拣选。

“杏仁茶”是北平的好，因为杏仁出在北方，提味的是那少数几颗苦杏仁。

豆类做出的吃食可多了，首先要提“豌豆糕”。小孩子一听打镗锣的声音很少不怦然心动的。卖豌豆糕的人有一把手艺，他会把一块豌豆泥捏成各式各样的东西，他可以听你的吩咐捏一把茶壶，壶盖、壶把、壶嘴俱全，中间灌上黑糖水，还可以一杯一杯地往外倒。规模大一点的是荷花盆，真有花有叶，盆里灌黑糖水。最简单的是用模型翻制小饼，用芝麻做馅。后来还有“仿膳”的伙计出来做这一行生意，善用豌豆泥制各式各样的点心，大八件、小八件，什么卷酥、喇嘛糕、枣泥饼、花糕，五颜六色，应有尽有，惟妙惟肖。

“豌豆黄”之下街卖者是粗的一种，制时未去皮，加红枣，切成三尖形矗立在案板上。实际上比铺子卖的较细地放在纸盒里的那种要有味得多。

“热芸豆”有红白二种，普通的吃法是用一块布挤成一个豆饼，可甜可咸。

“烂蚕豆”是俟蚕豆发芽后加五香大料煮成的，烂到一挤即出。“铁蚕豆”是把蚕豆炒熟，其干硬似铁。牙齿不牢者不敢轻视，但亦有酥皮者，较易嚼。

夏季雨后照例有小孩提着竹篮赤足蹚水而高呼“干香豌豆”，咸滋滋的也很好吃。

“豆腐丝”，粗糙如豆腐渣，但有人拌葱卷饼而食之。

“豆渣糕”是芸豆泥做的，作圆球形，蒸食，售者以竹筷插之，一插即是两颗，加糖及黑糖水食之。

“甑儿糕”，是米面填木碗中蒸之，嗞嗞作响。顷刻而熟。

“江米藕”是老藕孔中填糯米，煮熟切片加糖而食之。挑子周围经常环绕着馋涎欲滴的小孩子。

北平的“酪”是一项特产，用牛奶凝冻而成，夏日用冰镇，凉香可口，讲究一点的酪在酪铺发售，沿街贩卖者亦不恶。

“白薯”（即南人所谓红薯），有三种吃法，初秋街上喊“栗子味儿的”者是干煮白薯，细细小小的一根根地放在车上卖。稍后喊“锅底儿热和”者为带汁的煮白薯，块头较大，亦较甜。此外是烤白薯。

“老玉米”（即玉蜀黍）初上市时也有煮熟了在街上卖的。对于城市中人这也是一种新鲜滋味。

沿街卖的“粽子”，包得又小又俏，有加枣的，有不加枣的，摆在盘子里齐整可爱。

北平没有汤圆，只有“元宵”，到了元宵季节街上有叫卖煮元宵的。袁世凯称帝时，曾一度禁称元宵，因与“袁消”二字音同，改称汤圆，可嗤也。

糯米团子加豆沙馅，名曰“爱窝”或“爱窝窝”。

黄米面做的“切糕”，有加红豆的，有加红枣的，卖时切成斜块，插以竹签。

菱角是小的好，所以北平小贩卖的是小菱角，有生有熟，用剪去刺，当中剪开。很少卖大的红菱者。

“老鸡头”即芡实。生者为刺囊状，内含芡实数十颗，熟者则为圆硬粒，须敲碎食其核仁。

供儿童以糖果的，从前是“打镗锣的”，后又有卖“梨糕的”，此外如“吹糖人的”，卖“糖杂面的”，都经常徘徊于街头巷尾。

“扒糕”“凉粉”都是夏季平民食物，又酸又辣。

“驴肉”，听起来怪骇人的，其实切成大片瘦肉，也很好吃。是否有骆驼肉、马肉混在其中，我不敢说。

担着大铜茶壶满街跑的是卖“茶汤”的，用开水一冲，即可调成一碗茶汤，和铺子里的八宝茶汤或牛髓茶固不能比，但亦颇有味。

“油炸花生仁”是用马油炸的，特别酥脆。

北平“酸梅汤”之所以特别好，是因为使用冰糖，并加玫瑰、木樨、桂花之类。信远斋的最合标准，沿街叫卖的便徒有其名了，而且加上天然冰亦颇有碍卫生。卖酸梅汤的普通兼带“玻璃粉”及小瓶用玻璃球做盖的汽水。“果子干”也是重要的一项副业，用杏干、柿饼、鲜藕煮成。“玫瑰枣”也很好吃。

冬天卖“糖葫芦”，裹麦芽糖或糖稀的不太好，蘸冰糖的才好吃。各种原料皆可制糖葫芦，唯以“山里红”为正宗。其他如海棠、山药、山药豆、杏干、核桃、荸荠、橘子、葡萄、金橘等均佳。

北地苦寒，冬夜特别寂静，令人难忘的是那卖“水萝卜”的声音，“萝卜——赛梨——辣了换！”那红绿萝卜，多汁而干脆，切得又好，对于北方偎在火炉旁边的人特别有沁人脾胃之效。这等萝卜，别处没有。

有一种内空而瘪小的花生，大概是拣选出来的不够标准的花生，炒焦了之后，其味特香，远在白胖的花生之上，名曰“抓空儿”，亦冬夜的一种点缀。

夜深时往往听到沉闷而迟缓的“硬面饽饽”声，有光头、凸盖、镯子等，亦可充饥。

水果类则四季不绝地应世，诸如：三白的大西瓜、蛤蟆酥、羊角蜜、老头儿乐、鸭儿梨、小白梨、肖梨、糖梨、烂酸梨、沙果、苹果、虎拉车、杏、桃、李、山里红、柿子、黑枣、嘎嘎枣、老虎眼大酸枣、荸荠、海棠、葡萄、莲蓬、藕、樱桃、桑葚、槟子……不可胜举，都在沿门求售。

以上约略举说，只就记忆所及，挂漏必多。而且数十年来，北平也正在变动，有些小贩由式微而没落，也有些新的应运而生，比我长一辈的人所见所闻可能比我要丰富些，比我年轻的人可能遇到一些较新鲜而失去北平特色的事物。总而言之，北平是在向新颖而庸俗方面变，在零食小贩上即可窥见一斑。如今呢，胡尘涨宇，面目全非，这些小贩，还能保存一二与否，恐怕在不可知之数了。但愿我的回忆不是永远地成为回忆！

饮　酒

酒实在是妙。几杯落肚之后就会觉得飘飘然、醺醺然。平素道貌岸然的人，也会绽出笑脸；一向沉默寡言的人，也会议论风生。再灌下几杯之后，所有的苦闷烦恼全都忘了，酒酣耳热，只觉得意气飞扬，不可一世，若不及时知止，可就难免玉山颓欹，剔吐纵横，甚至撒疯骂座，以及种种的酒失酒过全部地呈现出来。莎士比亚的《暴风雨》里的卡利班，那个象征原始人的怪物，初尝酒味，觉得妙不可言，以为把酒给他喝的那个人是自天而降，以为酒是甘露琼浆，不是人间所有物。美洲印第安人初与白人接触，就是被酒所倾倒，往往不惜举土地界人以交换一些酒浆。印第安人的衰灭，至少一部分是由于他们的荒腆于酒。

我们中国人饮酒，历史久远。发明酒者，一说是仪逖，又说是杜康。仪逖夏朝人，杜康周朝人，相距很远，总之是无可稽考。也许制酿的原料不同、方法不同，所以仪逖的酒未必就是杜康的酒。《尚书》有《酒诰》之篇，谆谆以酒为戒，一再地说“祀兹酒”（停止这样的喝酒），“无彝酒”（勿常饮酒），想见古人饮酒早已相习成风，而且到了“大乱丧德”的地步。三代以上的事多不可考，不过从汉起就有酒榷之说，以后各代因之，都是课税以裕国帑，并没有寓禁于征的意思。酒很难禁绝，美国一九二〇年起实施酒禁，雷厉风行，依然到处都有酒喝。当时笔者道出纽约，有一天友人邀我食于某中国餐馆，入门直趋后室，索五加皮，开怀畅饮。忽警察闯入，友人止予勿惊。这位警察徐徐就座，解手枪，锵然置于桌上，索五加皮独酌，不久即伏案酣睡。一九三三年酒禁废，真如一场儿戏。民之所好，非政令所能强制。在我们中国，汉萧何造律:“三人以上无故群饮,罚金四两。”此律不曾彻底实行。事实上,酒楼妓馆处处笙歌,无时不飞觞醉月。文人雅士水边修禊，山上登高,一向离不开酒。名士风流,以为持螯把酒,便足了一生，甚至于酣饮无度，扬言“死便埋我”，好像大量饮酒不是什么不很体面的事，真所谓“酗于酒德”。

对于酒，我有过多年的体验。第一次醉是在六岁的时候，侍先君饭于致美斋（北平煤市街路西）楼上雅座，窗外有一棵不知名的大叶树，随时簌簌作响。连喝几盅之后，微有醉意，先君禁我再喝，我一声不响站立在椅子上舀了一匙高汤，泼在他的一件两截衫上。随后我就倒在旁边的小木炕上呼呼大睡，回家之后才醒。我的父母都喜欢酒,所以我一直都有喝酒的机会。“酒有别肠，不必长大”，语见《十国春秋》，意思是说酒量的大小与身体的大小不必成正比例，壮健者未必能饮，瘦小者也许能鲸吸。我小时候就是瘦弱如一根绿豆芽。酒量是可以慢慢磨炼出来的，不过有其极限。我的酒量不大，我也没有亲见过一般人所艳称的那种所谓海量。古代传说“文王饮酒千钟，孔子百觚”，王充《论衡·语增篇》就大加驳斥，他说：“文王之身如防风之君，孔子之体如长狄之人，乃能堪之。”且“文王孔子率礼之人也”，何至于醉酗乱身？就我孤陋的见闻所及，无论是“青州从事”或“平原督邮”，大抵白酒一斤或黄酒三五斤即足以令任何人头昏目眩、粘牙倒齿。唯酒无量，以不及于乱为度，看各人自制力如何耳。不为酒困，便是高手。

酒不能解忧，只是令人在由兴奋到麻醉的过程中暂时忘怀一切，即刘伶所谓“无思无虑，其乐陶陶”。可是酒醒之后，所谓“忧心如醒”，那份病酒的滋味很不好受，所付代价也不算小。我在青岛居住的时候，那地方背山面海，风景如绘，在很多人心目中是最理想的卜居之所，唯一缺憾是很少文化背景，没有古迹耐人寻味，也没有适当的娱乐。看山观海，久了也会腻烦，于是呼朋聚饮，三日一小饮，五日一大宴，划拳行令，三十斤花雕一坛，一夕而罄。七名酒徒加上一位女史，正好八仙之数，乃自命为酒中八仙。有时且结伙远征，近则济南，远则南京、北京，不自谦抑，狂言“酒压胶济一带，拳打南北二京”，高自期许，俨然豪气干云的样子。当时作践了身体，这笔账日后要算。一日，胡适之先生过青岛小憩，在宴席上看到八仙过海的盛况大吃一惊，急忙取出他太太给他的一个金戒指，上面镌有“戒”字，戴在手上，表示免战。过后不久，胡先生就写信给我说：“看你们喝酒的样子，就知道青岛不宜久居，还是到北京来吧！”我就到北京去了。现在回想当年酗酒，哪里算得是勇，真是狂。

酒能削弱人的自制力，所以有人酒后狂笑不止，也有人痛哭不已，更有人口吐洋语滔滔不绝，也许会把平素不敢告人之事吐露一二，甚至把别人的阴私也当众抖搂出来。最令人难堪的是强人饮酒，或单挑，或围剿，或投下井之石，千方万计要把别人灌醉，有人诉诸武力，捏着人家的鼻子灌酒！这也许是人类长久压抑下的一部分兽性之发泄，企图获取胜利的满足，比拿起石棒给人迎头一击要文明一些而已。那咄咄逼人的声嘶力竭的划拳，在赢拳的时候，那一声拖长了的绝叫，也是表示内心的一种满足。在别处得不到满足，就让他们在聚饮的时候如愿以偿吧！只是这种闹饮，以在有隔音设备的房间里举行为宜，免得侵扰他人。

《菜根谭》所谓“花看半开，酒饮微醺”的趣味，才是最令人低回的境界。

喝　茶

我不善品茶，不通茶经，更不懂什么茶道，从无两腋之下习习生风的经验。但是，数十年来，喝过不少茶，北平的双窨、天津的大叶、西湖的龙井、六安的瓜片、四川的沱茶、云南的普洱、洞庭湖的君山茶、武夷山的岩茶，甚至不登大雅之堂的茶叶梗与满天星随壶净的高末儿，都尝试过。茶是我们中国人的饮料，口干解渴，唯茶是尚。茶字，形近于荼，声近于槚，来源甚古，流传海外，凡是有中国人的地方就有茶。人无贵贱，谁都有份，上焉者细啜名种，下焉者牛饮茶汤，甚至路边埂畔还有人奉茶。北人早起，路上相逢，辄问讯："喝茶未？"茶是开门七件事之一，乃人生必需品。

孩提时，屋里有一把大茶壶，坐在一个有棉衬垫的藤箱里，相当保温，要喝茶自己斟。我们用的是绿豆碗，这种碗大号的是饭碗，小号的是茶碗，作绿豆色，粗糙耐用，当然和宋瓷不能比，和江西瓷不能比，和洋瓷也不能比，可是有一股朴实厚重的风貌，现在这种碗早已绝迹，我很怀念。这种碗打破了不值几文钱，脑勺子上也不至于挨巴掌。银托白瓷小盖碗是祖父母专用的，我们看着并不羡慕。看那小小的一盏，两口就喝光，泡两三回就得换茶叶，多麻烦。如今盖碗很少见了，除非是到故宫博物院拜会蒋院长，他那大客厅里总是会端出盖碗茶敬客。再不就是在电视剧中也常看见有盖碗茶，可是演员一手执盖一手执碗缩着脖子啜茶那副狼狈相，令人发噱，因为他不知道喝盖碗茶应该是怎样的喝法。他平素自己喝茶大概一直是用玻璃杯、保温杯之类。如今，我们此地见到的盖碗，多半是近年来本地制造的“万寿无疆”的那种样式，瓷厚了一些；日本制的盖碗，样式微有不同，总觉得有些怪怪的。近有人回大陆，顺便探视我的旧居，带来我三十多年前天天使用的一只瓷盖碗，原是十二套，只剩此一套了，碗沿还有一点磕损，睹此旧物，勾起往日的心情，不禁黯然。盖碗究竟是最好的茶具。

茶叶品种繁多，各有擅长。有友来自徽州，同学清华，徽州产茶胜地，但是他看到我用一撮茶叶放在壶里沏茶，表示惊讶，因为他只知道茶叶是烘干打包捆载上船沿江运到沪杭求售，剩下来的茶梗才是家人饮用之物。恰如北人所谓“卖席的睡凉炕”。我平素喝茶，不是香片就是龙井，多次到大栅栏东鸿记或西鸿记去买茶叶，在柜台前面一站，徒弟搬来凳子让座，看伙计称茶叶，分成若干小包，包得见棱见角，那份手艺只有药铺伙计可以媲美。

茉莉花窨过的茶叶，临卖的时候再抓一把鲜茉莉花放在表面上，所以叫作双窨。于是茶店里经常是茶香花香，郁郁菲菲。父执有名玉贵者，旗人，精于饮馔，居恒以一半香片龙井混合沏之，有香片之浓馥，兼龙井之苦清。吾家效而行之，无不称善。茶以人名，乃径呼此茶为“玉贵”，私家秘传，外人无由得知。

其实，清茶最为风雅。抗战前造访知堂老人于苦茶庵，主客相对总是有清茶一盅，淡淡的、涩涩的、绿绿的。我曾屡侍先君游西子湖，从不忘记品尝当地的龙井，不需要攀登南高峰风篁岭，近处平湖秋月就有上好的龙井茶，开水现冲，风味绝佳。茶后进藕粉一碗，四美具矣。正是“穿牖而来，夏日清风冬日日；卷帘相见，前山明月后山山”（骆成骧联）。有朋自六安来，贻我瓜片少许，叶大而绿，饮之有荒野的气息扑鼻。其中西瓜茶一种，真有西瓜风味。我曾过洞庭，舟泊岳阳楼下，购得君山茶一盒。沸水沏之，每片茶叶均如针状直立漂浮，良久始舒展下沉，味品清香不俗。

初来台湾，粗茶淡饭，颇想倾阮囊之所有在饮茶一端偶作豪华之享受。一日过某茶店，索上好龙井，店主将我上下打量，取八元一斤之茶叶以应，余示不满，乃更以十二元者奉上，余仍不满，店主勃然色变，厉声曰:“买东西，看货色，不能专以价钱定上下。提高价格，自欺欺人耳！先生奈何不察？”我爱其憨直。现在此茶店门庭若市，已成为业中之翘楚。此后我饮茶，但论品位，不问价钱。

茶之以浓酽胜者莫过于工夫茶。《潮嘉风月记》说工夫茶要细炭初沸连壶带碗泼浇，斟而细呷之，气味芳烈，较嚼梅花更为清绝。我没嚼过梅花，不过我旅居青岛时有一位潮州澄海朋友，每次聚饮酩酊，辄相偕走访一潮州帮巨商于其店肆。肆后有密室，烟具、茶具均极考究，小壶小盅有如玩具。更有娈婉卯童伺候煮茶、烧烟，因此经常饱吃工夫茶，诸如铁观音、大红袍，吃了之后还携带几匣回家。不知是否故弄玄虚，谓炉火与茶具相距以七步为度，沸水之温度方合标准。举小盅而饮之，若饮罢径自返盅于盘，则主人不悦，须举盅至鼻头猛嗅两下。这茶最有解酒之功，如嚼橄榄，舌根微涩，数巡之后，好像是越喝越渴，欲罢不能。喝工夫茶，要有工夫，细呷细品，要有设备，要人服侍，如今乱糟糟的社会里谁有那么多的工夫？红泥小火炉哪里去找？伺候茶汤的人更无论矣。普洱茶，漆黑一团，据说也有绿色者，泡烹出来黑不溜秋，粤人喜之。在北平，我只在正阳楼看人吃烤肉，吃得口滑肚子膨脝不得动弹，才高呼堂倌泡普洱茶。四川的沱茶亦不恶，唯一般茶馆应市者非上品。台湾的乌龙，名震中外，大量生产，佳者不易得。处处标榜冻顶，事实上哪里有那么多的冻顶？

喝茶，喝好茶，往事如烟。提起喝茶的艺术，现在好像谈不到了，不提也罢。

酸梅汤与糖葫芦

夏天喝酸梅汤，冬天吃糖葫芦，在北平是不分阶级人人都能享受的事。不过东西也有精粗之别。琉璃厂信远斋的酸梅汤与糖葫芦，特别考究，与其他各处或街头小贩所供应者大有不同。

徐凌霄《旧都百话》关于酸梅汤有这样的记载：

暑天之冰，以冰梅汤为最流行，大街小巷，干鲜果铺的门口，都可以看见“冰镇梅汤”四字的木檐横额。有的黄底黑字，甚为工致，迎风招展，好似酒家的帘子一样，使过往的热人，望梅止渴，富于吸引力。昔年京朝大佬，贵客雅流，有闲工夫，常常要到琉璃厂逛逛书铺，品品古董，考考版本，消磨长昼。天热口干，辄以信远斋梅汤为解渴之需。

信远斋铺面很小，只有两间小小门面，临街是旧式玻璃门窗，拂拭得一尘不染，门楣上一块黑漆金字匾额，铺内清洁简单，地道的北平式装修。进门右手方有一黑漆大木桶，里面有一大白瓷罐，罐外周围全是碎冰，罐里是酸梅汤，所以名为冰镇，北平的冰是从什刹海或护城河挖取藏在窖内的，冰块里可以看见草皮木屑，泥沙秽物更不能免，是不能放在饮料里喝的。什刹海会贤堂的名件“冰碗”，莲蓬、桃仁、杏仁、菱角、藕都放在冰块上，食客不嫌其脏，真是不可思议。有人甚至把冰块放在酸梅汤里！信远斋的冰镇就高明多了。因为桶大、罐小、冰多，喝起来凉沁脾胃。他的酸梅汤的成功秘诀，是冰糖多、梅汁稠、水少，所以味浓而酽。上口冰凉，甜酸适度，含在嘴里如品纯醪，舍不得下咽。很少人能站在那里喝那一小碗而不再喝一碗的。抗战胜利还乡，我带孩子们到信远斋，我准许他们能喝多少碗都可以，他们连尽七碗方始罢休。我每次去喝，不是为解渴，是为解馋。我不知道为什么没有人动脑筋把信远斋的酸梅汤制为罐头行销各地，而一任“可口可乐”到处猖狂。

信远斋也卖酸梅卤、酸梅糕。卤冲水可以制酸梅汤，但是无论如何不能像站在那木桶旁边细啜那样有味。我自己在家也曾试做，在药铺买了乌梅，在干果铺买了大块冰糖，不惜工本，仍难如愿。信远斋掌柜姓萧，一团和气，我曾问他何以仿制不成，他回答得很妙：“请您过来喝，别自己费事了。”

信远斋也卖蜜饯、冰糖子儿、糖葫芦。以糖葫芦为最出色。北平糖葫芦分三种。一种用麦芽糖，北平话是糖稀，可以做大串山里红的糖葫芦，可以长达五尺多，这种大糖葫芦，新年厂甸卖得最多。麦芽糖裹水杏儿（没长大的绿杏），很好吃，做糖葫芦就不见佳，尤其是山里红常是烂的或是带虫子屎。另一种用白糖和了粘上去，冷了之后白汪汪的一层霜，别有风味。正宗是冰糖葫芦，薄薄一层糖，透明雪亮。材料种类甚多，诸如海棠、山药、山药豆、杏干、葡萄、橘子、荸荠、核桃，但是以山里红为正宗。山里红，即山楂，北地盛产，味酸，裹糖则极可口。一般的糖葫芦皆用半尺来长的竹签，街头小贩所售，多染尘沙，而且品质粗劣。东安市场所售较为高级。但仍以信远斋所制为最精，不用竹签，每一颗山里红或海棠均单个独立，所用之果皆硕大无朋，而且干净，放在垫了油纸的纸盒中由客携去。

离开北平就没吃过糖葫芦，实在想念。近有客自北平来，说起糖葫芦，据称在北平这种不属于任何一个阶级的食物几已绝迹。他说我们在台湾自己家里也未尝不可试做，台湾虽无山里红，其他水果种类不少，沾了冰糖汁，放在一块涂了油的玻璃板上，送入冰箱冷冻，岂不即可等着大嚼？他说他制成之后将邀我共尝，但是迄今尚无下文，不知结果如何。

烧饼油条

烧饼油条是我们中国人标准早餐之一，在北方不分省份、不分阶级、不分老少，大概都欢喜食用。我生长在北平，小时候的早餐几乎永远是一套烧饼油条——不，叫油炸鬼，不叫油条。有人说，油炸鬼是油炸桧之讹，大家痛恨秦桧，所以名之为油炸桧以泄愤，这种说法恐怕是源自南方，因为北方读音鬼与桧不同，为什么叫油鬼，没人知道。在比较富裕的大家庭里，只有做父亲的才有资格偶然以馄饨、鸡丝面或羊肉馅包子做早点，只有做祖父母的才有资格常以燕窝汤、莲子羹或哈士蟆之类做早点，像我们这些"民族幼苗"，便只有烧饼油条来果腹了。说来奇怪，我对于烧饼油条从无反感，天天吃也不厌，我清早起来，就有一大簸箩烧饼油条在桌上等着我。

现在台湾的烧饼油条，我以前在北平还没见过。我所知道的烧饼，有螺蛳转儿、芝麻酱烧饼、马蹄儿、驴蹄儿几种，油鬼有麻花儿、甜油鬼、炸饼儿几种。螺蛳转儿夹麻花儿是一绝，扳开螺蛳转儿，夹进麻花儿，用手一按，咯吱一声麻花儿碎了，这一声响就很有意思，如今我再也听不到这个声音。有一天和齐如山先生谈起，他也很感慨，他嫌此地油条不够脆，有一次他请炸油条的人给他特别炸焦，“我加倍给你钱”，那个炸油条的人好像是前一夜没睡好觉（事实上凡是炸油条、烙烧饼的人都是睡眠不足），一翻白眼说：“你有钱？我不伺候！”回锅油条、老油条也不是味道，焦硬有余，酥脆不足。至于烧饼，螺蛳转儿好像久已不见了，因为专门制售螺蛳转儿的粥铺早已绝迹了。所谓粥铺，是专卖甜浆粥的一种小店，甜浆粥是一种稀稀的粗粮米汤，其味特殊。北平城里的人不知道喝豆浆，常是一碗甜浆粥、一套螺蛳转儿，但是这也得到粥铺去趁热享用才好吃。我到十四岁以后才喝到豆浆，我相信我父母一辈子也没有喝过豆浆。我们家里吃烧饼油条，嘴干了就喝大壶的茶，难得有一次喝到甜浆粥。后来我到了上海，才看到细细长长的那种烧饼，以及菱形的烧饼，而且油条长长的也不适于夹在烧饼里。

火腿、鸡蛋、牛油面包作为标准的早点，当然也很好，但我只是在不得已的情形下才接受了这种异俗。我心里怀念的仍是烧饼油条。和我有同嗜的人相当不少。海外羁旅，对于家乡土物率多念念不忘。有一位华裔美籍的学人，每次到台湾来都要带一二百副烧饼油条回到美国去，存在冰橱里，逐日检取一副放在烤箱或电锅里一烤，便觉得美不可言。谁不知道烧饼油条只是脂肪、淀粉，从营养学来看，不构成一份平衡的食品。但是多年习惯，对此不能忘情。在纽约曾有人招待我到一家中国餐馆进早点，座无虚席，都是烧饼油条客，那油条一根根的都很结棍（按：方言，厉害的意思），韧性很强。但是大家觉得这是家乡味，聊胜于无。做油条的师傅，说不定曾经付过二两黄金才学到如此这般的手艺，又有一位返国观光的游子，住在台北一家观光旅馆里，晨起第一桩事就是外出寻找烧饼油条，遍寻无着，返回旅舍问服务小姐，服务小姐登时蛾眉一耸说："这是观光区域，怎会有这种东西，你要向偏僻街道、小巷去找。"闹哄了一阵，兴趣已无，乖乖地到附设餐厅里去吃火腿、鸡蛋、面包了事。

有人看我天天吃烧饼油条，就问我："你不嫌脏？"我没想到这个问题。据这位关心的人说，要注意烧饼里有没有老鼠屎，第二天我打开烧饼先检查，哇，一颗不大不小像一颗万应锭似的黑黑的东西赫然在焉。用手一捻，碎了。若是不当心，入口一咬，必定牙碜，也许不当心会咽了下去。想起来好怕，一颗老鼠屎搅坏一锅粥，这话不假，从此我存了戒心。看看那个豆浆店，小小一间门面，案板油锅都放在行人道上，满地是油渍污泥，一袋袋的面粉堆在一旁像沙包一样，阴沟里老鼠横行。再看看那打烧饼、炸油条的人，头发蓬松，上身只有灰白背心，脚上一双拖鞋，说不定嘴里还叼着一根纸烟。在这种情况之下，要使老鼠屎不混进烧饼里去，着实很难。好在不是一个烧饼里必定轮配到一橛老鼠屎，难得遇见一回，所以戒心维持了一阵也就解严了。

也曾经有过观光级的豆浆店出现，在那里有峨高冠的厨师，有穿制服的侍者，有装潢，有灯饰，筷子有纸包着，豆浆碗下有盘托着，餐巾用过就换，而不是一块毛巾大家用，像邮局糨糊旁边附设的小块毛巾那样的又脏又黏。如果你带外宾进去吃早点，可以不至于脸红。但是偶尔观光一次是可以的，谁也不能天天去观光，谁也不能常跑远路去图一饱。于是这打肿脸充胖子的局面维持不下去了，烧饼油条依然是在行人道边乌烟瘴气的环境里苟延残喘。而且我感觉到吃烧饼油条的同志也越来越少了。

饺　子

“好吃不过饺子，舒服不过倒着。”这是北方乡下的一句俗语。北平城里的人不说这句话。因为北平人过去不说饺子，都说“煮饽饽”，这也许是满洲语。我到了十四岁才知道煮饽饽就是饺子。

北方人，不论贵贱，都以饺子为美食。钟鸣鼎食之家有的是人力财力，吃顿饺子不算一回事。小康之家要吃顿饺子要动员全家老少，和面、擀皮、剁馅、包捏、煮，忙成一团，然而亦趣在其中。年终吃饺子是天经地义，有人胃口特强，能从初一到十五顿顿饺子，乐此不疲。当然连吃两顿就告饶的也不是没有。至于在乡下，吃顿饺子不易，也许要在姑奶奶回娘家时候才能有此豪举。

饺子的成色不同，我吃过最低级的饺子。抗战期间有一年除夕我在陕西宝鸡，餐馆过年全不营业，我踯躅街头，遥见铁路旁边有一草棚，灯火荧然，热气直冒，乃趋就之，竟是一间饺子馆。我叫了二十个韭菜馅饺子，店主还抓了一把带皮的蒜瓣给我，外加一碗热汤。我吃得一头大汗，十分满足。

我也吃过顶精致的一顿饺子。在青岛顺兴楼宴会，最后上了一钵水饺，饺子奇小，长仅寸许，馅子却是黄鱼韭黄，汤是清澈而浓的鸡汤，表面上还漂着少许鸡油。大家已经酒足菜饱，禁不住诱惑，还是给吃得精光，连连叫好。

做饺子第一面皮要好。店肆现成的饺子皮，碱太多，煮出来滑溜溜的，咬起来韧性不足。所以一定要自己和面，软硬合度，而且要多醒一阵子。盖上一块湿布，防干裂。擀皮子不难，久练即熟，中心稍厚，边缘稍薄。包的时候一定要用手指捏紧。有些店里伙计包饺子，用拳头一握就是一个，快则快矣，煮出来一个个的面疙瘩，一无是处。

饺子馅各随所好。有人爱吃荠菜，有人怕吃茴香。有人要薄皮大馅，最好是一兜儿肉，有人愿意多羼青菜（有一位太太应邀吃饺子，咬了一口大叫，主人以为她必是吃到了苍蝇、蟑螂什么的，她说："怎么，这里面全是菜！"主人大窘）。有人以为猪肉冬瓜馅最好，有人认定羊肉白菜馅为正宗。韭菜馅有人说香，有人说臭，天下之口并不一定同嗜。

冷冻饺子是不得已而为之，还是新鲜的好。据说新发明了一种制造饺子的机器，一贯作业，整洁迅速，我尚未见过。我想最好的饺子机器应该是——人。

吃剩下的饺子，冷藏起来，第二天油锅里一炸，炸得焦黄，好吃。

粥

我不爱吃粥。小时候一生病就被迫喝粥，因此非常怕生病。平素早点总是烧饼、油条、馒头、包子，非干物生噎不饱。抗战时在外做客，偶寓友人家，早餐是一锅稀饭，四色小菜大家分享。一小块酱豆腐在碟子中央孤立，一小撮花生米疏疏落落地撒在盘子中，一根油条斩做许多碎块堆在碟中成一小丘，一个完整的皮蛋在酱油碟里晃来晃去。不能说是不丰盛了，但是干噎惯了的人就觉得委屈，如果不算是虐待。

也有例外。我母亲若是亲自熬一小薄铫儿的粥，分半碗给我吃，我甘之如饴。薄铫（音吊）儿即是有柄有盖的小砂锅，最多能煮两小碗粥，在小白炉子的火口边上煮。不用剩饭煮，用生米淘净慢煨。水一次加足，不半途添水。始终不加搅和，任它翻滚。这样煮出来的粥，黏糊，烂，而颗颗米粒是完整的，香。再佐以笋尖、火腿、糟豆腐之类，其味甚佳。

一说起粥，就不免想起从前北方的粥厂，那是慈善机构或好心人士施舍救济的地方。每逢冬天就有不少鹑衣百结的人排队领粥。“饘粥不继”就是形容连粥都没得喝的人。饘是稠粥，粥指稀粥。喝粥暂时装满肚皮，不能经久。喝粥聊胜于喝西北风。

不过我们也必须承认，某些粥还是蛮好喝的。北方人家熬粥熟，有时加上大把的白菜心，俟菜烂再撒上一些盐和麻油，别有风味，名为“菜粥”。若是粥煮好后取嫩荷叶洗净铺在粥上，粥变成淡淡的绿色，有一股荷叶的清香渗入粥内，是为“荷叶粥”。从前北平有所谓粥铺，清晨卖“甜浆粥”，是用一种碎米熬成的稀米汤，有一种奇特的风味，佐以特制的螺蛳转儿、炸麻花儿，是很别致的平民化早点，但是不知何故被淘汰了。还有所谓大麦粥，是沿街叫卖的平民食物，有异香，也不见了。

台湾消夜所谓“清粥小菜”，粥里经常羼有红薯，味亦不恶。小菜真正是小盘小碗，荤素具备。白日正餐大鱼大肉，消夜啜粥甚宜。

腊八粥是粥类中的综艺节目。北平雍和宫煮腊八粥，据《旧京风俗志》，是由内务府主办，惊师动众，这一顿粥要耗十万两银子！煮好先恭呈御用，然后分别赏赐王公大臣，这不是喝粥，这是招摇。然而煮腊八粥的风俗深入民间至今弗辍。我小时候喝腊八粥是一件大事。午夜才过，我的二舅爹爹（我父亲的二舅父）就开始作业，搬出擦得锃光大亮的大小铜锅两个，大的高一尺开外，口径约一尺。然后把预先分别泡过的五谷杂粮如小米、红豆、老鸡头、薏仁米，以及粥果如白果、栗子、胡桃、红枣、桂圆肉之类，开始熬煮，不住地用长柄大勺搅动，防粘锅底。两锅内容不太一样，大的粗糙些，小的细致些，以粥果多少为别。此外尚有额外精致粥果另装一盘，如瓜子仁、杏仁、葡萄干、红丝青丝、松子、蜜饯之类，准备临时放在粥面上的。等到腊八早晨，每人一大碗，尽量加红糖，稀里呼噜地喝个尽兴。家家熬粥，家家送粥给亲友，东一碗来，西一碗去，真是多此一举。剩下的粥，倒在大绿釉瓦盆里，自然凝冻，留到年底也不会坏。自从丧乱，年年过腊八，年年有粥喝，兴致未减，材料难求，因陋就简，虚应故事而已。

栗　子

栗子以良乡的为最有名。良乡县在河北，北平的西南方，平汉铁路线上。其地盛产栗子。然栗树北方到处皆有，固不必限于良乡。

我家住在北平大取灯胡同的时候，小园中亦有栗树一株，初仅丈许，不数年高二丈以上，结实累累。果苞若刺猬，若老鸡头，遍体芒刺，内含栗两三颗。熟时不摘取则自行坠落，苞破而栗出。捣碎果苞取栗，有浆液外流，可做染料。后来我在崂山上看见过巨大的栗子树，高三丈以上，果苞落下狼藉满地，无人理会。

在北平，每年秋节过后，大街上几乎每一家干果子铺门外都支起一个大铁锅，翘起短短的一截烟囱，一个小利巴挥动大铁铲，翻炒栗子。不是干炒，是用沙炒，加上糖使沙结成大大小小的粒，所以叫作糖炒栗子。烟煤的黑烟扩散，哗啦哗啦的翻炒声，间或有栗子的爆炸声，织成一片好热闹的晚秋初冬的景致。孩子们没有不爱吃栗子的，几个铜板买一包，草纸包起，用麻茎儿捆上，热乎乎的，有时简直是烫手热，拿回家去一时舍不得吃完，藏在被窝垛里保温。

煮咸水栗子是另一种吃法。在栗子上切十字形裂口，在锅里煮，加盐。栗子是甜滋滋的，加上咸，别有风味。煮时不妨加些八角之类的香料。冷食热食均佳。

但是最妙的是以栗子做点心。北平西车站食堂是有名的西餐馆。所制“奶油栗子面儿”或称“奶油栗子粉”实在是一绝。栗子磨成粉，就好像花生粉一样，干松松的，上面浇大量奶油。所谓奶油就是打搅过的奶油（whipped cream），用小勺取食，味妙无穷。奶油要新鲜，打搅要适度，打得不够稠固然不好吃，打过了头却又稀释了。东安市场的中兴茶楼和国强西点铺后来也仿制，工料不够水准，稍形逊色。北海仿膳之栗子面小窝头，我吃不出栗子味。

杭州西湖烟霞岭下翁家山的桂花是出名的，尤其是满家弄，不但桂花特别的香，而且桂花盛时栗子正熟，桂花煮栗子成了路边小店的无上佳品。徐志摩告诉我，每值秋后必去访桂，吃一碗煮栗子，认为是一大享受。有一年他去了，桂花被雨摧残净尽，他感而写了一首诗“这年头活着不易”。

十几年前在西雅图海滨市场闲逛，出得门来忽闻异香，遥见一意大利人推小车卖炒栗。论个卖——五角钱一个，我们一家六口就买了六颗,坐在车里分而尝之。如今我们这里到冬天也有小贩卖“良乡栗子”了。韩国进口的栗子大而无当，并且糊皮，不足取。

读《中国吃》

中国人馋，也许北平人比较起来最馋。馋，若是译成英文很难找到适当的字。译为 piggish，gluttonous，greedy 都不恰，因为这几个字令人联想起一副狼吞虎咽的饕餮相，而真正馋的人不是那个样子。中国宫廷摆出满汉全席，富足人家享用烤乳猪的时候，英国人还用手抓菜吃，后来知道用刀叉也常常是在宴会中身边自带刀叉备用，一般人怕还不知蔗糖、胡椒为何物。文化发展到相当程度，人才知道馋。

读了唐鲁孙先生的《中国吃》，一似过屠门而大嚼，使得馋人垂涎欲滴。唐先生不但知道的东西多，而且用地道的北平话来写，使北平人觉得益发亲切有味，忍不住，我也来饶舌。

现在正是吃烤涮的时候，事实上一过中秋烤涮就上市了，不过要等到天真冷下来，吃烤涮才够味道。东安市场的东来顺生意鼎盛，比较平民化一些，更好的地方是前门肉市的正阳楼。

那是一个弯弯曲曲的陋巷，地面上经常有好深的车辙，不知现在拓宽了没有。正阳楼的雅座在路东，有两个院子，大概有十来个座儿。前院放着四个烤肉炙子，围着几条板凳。吃烤肉讲究一条腿踩在凳子上，做金鸡独立状，然后探着腰自烤自吃自酌。正阳楼出名的是螃蟹，个儿特别大，别处吃不到，因为螃蟹从天津运来，正阳楼出大价钱优先选择，所以特大号的螃蟹全在正阳楼，落不到旁人手上。买进之后要在大缸里养好几天，每天浇以鸡蛋白，所以长得个个顶盖儿肥。客人进门在二道门口儿就可以看见一大缸一大缸的“无肠公子”。平常一个人吃一尖一团就足够了，佐以高粱最为合适。吃螃蟹的家伙也很独到，一个小圆木盘，一只小木槌子，每客一份。如果你觉得这套家伙好，而且你又是常客，临去带走几副也无所谓，小账当然要多给一点。螃蟹吃过之后，烤肉、涮肉即可开始。肉是羊肉，不像烤肉纪烤肉苑那样以牛肉为主。正阳楼的切羊肉的师傅是一把手，他用一块抹布包在一条羊肉上（不是冰箱冻肉），快刀慢切，切得飞薄。黄瓜条、三叉儿、大肥片儿、上脑儿，任听尊选。一盘没有几片，够两筷子。如果喜欢吃涮的，早点吩咐伙计生好锅子熬汤，熟客还可以要一个锅子底儿，那就是别人涮过的剩汤，格外浓。如果要吃烤的，自己到院子里去烤，再不然就教伙计代劳。正阳楼的烧饼也特别，薄薄的两层皮儿，没有瓤儿，烫手热。撕开四分之三，掰开了一股热气喷出，把肉往里一塞，又香又软又热又嫩。吃过螃蟹、烤羊肉之后，要想喝点什么便感觉到很为难，因为在那鲜美的食物之后无以为继，喝什么汤也没有滋味了。有高人指点，螃蟹、烤肉之后唯一压得住阵脚的是汆大甲，大甲就是螃蟹的螯，剥出来的大块螯肉在高汤里一汆，加芫荽末，加胡椒面儿，撒上回锅油炸麻花儿。只有这样的一碗汤，香而不腻。以蟹始，以蟹终，吃得服服帖帖。烤羊肉这种东西，很容易食过量，饭后备有普洱酽茶帮助消化，向堂倌索取即可，否则他是不送上的。如果有人贪食过量，当场动弹不得，撑得翻白眼儿，人家还备有特效解药，那便是烧焦了的栗子，磨成灰，用水服下，包管你肚子里咕噜咕噜响，躺一会儿就没事了。雅座都有木炕可供小卧。正阳楼也卖普通炒菜，不过吃主总是专吃他的螃蟹、羊肉。台湾也有所谓蒙古烤肉，铁炙子倒是蛮大的，羊肉的质料不能和口外的绵羊比，而且烤的佐料也不大对劲，什么红萝卜丝、辣椒油全羼上去了。烧饼是小厚墩儿，好厚的心子，肉夹不进去。

上面说到㸆烤涮，㸆是什么？㸆或写作炮。是用一面平底的铛放在炉子上，微火将铛烧热，用焦煤、木炭、柴均可。肉蘸了酱油、香油，拌了葱、姜之后，在铛上滚来滚去就熟了，这叫作铛㸆羊肉，味清淡，别有风味，中秋过后什刹海路边上就有专卖铛㸆羊肉的摊子。在家里用烙饼的小铛也可以对付。至于普通馆子的㸆羊肉，大火旺油加葱爆炒，那就是另外一码子事了。

东兴楼是数一数二的大馆子，做的是山东菜。山东菜大致分为两帮，一是烟台帮，一是济南帮，菜数作风不同。丰泽园、明湖春等比较后起，属于济南帮。东兴楼是属于烟台帮。初到东兴楼的人没有不诧异的，其房屋之高，高得不成比例，原来他们是预备建楼的，所以木料都有相当的长度，后来因为地址在东华门大街，有人挑剔说离皇城根儿太近，有借以窥探宫内之嫌，不许建楼，所以为了将就木材，房屋的间架特高。别看东兴楼是大馆子，他们保存旧式作风，厨房临街，以木栅做窗，为的是便利一般的“口儿厨子”站在外面学两手儿。有手艺的人不怕人学，因为很难学到家。客人一掀布帘进去，柜台前面一排人，大掌柜的、二掌柜的、执事先生，一齐点头哈腰：“二爷你来啦！”“三爷您来啦！”山东人就是不喊人作大爷，大概是因为武大郎才是大爷之故。一声“看座”，里面的伙计立刻应声。二门有个影壁，前面大木槽养着十条八条的活鱼。北平不是吃海鲜的地方，大馆子总是经常备有活鱼。东兴楼的菜以精致著名，调货好，选材精，规规矩矩。炸胗一定去里儿，爆肚儿一定去草芽子。爆肚仁有三种做法，油爆、盐爆、汤爆，各有妙处，这道菜之最可人处是在触觉上，嚼上去不软不硬不韧而脆，雪白的肚仁衬上绿的香菜梗，于色、香、味之外还加上触，焉得不妙？我曾一口气点了油爆、盐爆、汤爆三件，真乃下酒的上品。芙蓉鸡片也是拿手，片薄而大，衬上三五根豌豆苗，盘子里不汪着油。烩乌鱼钱带割雏儿也是著名的。乌鱼钱又名乌鱼蛋，“蛋”字犯忌，故改为钱，实际是鱼的卵巢。割雏儿是山东话，鸡血的代名词，我问过许多山东朋友，都不知道这两个字如何写法，只是读如“割雏儿”。锅烧鸡也是一绝，油炸整只仔鸡，堂倌拿到门外廊下手撕之，然后浇以烩鸡杂一小碗。

就是普通的肉末夹烧饼，东兴楼的也与众不同，肉末特别精特别细，肉末是切的，不是斩的，更不是机器轧的。拌鸭掌到处都有，东兴楼的不夹带半根骨头，垫底的黑木耳适可而止。糟鸭片没有第二家能比，上好的糟，糟得彻底。民国十五年夏，一批朋友从外国游学归来，时昭瀛意气风发要大请客，指定东兴楼，要我做提调，那时候十二元一席就可以了，我订的是三十元一桌，内容丰美自不消说，尤妙的是东兴楼自动把埋在地下十几年的陈酿花雕起了出来，羼上新酒，芬芳扑鼻，这一餐吃得杯盘狼藉，皆大欢喜。只是，风流云散，故人多已成鬼，盛筵难再了。东兴楼于抗战期间在日军高压之下停业，后来在帅府园易主重张，胜利后曾往尝试，则已面目全非，当年手艺不可再见。

致美楼，在煤市街，路西的是雅座，称致美斋，厨房在路东，斜对面。也是属于烟台一系，菜式比东兴楼稍粗一些，价亦稍廉，楼上堂倌有一位初仁义，满口烟台话，一团和气。咸白菜、酱萝卜之类的小菜，向来是伙计们准备，与柜上无涉，其中有一色是酱豆腐汁拌嫩豆腐，洒上一勺麻油，特别好吃。我每次去，初仁义先生总是给我一大碗拌豆腐，不是一小碟。后来初仁义升做掌柜的了。我最欢喜的吃法是要两个清油饼（即面条盘成饼状下锅油煎），再要一小碗烩两鸡丝或烩虾仁，往饼上一浇。我给起了个名字，叫过桥饼。致美斋的煎馄饨是别处没有的，馄饨油炸，然后上屉一蒸，非常别致。砂锅鱼翅炖得很烂，不大不小的一锅足够三五个人吃，虽然用的是翅根儿，不能和黄鱼尾比，可是几个人小聚，得此亦是最好不过的下饭的菜了。还有芝麻酱拌海参丝，加蒜泥，冰得凉凉的，在夏天比什么冷荤都强，至少比里脊丝拉皮儿要高明得多。到了快过年的时候，致美斋特制萝卜丝饼和火腿月饼，与众不同，主要是用以馈赠长年主顾，人情味十足。初仁义每次回家，都带新鲜的烟台苹果送给我，有一回还带了几个莱阳梨。

厚德福饭庄原先是个烟馆，附带着卖一些馄饨、点心之类供烟客消夜。后来到了袁氏当国，河南人大走红运，厚德福才改为饭馆。老掌柜的陈莲堂是河南人，高高大大的，留着山羊胡子，满口河南土音，在烹调上确有一手。当年河南开封是办理河工的主要据点，河工是肥缺，连带着地方也富庶起来，饭馆业跟着发达，这就和扬州为盐商汇集的地方所以饮宴一道也很发达完全一样。袁氏当国以后，河南菜才在北平插进一脚，以前全是山东人的天下。厚德福地方太小，在大栅栏一条陋巷的巷底，小小的招牌，看起来不起眼，有人连找都不易找到。楼上楼下只有四个小小的房间，外加几个散座。可是名气不小，吃客没有不知道厚德福的。最尴尬的是那楼梯，直上直下的，坡度极高，各层相隔甚巨。厚德福的拿手菜，大家都知道，包括瓦块鱼，其所以做得出色主要是因为鱼新鲜肥大，只取其中段，不惜工本，成绩怎能不好？勾汁儿也有研究，要浓稀甜成合度。吃剩下的汁儿焙面，那是骗人的，根本不是面，是刨番薯丝，要不然炸出来怎能那么酥脆？另一道名菜是铁锅蛋，说穿了也就是南京人所谓涨蛋，不过厚德福的铁锅更能保温，端上桌还久久地嗞嗞响。我的朋友赵太侔曾建议在蛋里加上一些美国的 cheese 碎末，试验之后风味绝佳，不过不喜欢 cheese 的人说不定会“气死”！炒鱿鱼卷也是他们的拿手，好在发得透，切得细，旺油爆炒。核桃腰也是异曲同工的菜，与一般炸腰花不同之处是他的刀法好，火候对，吃起来有咬核桃的风味。后有人仿效，真格的把核桃仁加进腰花一起炒，那真是不对意思了。最值一提的是生炒鳝鱼丝。鳝鱼味美，可是山东馆不卖这一道菜，谁要是到东兴楼致美斋去点鳝鱼，那简直是开玩笑。淮扬馆子做的软儿或是炝虎尾也很好吃，但风味不及生炒鳝鱼丝，因为生炒才显得脆嫩。在台湾吃不到这个菜。华西街有一家海鲜店写着“生炒鳝鱼”四个大字，尚未尝试过，不知究竟如何。厚德福还有一味风干鸡，到了冬天一进门就可以看见房檐下挂着一排鸡去了脏腑，留着羽毛，填进香料和盐，要挂很久，到了开春即可取食。风干鸡下酒最好，异于熏鸡、卤鸡、烧鸡、白切油鸡。

厚德福之生意突然猛进是由于民初先农坛城南游艺园开放。陈掌柜托警察厅的朋友帮忙抢先弄到营业执照，匾额就是警察厅擅写魏碑的那一位刘勃安先生的手笔（北平大街小巷的路牌都是出自他手）。平素陈掌柜培养了一批徒弟，各有专长，例如梁西臣善使旺油，最受他的器重。他的长子陈景裕一直跟着父亲做生意。营利所得，同伙各半，因此柜上、灶上、堂口上，融洽合作。城南游艺园风光了一阵子，因楼塌砸死了人而歇业，厚德福分号也只好跟着关门。其充足的人力、财力无处发泄，老店地势局促不能扩展，而且他们笃信风水，绝对不肯迁移。于是乎厚德福向国内各处展开，沈阳、长春、西安、青岛、上海、香港、昆明、重庆等处分号次第成立，现在情形如何就不知道了。厚德福分号既多，人手渐不敷用，同时菜式也变了质，不复能维持原有作风。例如，各地厚德福以北平烤鸭著名，那就是难以令人逆料的事。

说起烤鸭，也有一段历史。

北平不叫烤鸭，叫烧鸭子。因为不是喂养长大的，是填肥的，所以有填鸭之称。填鸭的把式都是通州人，因为通州是运河北端起点，富有水利，宜于放鸭。这种鸭子羽毛洁白，非常可爱，与野鸭迥异。鸭子到了适龄的时候，便要开始填。把式坐在凳子上，把只鸭子放在大腿中间一夹，一只手掰开鸭子的嘴，一只手拿一根比香肠粗而长的预先搓好的饲料硬往嘴里塞，塞进嘴之后顺着鸭脖子往下捋，然后再一根下去，再一根下去……填得鸭子摇摇晃晃。这时候把鸭子往一间小屋里一丢，小屋里拥挤不堪，绝无周旋余地，想散步是万不可能。这样填个十天半个月，鸭子还不蹲膘？

吊炉烧鸭是由酱肘子铺发卖，以从前的老便宜坊最为出名，之后金鱼胡同西口的宝华春也还不错。饭馆子没有自己烤鸭子的，除了全聚德以专卖鸭全席之外。厚德福不卖烧鸭，只有分号才卖，起因是柜上有一位张诗舫先生，精明能干，好多处分号成立都是他去打头阵，他是通州人，填鸭是内行，所以就试行发卖北平烤鸭了。我在北碚的时候，他去筹设分号，最初试行填鸭，填死了三分之一，因为鸭种不对，禁不住填，后来减轻填量才获相当的成功。吊炉烧鸭不能比叉烧烤鸭，吊炉烧鸭因为是填鸭，油厚，片的时候是连皮带油带肉一起片。叉烧烤鸭一般不用填鸭，只拣稍微肥大一点的就行了，预先挂起晾干，烤起来皮和肉容易分离，中间根本没有黄油，有些饭馆干脆把皮揭下盛满一大盘子上桌，随后再上一盘子瘦肉。那焦脆的皮固然也很好吃，然而不是吊炉烧鸭的本来面目。现在台湾的烤鸭，都不是填鸭，有那份手艺的人不容易找。至于广式的烧鸭以及电烤鸭，那都是另一个路数了。

在福全馆吃烧鸭最方便，因为有个酱肘子铺就在右手不远，可以喊他送一只过来，鸭架装打卤，斜对面灶温叫几碗一窝丝，实在最为理想，宝华春楼上也可以吃烧鸭，现烧现片，烫手热，附带着供应薄饼、葱、酱、盒子菜，丰富极了。

在《中国吃》这本书里，唐先生提起锡拉胡同玉华台的汤包，那的确是一绝。

玉华台是扬州馆，在北平算是后起的，好像是继春华楼而起的第一家扬州馆，此后如八面槽的淮扬春以及许多什么什么春的也都跟着出现了。玉华台的大师傅是从东堂子胡同杨家（杨世骧）出来的，手艺高超。我在北平的时候，北大外文系女生杨毓恂小姐毕业时请外文系教授们吃玉华台，胡适之先生也在座，若不是胡先生即席考证，我还不知杨小姐就是东堂子胡同杨家的千金。老东家的小姐出面请客，一切伺候那还错得了？最拿手的汤包当然也格外加工加细。从笼里取出，需用手捏住包子的褶儿，猛然提取，若是一犹疑就怕要皮破汤流不堪设想。其实这玩意儿是吃个新鲜劲儿。谁吃包子尽吮汤呀？而且那汤原是大量肉皮冻为主，无论加什么材料进去，味道不会十分鲜美。包子皮是烫面做的，微有韧性，否则包不住汤。我平常在玉华台吃饭，最欣赏它的水晶虾饼，厚厚的扁圆形的摆满一大盘，洁白无瑕，几乎是透明的，入口软脆而松。做这道菜的诀窍是用上好白虾，羼进适量的切碎的肥肉，若完全是虾既不能脆更不能透明，入温油徐徐炸之，不要焦，焦了就不好看。不说穿了，谁也不知道里头有肥肉，怕吃肥肉的人最好少下箸为妙。一般馆子的炸虾球也差不多是一个做法，可能羼了少许芡粉，也可能不完全是白虾。玉华台还有一道核桃酪也做得好，当然根本不是酪，是磨米成末，拧汁过滤（这一道手续很重要，不过滤则渣粗），然后加入红枣泥（去皮）使微呈紫红色，再加入干核桃磨成的粉，取其香。这一道甜汤比什么白木耳莲子羹或罐头水果充数的汤要强得多。在家里也可以做，泡好白米捣碎取汁，和做杏仁茶的道理一样。自己做的核桃酪我发觉比馆子里大量出品的还要精细可口些。

北平的吃食，怎么说也说不完。唐鲁孙先生见多广识，实在令人佩服。我虽然也是北平生长大的，但接触到的生活面很窄。有一回齐如山老先生问我吃过哈达门外的豆腐脑没有，我说没有，他便约了几个人（好像陈纪滢先生在内）到哈达门外路西一个胡同里，那里有好几家专卖豆腐脑的店，碗大卤鲜豆腐嫩，比东安市场的高明得多。这虽然是小吃，没人指引也就不得其门而入。

又例如,灌肠是我最喜爱的食物,煎得焦焦的,那油不是普通的油,是卖“熏鱼儿”的作坊所撇出来的油,有说不出的味道。所谓卖“熏鱼儿”的,当初是有小条的熏鱼卖,后来熏鱼就不见了,只有猪头肉、肠子、肝脑、猪心,等等。小贩背着木箱串胡同,口里吆喝着:“面筋哟!”其实卖的是猪头肉等,面筋早已不见了,而你趁他过来的时候却要喊:“卖熏鱼儿的!”这真是一怪。有人告诉我要吃真正的灌肠需要到后门外桥头儿上那一家去,那才是真正的灌肠,又粗又壮的肠子就和别处不同,而且是用真正的猪肠。这一说明把我吓退,猪肠太肥,至今不曾去尝试过,可是有人说那味道确实不同。小吃还有这么多讲究,饭馆子、饭庄子里面的学问当然更大了去了。我写此短文,不是为唐先生的大文作补充,要补充我也补充不了多少,我只是读了唐先生的书,心里一痛快,信口开河,凑个趣儿。

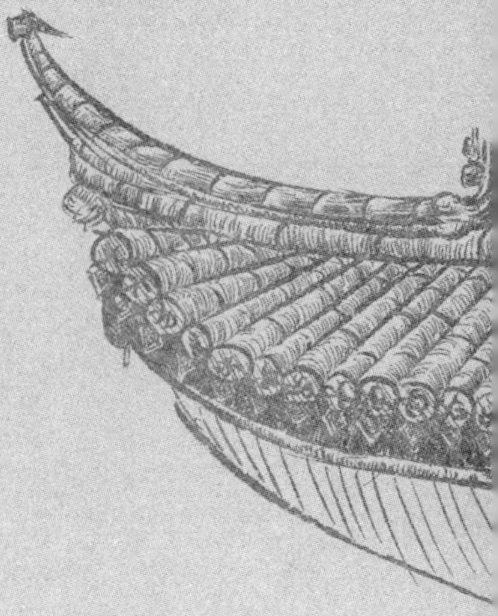

第五辑

闲情雅致，快意人生

雅　　舍

到四川来，觉得此地人建造房屋最是经济。火烧过的砖，常常用来做柱子，孤零零地砌起四根砖柱，上面盖上一个木头架子，看上去瘦骨嶙峋，单薄得可怜；但是顶上铺了瓦，四面编了竹篦墙，墙上敷了泥灰，远远地看过去，没有人能说不像是座房子。我现在住的“雅舍”正是这样一座典型的房子。不消说，这房子有砖柱，有竹篦墙，一切特点都应有尽有。讲到住房，我的经验不算少，什么“上支下摘”“前廊后厦”“一楼一底”“三上三下”“亭子间”“茆草棚”“琼楼玉宇”和“摩天大厦”，各式各样，我都尝试过。我不论住在哪里，只要住得稍久，对那房子便发生感情，非不得已我还舍不得搬。这“雅舍”，我初来时仅求其能蔽风雨，并不敢存奢望，现在住了两个多月，我的好感油然而生。虽然我已渐渐感觉它并不能蔽风雨，因为有窗而无玻璃，风来则洞若凉亭，有瓦而空隙不少，雨来则渗如滴漏。纵然不能蔽风雨，“雅舍”

还是自有它的个性。有个性就可爱。

“雅舍”的位置在半山腰，下距马路约有七八十层的土阶。前面是阡陌螺旋的稻田。再远望过去是几抹葱翠的远山，旁边有高粱地，有竹林，有水池，有粪坑，后面是荒僻的榛莽未除的土山坡。若说地点荒凉，则月明之夕，或风雨之日，亦常有客到，大抵好友不嫌路远，路远乃见情谊。客来则先爬几十级的土阶，进得屋来仍须上坡，因为屋内地板乃依山势而铺，一面高，一面低，坡度甚大，客来无不惊叹，我则久而安之，每日由书房走到饭厅是上坡，饭后鼓腹而出是下坡，亦不觉有大不便处。

“雅舍”共是六间，我居其二。篦墙不固，门窗不严，故我与邻人彼此均可互通声息。邻人轰饮作乐，咿唔诗章，喁喁细语，以及鼾声、喷嚏声、吮汤声、撕纸声、脱皮鞋声，均随时由门窗户壁的隙处荡漾而来，破我岑寂。入夜则鼠子瞰灯，才一合眼，鼠子便自由行动，或搬核桃在地板上顺坡而下，或吸灯油而推翻烛台，或攀缘而上账顶，或在门框桌脚上磨牙，使得人不得安枕。但是对于鼠子，我很惭愧地承认，我“没有法子”。“没有法子”一语是被外国人常常引用着的，以为这话最足代表中国人的懒惰隐忍的态度。其实我的对付鼠子并不懒惰。窗上糊纸，纸一戳就破；门户关紧，而相鼠有牙，一阵咬便是一个洞洞。试问还有什么法子？洋鬼子住到“雅舍”里，不也是“没有法子”？比鼠子更骚扰的是蚊子。“雅舍”的蚊风之盛，是我前所未见的。“聚蚊成雷”真有其事！每当黄昏时候，满屋里磕头碰脑的全是蚊子，又黑又大，骨骼都像是硬的。在别处蚊子早已肃清的时候，在“雅舍”则格外猖獗，来客偶不留心，则两腿伤处累累隆起如玉蜀黍，但是我仍安之。冬天一到，蚊子自然绝迹，明年夏天——谁知道我还是否住在“雅舍”！

“雅舍”最宜月夜——地势较高，得月较先。看山头吐月，红盘乍涌，一霎间，清光四射，天空皎洁，四野无声，微闻犬吠，坐客无不悄然！舍前有两株梨树，等到月升中天，清光从树间筛洒而下，地上阴影斑斓，此时尤为幽绝。直到兴阑人散，归房就寝，月光仍然逼近窗来，助我凄凉。细雨蒙蒙之际，“雅舍”亦复有趣。推窗展望，俨然米氏章法，若云若雾，一片弥漫。但若大雨滂沱，我就又惶悚不安了，屋顶湿印到处都有，起初如碗大，俄而扩大如盆，继则滴水乃不绝，终乃屋顶灰泥突然崩裂，如奇葩初绽，砉然一声而泥水下注，此刻满室狼藉，抢救无及。此种经验，已数见不鲜。

“雅舍”之陈设，只当得简朴二字，但洒扫拂拭，不使有纤尘。我非显要，故名公巨卿之照片不得入我室；我非牙医，故无博士文凭张挂壁间；我不业理发，故丝织西湖十景以及电影明星之照片亦均不能张我四壁。我有一几一椅一榻，酣睡写读，均已有着，我亦不复他求。但是陈设虽简，我却喜欢翻新布置。西人常常讥笑妇人喜欢变更桌椅位置，以为这是妇人天性喜变之一证。诬否且不论，我是喜欢改变的。中国旧式家庭，陈设千篇一律，正厅上是一条案，前面一张八仙桌，一边一把靠椅，两旁是两把靠椅夹一只茶几。我以为陈设宜求疏落参差之致，最忌排偶。“雅舍”所有，毫无新奇，但一物一事之安排布置俱不从俗。人入我室，即知此是我室。笠翁《闲情偶寄》之所论，正合我意。

“雅舍”非我所有，我仅是房客之一。但思“天地者万物之逆旅”，人生本来如寄，我住“雅舍”一日，“雅舍”即一日为我所有。即使此一日亦不能算是我有，至少此一日“雅舍”所能给予之苦辣酸甜，我实躬受亲尝。刘克庄词：“客里似家家似寄。”我此时此刻卜居“雅舍”，“雅舍”即似我家。其实似家似寄，我亦分辨不清。

长日无俚，写作自遣，随想随写，不拘篇章，冠以“雅舍小品”四字，以示写作所在，且志因缘。

闲　暇

英国十八世纪的笛福，以《鲁滨孙漂流记》一书闻名于世，其实他写小说是在近六十岁才开始的，他以前的几十年写作差不多全是以新闻记者的身份所写的散文。最早的一本书一六九七年刊行的《设计杂谈》(An Essay upon Projects)是一部异趣横生的奇书，我现在不预备介绍此书的内容，我只要引其中的一句话："人乃是上帝所创造的最不善于谋生的动物；没有别的一种动物曾经饿死过；外界的大自然给它们预备了衣与食；内心的自然本性给它们安设了一种本能，永远会指导它们设法谋取衣食；但是人必须工作，否则就挨饿，必须做奴役，否则就得死；他固然是有理性指导他，很少人服从理性指导而沦于这样不幸的状态；但是一个人年轻时犯了错误，以致后来颠沛困苦，没有钱，没有朋友，没有健康，他只好死于沟壑，或是死于一个更恶劣的地方，医院。"这一段话，不可以就表面字义上去了解，须知笛福是一位"反语"

大师，他惯说反话。人为万物之灵，谁不知道？事实上在自然界里一大批一大批饿死的是禽兽，不是人。人要适合于理性的生活，要改善生活状态，所以才要工作。笛福本人是工作极为勤奋的人，他办刊物、写文章、做生意，从军又服官，一生忙个不停。就是在这本《设计杂谈》里，他也提出了许多高瞻远瞩的计划，像预言一般后来都一一实现了。

人辛勤困苦地工作，所为何来？夙兴夜寐，胼手胝足，如果纯是为了温饱像蚂蚁蜜蜂一样，那又何贵乎做人？想起罗马皇帝玛可斯奥瑞利阿斯的一段话：

> “在天亮的时候，如果你懒得起床，要随时作如是想：‘我要起来，去做一个人的工作。’我生来就是为了做那工作的，我来到世间就是为了做那工作的，那么现在就去做那工作又有什么可怨的呢？我既是为了这工作而生的，那么我应该蜷卧在被窝里取暖吗？‘被窝里较为舒适呀。’那么你是生来为了享乐的吗？简言之，我且问汝，你是被动的还是主动的要有所作为？试想每一个小的植物，每一小鸟、蚂蚁、蜘蛛、蜜蜂，它们是如何地勤于操作，如何恪尽厥职，以组成一个有秩序的宇宙。那么你可以拒绝去做一个人的工作吗？自然命令你做的事还不赶快地去做吗？‘但是一些休息也是必要的呀。’这我不否认。但是根据自然之道，这也要有个限制，犹如饮食一般。你已经超过限

制了，你已经超过足够的限量了。但是讲到工作你却不如此了；多做一点你也不肯。”

这一段策励自己勉力工作的话，足以发人深省，其中“以组成一个有秩序的宇宙”一语至堪玩味，使我们不能不想起古罗马的文明秩序是建立在奴隶制度之上的。有劳苦的大众在那里辛勤地操作，解决了大家的生活问题，然后少数的上层社会人士才有闲暇去做“人的工作”。大多数人是蚂蚁、蜜蜂，少数人是人。做“人的工作”需要有闲暇。所谓闲暇，不是饱食终日无所用心之谓，是免于蚂蚁、蜜蜂般的工作之谓。养尊处优，嬉遨惰慢，那是蚂蚁、蜜蜂之不如，还能算人！靠了逢迎当道，甚至为虎作伥，而猎取一官半职或是分享一些残羹冷炙，那是帮闲或是帮凶，都不是人的工作。奥瑞利阿斯推崇工作之必要，话是不错，但勤于操作亦应有个限度，不能像蚂蚁、蜜蜂那样地工作。劳动是必需的，但劳动不应该是终极的目标。而且劳动亦不应该由一部分人负担而令另一部分人坐享其成果。

人类最高理想应该是人人能有闲暇，于必需的工作之余还能有闲暇去做人，有闲暇去做人的工作，去享受人的生活。我们应该希望人人都能属于“有闲阶级”。有闲阶级如能普及于全人类，那便不复是罪恶。人在有闲的时候才最像是一个人。手脚相当闲，头脑才能相当忙起来。我们并不向往六朝人那样萧然若神仙的样子，我们却企盼人人都能有闲去发展他的智慧与才能。

快　乐

天下最快乐的事大概莫过于做皇帝。“首出庶物，万国咸宁。”至不济可以生杀予夺，为所欲为。至于后宫粉黛三千，御膳八珍罗列，更是不在话下。清乾隆皇帝，“称八旬之觞，镌十全之宝”，三下江南，附庸风雅。那副志得意满的神情，真是不能不令人兴起“大丈夫当如是也”的感喟。

在穷措大眼里，九五之尊，乐不可支。但是试起古今中外的皇帝于地下，问他们一生中是否全是快乐，答案恐怕相当复杂。西班牙国王拉曼三世（Abler Raman Ⅲ，960）说过这么一段话：

> 我于胜利与和平之中统治全国约五十年，为臣民所爱戴，为敌人所畏惧，为盟友所尊敬。财富与荣誉，权力与享受，呼之即来，人世间的福祉，从不缺乏。在这情形之中，我曾勤加计算，我一生中纯粹的真正幸福日子，总共仅有

十四天。

御宇五十年，仅得十四天真正幸福日子。我相信他的话，宸谟睿略，日理万机，很可能不如闲云野鹤之怡然自得。于此我又想起从一本英语教科书上读到一篇寓言。题目是《一个快乐人的衬衫》。某国王，端居大内，郁郁寡欢，虽极耳目声色之娱，而王终不乐。左右纷纷献计，有一位大臣言道：如果在国内找到一位快乐的人，把他的衬衫脱下来，给国王穿上，国王就会快乐。王韪其言，于是使者四处寻找快乐的人，访遍了朝廷显要，朱门豪家，人人都有心事，家家都有一本难念的经，都不快乐。最后找到一位农夫，他耕罢在树下乘凉，裸着上身，大汗淋漓。使者问他："你快乐吗？"农夫说："我自食其力，无忧无虑！快乐极了！"使者大喜，便索取他的衬衣。农夫说："哎呀！我没有衬衣。"这位农夫颇似我们的禅门之"一丝不挂"。

常言道，"境由心生"，又说"心本无生因境有"。总之，快乐是一种心理状态。内心湛然，则无往而不乐。吃饭睡觉，稀松平常之事，但是其中大有道理。大珠《顿悟入道要门论》："有源律师来问：'和尚修道，还用功否？'师曰：'用功。'曰：'如何用功？'师曰：'饥来吃饭，困来即眠。曰：'一切人总如是，同师用功否？'师曰：'不同。'曰：'何故不同？'师曰：'他吃饭时不肯吃饭，百种须索，睡时不肯睡，千般计较。所以不同也。'律师杜口。"可是修行到心无挂碍，却不是容易的事。我认识一位唯心论的学者，平夙昌言意志自由，忽然被人绑架，系于暗室十有余日，备受凌辱，释出后他对我说：“意志自由固然不诬，但是如今我才知道身体自由更为重要。”常听人说烦恼即菩提，我们凡人遇到烦恼只是深感烦恼，不见菩提。快乐是在心里，不假外求，求即往往不得，转为烦恼。叔本华的哲学是：苦痛乃积极的实在的东西，幸福快乐乃消极的根本不存在的东西。所谓快乐幸福乃是解除苦痛之谓。没有苦痛便是幸福。再进一步看，没有苦痛在先，便没有幸福在后。梁任公先生曾说：“人生最快乐的事，莫过于看着一件工作的完成。”在工作过程之中，有苦恼也有快乐，等到大功告成，那一份“如愿以偿”的快乐便是至高无上的幸福了。

有时候，只要把心胸敞开，快乐也会逼人而来。这个世界，这个人生，有其丑恶的一面，也有其光明的一面。良辰美景，赏心乐事，随处皆是。智者乐水，仁者乐山。雨有雨的趣，晴有晴的妙，小鸟跳跃啄食，猫狗饱食酣睡，哪一样不令人看了觉得快乐？就是在路上，在商店里，在机关里，偶尔遇到一张笑容可掬的脸，能不令人快乐半天？有一回我住进医院里，僵卧了十几天，病愈出院，刚迈出大门，陡见日丽中天，阳光普照，照得我睁不开眼，又见市场熙攘，光怪陆离，我不由得从心里欢叫起来：“好一个艳丽盛装的世界！”

“幸遇三杯酒美，况逢一朵花新？”我们应该快乐。

谈时间

希腊哲学家 Diogenes 经常睡在一只瓦缸里，有一天亚历山大皇帝走去看他，以皇帝的惯用的口吻问他："你对我有什么请求吗？"这位玩世不恭的哲人翻了翻白眼，答道："我请求你走开一点，不要遮住我的阳光。"

这个家喻户晓的小故事，究竟含义何在，恐怕见仁见智，各有不同的看法。我们通常总是觉得那位哲人视尊荣犹敝屣，富贵如浮云，虽然皇帝驾到，殊无异于等闲之辈，不但对他无所希冀，而且亦不必特别的假以颜色。可是约翰逊博士另有一种看法，他认为应该注意的是那阳光，阳光不是皇帝所能赐予的，所以请求他不要把他所不能赐予地夺了去。这个请求不能算奢，却是用意深刻。因此约翰逊博士由"光阴"悟到"时间"，时间也者，虽然也是极为宝贵，却也是常常被人劫夺的。

"人生不满百"，大致是不错的。当然，老而不死的人，不是没有，不过期颐以上不是一般人所敢想望的。数十寒暑当中，睡眠去了很大一部分。苏东坡所谓“睡眠去其半”，稍嫌有点夸张，三分之一左右总是有的。童蒙一段时期，说它是天真未凿也好，说它是昏昧无知也好，反正是浑浑噩噩，不知不觉；及至寿登耄耋，老悖聋瞑，甚至“佳丽当前，未能缱绻”，比死人多一口气，也没有多少生趣可言。掐头去尾，人生所余无几。就是这短暂的一生，时间亦不见得能由我们自己支配。约翰逊博士所抱怨的那些不速之客，动辄登门拜访，不管你正在怎样忙碌，他觉得宾至如归，这种情形固然令人啼笑皆非，我觉得究竟不能算是怎样严重的“时间之贼”。他只是在我们的有限的资本上抽取一点捐税而已。我们的时间之大宗的消耗，怕还是要由我们自己负责。

有人说：“时间即生命。”也有人说：“时间即金钱。”二说均是，因为有人根本认为金钱即生命。不过细想一下，有命斯有财，命之不存，财于何有？要钱不要命者，固然实繁有徒，但是舍财不舍命，仍然是较聪明的办法。所以《淮南子》说：“圣人不贵尺之璧而重寸之阴，时难得而易失也。”我们幼时，谁没有做过“惜阴说”之类的课艺？可是谁又能趁早体会到时间之“难得而易失”？我小的时候，家里请了一位教师，书房桌上有一座钟，我和我的姊姊常乘教师不注意的时候把时针往前拨快半个钟头，以便提早放学，后来被老师觉察了，他用朱笔在窗户纸上的太阳阴影划一痕记，作为放学的时刻，这才息了逃学的念头。

时光不断地在流转，任谁也不能攀住它停留片刻。“逝者如斯夫，不舍昼夜！”我们每天撕一张日历，日历越来越薄，快要撕完的时候便不免矍然以惊，惊的是又临岁晚。假使我们把几十册日历装为合订本，那便象征我们的全部的生命，我们一页一页地往下扯，该是什么样的滋味呢？“冬天一到，春天还会远吗？”可是你一共能看见几次冬尽春来呢？

不可挽住的就让它去吧！问题在，我们所能掌握的尚未逝去的时间，如何去打发它。梁任公先生最恶闻“消遣”二字，只有活得不耐烦的人才忍心去“杀时间”。他认为一个人要做的事太多，时间根本不够用，哪里还有时间可供消遣？不过打发时间的方法，亦人各不同、士各有志。乾隆皇帝下江南，看见运河上舟楫往来，熙熙攘攘，顾问左右：“他们都在忙些什么？”和珅侍卫在侧，脱口而出：“无非‘名利’二字。”这答案相当正确，我们不可以人废言。不过三代以下唯恐其不好名，大概“名利”二字当中还是利的成分大些。“人为财死，鸟为食亡”。时间即金钱之说仍属不诬。诗人华兹华斯有句：

> 尘世耗用我们的时间太多了，夙兴夜寐，赚钱挥霍，把我们的精力都浪费掉了。

所以有人宁可遁迹山林，享受那清风明月，“侣鱼虾而友麋鹿”，过那高蹈隐逸的生活。诗人济慈宁愿长时间地守着一株花，看那花苞徐徐展瓣，以为那是人间至乐；嵇康在大树底下扬锤打铁,“浊酒一杯,弹琴一曲”;刘伶“止则操卮执觚,动则挈榼提壶”,一生中无思无虑其乐陶陶。这又是一种颇不寻常的方式。最彻底的超然的例子是《传灯录》所记载的:“南泉和尚问陆亘曰:‘大夫十二时中作么生?’陆云:‘寸丝不挂!’”“寸丝不挂”即是了无挂碍之谓,“原来无一物,何处染尘埃?”这境界高超极了,可以说是“以天地为一朝,万期为须臾”,根本不发生什么时间问题。

人,诚如波斯诗人莪谟伽耶玛所说,来不知从何处来,去不知向何处去,来时并非本愿,去时亦未征得同意,糊里糊涂地在世间逗留一段时间。在此期间内,我们是以心为形役呢?还是立德立功立言以求不朽呢?还是参究生死直超三界呢?这大主意需要自己拿。

年　　龄

从前看人作序，或是题画，或是写匾，在署名的时候往往特别注明“时年七十有二”“时年八十有五”或是“时年九十有三”，我就肃然起敬。春秋时人荣启期以为行年九十是人生一乐，我想拥有一大把年纪的人大概是有一种可以在人前夸耀的乐趣。只是当时我离那耄耋之年还差一大截子，不知自己何年何月才有资格在署名的时候也写上年龄。我揣想署名之际写上自己的年龄，那时心情必定是扬扬得意，好像是在宣告：“小子们，你们这些黄口小儿，乳臭未干，虽然幸离襁褓，能否达到老夫这样的年龄恐怕尚未可知哩。”须知得意不可忘形，在夸示高龄的时候，未来的岁月已所余无几了。俗语有一句话说：“棺材是装死人的，不是装老人的。”话是不错，不过你试把棺盖揭开看看，里面躺着的究竟是以老年人为多。年轻的人将来的岁月尚多，所以我们称他为富于年。人生以年龄计算，多活一年即是少了一年，人到了年促之时，何可夸之有？我现在不复年轻，看人署名附带声明时年若干若干，不再有艳羡之情了。倒是看了富于年的英俊，有时不胜羡慕之至。

裸子植物和双子叶植物，其茎部的细胞因春夏成长秋冬停顿之故而形成所谓年轮，我们可以从而测知其年龄。人没有年轮，而且也不便横切开来察验。人年纪大了常自谦为马齿徒增，也没有人掰开他的嘴巴去看他的牙齿。眼角生出鱼尾纹，脸上遍洒黑斑点，都不一定是老朽的象征。头发的黑白更不足为凭。有人春秋鼎盛而已皓首皤皤，有人已到黄耇之年而顶上犹有“不白之冤”，这都是习见之事。不过，岁月不饶人，冒充少年究竟不是容易事。地心的吸力谁也抵抗不住。脸上、颈上、腰上、踝上，连皮带肉地往下坠，虽不至于“载跋其胡”，那副龙钟的样子是瞒不了人的。别的部分还可以遮盖起来，面部经常暴露在外，经过几番风雨，多少回风霜，总会留下一些痕迹。

好像有些女人对于脸上的情况较为敏感。眼窝底下挂着两个泡囊，其状实在不雅，必剔除其中的脂肪而后快。两颊松懈，一条条的沟痕直垂到脖子上，下巴底下更是一层层的皮肉堆累，那就只好开刀，把整张的脸皮揪扯上去，像国剧一些演员化装那样，眉毛眼睛一齐上挑，两腮变得较为光滑平坦，皱纹似乎全不见了。此之谓美容、整容，俗称之为拉皮。行拉皮手术的人，都秘不告人，而且讳言其事。所以在饮宴席上，如有面无皱纹的年高名婆在座，不妨含混地称赞她驻颜有术，但是在点菜的时候不宜高声地要鸡丝拉皮。

其实自古以来也有不少男士热衷于驻颜。南朝宋颜延之《庭诰文》:“炼形之家，必就深旷，友飞灵，糇丹石，粒精英，所以还年却老，延华驻采。”道家炼形养元，可以尸解升天，岂止延华驻采？这都是一些姑妄言之的神话。贵为天子的人才真的想要还年却老，千方百计地求那不老的仙丹。看来只有晋孝武帝比较通达事理，他饮酒举杯属长星（即彗星）:“长星，劝尔一杯酒，自古何时有万岁天子？”可是一般的天子或近似天子的人都喜欢听人高呼万岁无疆!

除了将要诹吉纳采交换庚帖之外，对于别人的真实年龄根本没有多加探讨的必要。但是我们的习俗,于请教“贵姓”“大名”“府上”之后，有时就会问起“贵庚”“高寿”。有人问我多大年纪，我据实相告“七十八岁了”。他把我上下打量，摇摇头说:“不像，不像,很健康的样子,顶多五十。”好像他比我自己知道得更清楚。那是言不由衷的恭维话，我知道，但是他有意无意地提醒了我刚忘记了的人生四苦。能不能不提年龄，说一些别的，如今天天气之类?

女人的年龄是一大禁忌,不许别人问的。有一位女士很旷达,人问其芳龄，她据实以告:“三十以上，八十以下。”其实人的年龄不大容易隐秘，下一番考证功夫，就能找出线索，虽不中亦不远矣。这样做，除了满足好奇心以外，没有多少意义。可是人就是好奇。有一位男士在咖啡厅里邂逅一位女士，在暗暗的灯光之下他实在摸不清对方的年龄，他用臂肘触了我一下，偷偷地在桌下伸出一只巴掌，戟张着五指，低声问我有没有这个数目，我吓了一跳，以为他要借五万块钱，原来他是打听对方芳龄有无半百。我用四个字回答他："干卿底事？"有一位道行很高的和尚，涅槃的时候据说有一百好几十岁，考证起来聚讼纷纷，据我看，估量女士的年龄不妨从宽，七折八折优待。计算高僧的年龄也不妨从宽，多加三成五成。

人到了迟暮，如石火风灯，命在须臾，但是仍不喜欢别人预言他的大限。丘吉尔八十岁过生日，一位冒失的新闻记者有意讨好地说："丘吉尔先生，我今天非常高兴，希望我能再来参加你的九十岁的生日宴。"丘吉尔耸了一下眉毛说："小伙子，我看你身体满健康的，没有理由不能来参加我九十岁的宴会。"胡适之先生素来善于言辞，有时也不免说溜了嘴，他六十八岁时候来台湾，在一次欢宴中遇到长他十几岁的齐如山先生，没话找话地说："齐先生，我看你活到九十岁绝无问题。"齐先生愣了一下说："我倒有个故事，有一位矍铄老叟，人家恭维他可以活到一百岁，愤然作色曰：'我又不吃你的饭，你为什么限制我的寿数？'"胡先生急忙道歉："我说错了话。"

穷

人生下来就是穷的，除了带来一口奶之外，赤条条的，一无所有，谁手里也没有握着两个钱。再稍稍长大一点，阶级渐渐显露，有的是金枝玉叶，有的是“杂和面口袋”。但是就大体而论，还是泥巴里打滚袖口上抹鼻涕的居多。儿童玩具本是少得可怜，而大概其中总还免不了一具“扑满”，瓦做的，像是陶器时代的出品，大的小的挂绿釉的都有，间或也有形如保险箱，有铁制的，这种玩具的用意就是警告孩子们，有钱要积蓄起来，免得在饥荒的时候受穷，穷的阴影在这时候就已罩住了我们！好容易过年赚来几块压岁钱，都被骗弄丢在里面了，丢进去就后悔，想从缝里倒出是万难，用小刀拨也是枉然。积蓄是稍微有一点，穷还是穷。而且事实证明，凡是积在扑满里的钱，除了自己早早下手摔破的以外，大概后来就不知怎样就没有了，很少能在日后发生什么救苦救难的功效。等到再稍稍长大一点，用钱的欲望更大，看见什么都要流涎，手里偏偏是空空如也，那时候真想来一个十月革命。就是富家子也是一样，尽管是绮襦纨绔，他还是恨继承开始太晚。这时候他最感觉穷，虽然他还没认识穷。人在成年之后，开始面对着糊口问题，不但糊自己的口，还要糊附属人员的口，如果脸皮欠厚心地欠薄，再加上祖上是“忠厚传家诗书继世”的话，他这一生就休想能离开穷的掌握，人的一生，就是和穷挣扎的历史。和穷挣扎的一生，无论胜利或失败，都是惨。能不和穷挣扎，或于挣扎之余还有点闲工夫做些别的事，那人是有福了。

所谓穷，也是比较而言。有人天天喊穷，不是今天透支，就是明天举债，数目大得都惊人，然后指着身上衣服的一块补丁或是皮鞋上的一条小小裂缝作为他穷的铁证。这是寓阔于穷，文章中的反衬法。也有人量入为出，温饱无虞，可是又担心他的孩子将来自费留学的经费没有着落，于是于自我麻醉中陷入于穷的心理状态。若是西装裤的后方越磨越薄，由薄而破，由破而织，由织而补上一大块布，细针密缝，老远地看上去像是一个圆圆的箭靶，（说也奇怪，人穷是先从裤子破起！）那么，这个人可是真有些近于穷了。但是也不然，穷无止境。“大雪纷纷落，我住柴火垛，看你们穷人怎么过！”穷人眼里还有更穷的人。

穷也有好处。在优裕环境里生活着的人，外加的装饰与铺排太多，可以把他的本来面目淹没无遗，不但别人认不清他真的面目，往往对他发生误会（多半往好的方面误会），就是自己也容易忘记自己是谁。穷人则不然，他的褴褛的衣裳等于是开着许多窗户，可以令人窥见他的内容，他的荜门蓬户，尽管是穷气冒三尺，却容易令人发现里面有一个人。人越穷，越靠他本身的成色，其中毫无夹带藏掖。人穷还可落个清闲，既少“车马驻江干”，更不会有人来求谋事，讣闻请笺都不会常常上门，他的时间是他自己的。穷人的心是赤裸的，和别的穷人之间没有隔阂，所以穷人才最慷慨。金错囊中所余无钱，买房置地都不够，反正是吃不饱饿不死，落得来个爽快，求片刻的快意，此之谓“穷大手”。我们看见过富家弟兄析产的时候把一张八仙桌子劈开成两半，不曾看见两个穷人抢食半盂残羹剩饭。

穷时受人白眼是件常事，狗不也是专爱对着鹑衣百结的人汪汪吗？人穷则颈易缩，肩易耸，头易垂，须发许是特别长得快，擦着墙边逡巡而过，不是贼也像是贼，以这种姿态出现，到处受窘。所以人穷则往往自然地有一种抵抗力出现，是名曰：酸。穷一经酸化，便不复是怕见人的东西。别看我衣履不整，我本来不以衣履见长！人和衣服架子本来是应该有分别的。别看我囊中羞涩，我有所不取；别看我落魄无聊，我有所不为，这样一想，一股浩然之气火辣辣地从丹田升起，腰板自然挺直，胸膛自然凸出，徘徊啸傲，无往不宜。在别人的眼里，他是一块茅厕砖——臭而且硬，可是，人穷而不志短者以此，布衣之士而可以傲王侯者亦以此，所以穷酸亦不可厚非，他不得不如此，穷若没有酸支持着，它不能持久。

扬雄有逐贫之赋，韩愈有送穷之文，理直气壮地要与贫穷绝缘，反倒被穷鬼说服，改容谢过肃之上座，这也是酸极一种变化。贫而能逐，穷而能送，何乐而不为？逐也逐不掉，送也送不走，只好硬着头皮甘与穷鬼为伍。穷不是罪过，但也究竟不是美德，值不得夸耀，更不足以傲人。典型的穷人该是颜回，一箪食，一瓢饮，在陋巷，不改其乐。不改其乐当然是很好，箪食瓢饮究竟不大好，营养不足，所以颜回活到三十二岁短命死矣。孔子所说“饭疏食饮水，曲肱而枕之，乐亦在其中矣”，譬喻则可，当真如此就嫌其不大卫生。

中　年

钟表上的时针是在慢慢地移动着的，移动得如此之慢，使你几乎不感觉到它的移动，人的年纪也是这样的，一年又一年，总有一天会蓦然一惊，已经到了中年，到这时候大概有两件事使你不能不注意。讣闻不断地来，有些性急的朋友已经先走一步，很煞风景，同时又会忽然觉得一大批一大批的青年小伙了在眼前出现，从前也不知是在什么地方藏着的，如今一齐在你眼前摇晃，磕头碰脑的尽是些昂然阔步满面春风的角色，都像是要去吃喜酒的样子。自己的伙伴一个个地都入蛰了，把世界交给了青年人。所谓“耳畔频闻故人死，眼前但见少年多”，正是一般人中年的写照。

从前杂志背面常有“韦廉士红色补丸”的广告，画着一个憔悴的人，弓着身子，手拊着腰上，旁边注着“图中寓意”四字。那寓意对于青年人是相当深奥的。可是这幅图画却常在一般中年人的脑里涌现，虽然他不一定想吃“红色补丸”，那点寓意他是明白的了。一根黄松的柱子，都有弯曲倾斜的时候，何况是二十六块碎骨头拼凑成的一条脊椎？年轻人没有不好照镜子的，在店铺的大玻璃窗前照一下都是好的，总觉得大致上还有几分姿色。这顾影自怜的习惯逐渐消失，以至于有一天偶然揽镜，突然发现额上刻了横纹，那线条是鲜明而有力，像是吴道子的“莼菜描”，心想那是抬头纹，可是低头也还是那样。再一细看头顶上的头发有搬家到腮旁颔下的趋势，而最令人触目惊心的是，鬓角上发现几根白发，这一惊非同小可，平素一毛不拔的人到这时候也不免要狠心地把它拔去，拔毛连茹，头发根上还许带着一颗鲜亮的肉珠。但是没有用，岁月不饶人！

一般的女人到了中年，更着急。哪个年轻女子不是饱满丰润得像一颗牛奶葡萄，一弹就破的样子？哪个年轻女子不是玲珑矫健得像一只燕子，跳动得那么轻灵？到了中年，全变了。曲线都还存在，但满不是那么回事，该凹入的部分变成了凸出，该凸出的部分变成了凹入，牛奶葡萄要变成金丝蜜枣，燕子要变鹌鹑。最暴露在外面的是一张脸，从“鱼尾”起皱纹撒出一面网，纵横辐辏，疏而不漏，把脸逐渐织成一幅铁路线最发达的地图，脸上的皱纹已经不是熨斗所能烫得平的，同时也不知怎么在皱纹之外还常常加上那么多的苍蝇屎。所以脂粉不可少。除非粪土之墙，没有不可圬的道理。在原有的一张脸上再罩上一张脸，本是最简便的事。不过在上妆之前下妆之后，容易令人联想起《聊斋志异》

的那一篇《画皮》而已。女人的肉好像最禁不起地心的吸力，一到中年便一齐松懈下来往下堆摊，成堆的肉挂在脸上，挂在腰边，挂在踝际。听说有许多西洋女子用擀面杖似的一根棒子早晚浑身乱搓，希望把浮肿的肉压得结实一点，又有些人干脆忌食脂肪忌食淀粉，扎紧裤带，活生生地把自己“饿”回青春去。有多少效果，我不知道。

别以为人到中年，就算完事。不，譬如登临，人到中年像是攀跻到了最高峰。回头看看，一串串的小伙子正在“头也不回呀汗也不揩”地往上爬。再仔细看看，路上有好多块绊脚石，曾把自己磕碰得鼻青脸肿，有好多处陷阱，使自己做了若干年的井底蛙。回想从前，自己做过扑灯蛾，惹火焚身，自己做过撞窗户纸的苍蝇，一心想奔光明，结果落在粘苍蝇的胶纸上！这种种景象的观察，只有站在最高峰上才有可能。向前看，前面是下坡路，好走得多。

施耐庵《水浒》序云:“人生三十未娶，不应再娶；四十未仕，不应再仕。”其实“娶”“仕”都是小事，不娶不仕也罢，只是这种说法有点中途弃权的意味，西谚云:“人的生活在四十才开始。”好像四十以前，不过是几出配戏，好戏都在后面。我想这与健康有关。吃窝头米糕长大的人，拖到中年就算不易，生命力已经蒸发殆尽。这样的人焉能再娶？何必再仕？服“维他赐保命”都嫌来不及了。我看见过一些得天独厚的男男女女，年轻的时候愣头愣脑的，浓眉大眼，生僵挺硬，像是一些又青又涩的毛桃子，上面还带着挺长的一层毛。他们是未经琢磨过的璞石。可是到了中年，他们变得润泽了，容光焕发，脚底下像是有了弹簧，一看就知道是内容充实的。他们的生活像是在饮窖藏多年的陈酿，浓而芳洌！对于他们，中年没有悲哀。

四十开始生活，不算晚，问题在“生活”二字如何诠释。如果年届不惑，再学习溜冰踢毽子放风筝，“偷闲学少年”，那自然有如秋行春令，有点勉强。半老徐娘，留着“刘海”，躲在茅房里穿高跟鞋当作踩高跷般地练习走路，那也是惨事。中年的妙趣，在于相当地认识人生，认识自己，从而做自己所能做的事，享受自己所能享受的生活。科班的童伶宜于唱全本的大武戏，中年的演员才能担得起大出的轴子戏，只因他到中年才能真懂得戏的内容。

人生在世上，局促在一个小圈圈里，大概没有不想偶然远走高飞一下的。出门旅行，游山逛水，是一个办法，然亦不可常得。

谈话的艺术

一个人在谈话中可以采取三种不同的方式，一是独白，一是静听，一是互话。

谈话不是演说，更不是训话，所以一个人不可以霸占所有的时间，不可以长篇大论的絮聒不休，旁若无人。有些人大概是口部筋肉特别发达，一开口便不能自休，绝不容许别人插嘴，话如连珠，音容并茂。他讲一件事能从盘古开天地讲起，慢慢地进入本题，亦能枝节横生，终于忘记本题是什么。这样霸道的谈话者，如果他言谈之中确有内容，所谓“吐佳言如锯木屑，霏霏不绝”，亦不难觅取听众。在英国文人中，约翰逊博士是一个著名的例子。在咖啡店里，他一开口，鼠都不敢叫。那个结结巴巴的高尔斯密一插嘴便触霉头。Sir Oracle 在说话，谁敢出声？约翰逊之所以被称为当时文艺界的独裁者，良有以也。学问、风趣不及约翰逊者，必定是比较的语言无味，如果喋喋不已，如何令人耐得！

有人也许是以为嘴只管吃饭而不作别用，对人乃钳口结舌，一言不发。这样的人也是谈话中所不可或缺的，因为谈话和演戏一样，是需要听众的，这样的人正是理想的听众。欧洲中古时代的一个严肃的教派 Carthusian monks 以不说话为苦修精进的法门之一，整年的不说一句话，实在不易。那究竟是方外人，另当别论，我们平常人中却也有人真能寡言。他效法金人之三缄其口，他的背上应有铭曰："今之慎言人也"。你对他讲话，他洗耳恭听，你问他一句话，他能用最经济的词句把你打发掉。如果你恰好也是"毋多言，多言多败"的信仰者，相对不交一言，那便只好共听壁上挂钟之滴答滴答了。钟会之与嵇康，则由打铁的叮当声来破除两人间之岑寂。这样的人现代也有，相对无言，莫逆于心，吧嗒吧嗒地抽完一包香烟，兴尽而散。无论如何，老于世故的人总是劝人多听少说，以耳代口，凡是不大开口的人总是令人莫测高深；口边若无遮拦，则容易令人一眼望到底。

谈话，和作文一样，有主题，有腹稿，有层次，有头尾，不可语无伦次。写文章肯用心的人就不太多，谈话而知道剪裁的就更少了。写文章讲究开门见山，起笔最要紧，要来得挺拔而突兀，或是非常爽朗，总之要引人入胜，不同凡响。谈话亦然。开口便谈天气好坏，当然亦不失为一种寒暄之道，究竟缺乏风趣。常见有客来访，宾主落座，客人徐徐开言："您没有出门啊？"主人除了重申"我没有出门"这一事实之外，没有法子再作其他的答话。谈公事，讲生意，只求其明白清楚，没有什么可说的。一般的谈话往往是属于“无题”“偶成”之类，没有固定的题材，信手拈来，自有情致。情人们喁喁私语，总是有说不完的话题，谈到无可再谈，则“此时无声胜有声”了。老朋友们剪烛西窗，班荆道故，上下古今无不可谈，其间并无定则，只要对方不打哈欠。禅师们在谈吐间好逞机锋，不落迹象，那又是一种境界，不是我们凡夫俗子所能企望得到的。善谈和健谈不同，健谈者能使四座生春，但多少有点霸道，善谈者尽管舌灿莲花，但总还要给别人留些说话的机会。话的内容总不能不牵涉到人，而所谓人，则不是别人便是自己。谈论别人则东家长西家短全成了上好的资料，专门隐恶扬善则内容枯燥听来乏味，揭人阴私则又有伤口德，这其间颇费斟酌。英文 gossip 原义是“教父母”，尤指教母，引申而为任何中年以上之妇女，再引申而为闲谈，再引申而为飞短流长，而为长舌妇，可见这种毛病由来有自，“造谣学校”之缘起亦在于是，而且是中外皆然。不过现在时代进步，这种现象已与年纪无关。谈话而专谈自己当然不会伤人，并且缺德之事经自己宣扬之后往往变成为值得夸耀之事。不过这又显得“我执”太深，而且最关心自己的事的人，往往只是自己。英文的“我”字，是大写字母的“I”，有人已嫌其夸张，如果谈起话来每句话都用“我”字开头，不更显得自我本位了吗？

在技巧上，谈话也有些个禁忌。“话到口边留半句”，只是劝人慎言，却有人认真施行，真格的只说半句，其余半句要由你去揣摩，好像文法习题中的造句，半句话要由你去填充。有时候是光说前半句，要你猜后半句；有时候是光说后半句，要你想前半句。一段谈话中若是破碎的句子太多，在听的方面不加整理是难以理解的。费时费事，莫此为甚。我看在谈话时最好还是注意文法，多用完整的句子为宜。另一极端是，唯恐听者印象不深，每一句话重复一遍，这办法对于听者的忍耐力实在要求过奢。谈话的腔调与嗓音因人而异，有的如破锣，有的如公鸡，有的行腔使气有板有眼，有的回肠荡气如怨如诉，有的于每一句尾加上一串咯咯地笑，有的于说完一段话之后像鲸鱼一般喷一口大气，这一切都无关宏旨，要紧的是说话的声音之大小需要一点控制。一开口便血脉偾张，声震屋瓦，不久便要力竭声嘶，气急败坏，似可不必。另有一些人的谈话别有公式，把每句中的名词与动词一律用低音，甚至变成耳语，令听者颇为吃力。有些人唾腺特别发达，三言两句之后嘴角上便积有两摊如奶油状的泡沫，于发出重唇音的时候便不免星沫四溅，真像是痰唾珠玑。人与人相处，本来易生摩擦，谈话时也要保持距离，以策安全。

同　　学

同学，和同乡不同。只要是同一乡里的人，便有乡谊。同学则一定要有同窗共砚的经验，在一起读书，在一起淘气，在一起挨打，才能建立起一种亲切的交情，尤其是日后回忆起来，别有一番情趣。纵不曰十年窗下，至少三五年的聚首总是有的。从前书房狭小，需要大家挤在一个窗前，窗间也许著一鸡笼，所以书房又名曰鸡窗。至于梆硬死沉的砚台，大家共用一个，自然是经济合理。

自有学校以来，情形不一样了。动辄几十人一班，百多人一级，一批一批地毕业，像是蒸锅铺的馒头，一屉一屉地发售出去。他们是一个学校的毕业生，毕业的时间可能相差几十年。祖父和他的儿孙可能是同一学校毕业，但是不便称为同学。彼此相差个十年八年的，在同一学校里根本没有碰过头的人，只好勉强解嘲自称为先后同学了。

小时候的同学，几十年后还能知其下落的恐怕不多。我小学同班的同学二十余人，现在记得姓名的不过四五人。其中年龄较长身材最高的一位，我永远不能忘记，他脑后半长的头发用红头绳紧密扎起的小辫子，在脑后挺然翘起，像是一根小红萝卜。他善吹喇叭，毕业后投步军统领门当兵，在“堆子”前面站岗，扛着上刺刀的步枪，满神气的。有一位满脸疙瘩啰唆，大家送他一个绰号“小炸丸子”，人缘不好，偏爱惹事，有一天犯了众怒，几个人把他抬上讲台，按住了手脚，扯开他的裤带，每个人在他裤裆里吐一口唾液！我目睹这惊人的暴行，难过很久。又有一位好奇心强，见了什么东西都喜欢动手，有一天迟到，见了老师为实验冷缩热胀的原理刚烧过的一只铁球，过去一把抓起，大叫一声，手掌烫出一片的溜浆大泡。功课最好写字最工的一位，规行矩步，主任老师最赏识他，毕业后，于某大书店分行由学徒做到经理。再有一位由办事员做到某部司长。此外则人海茫茫，我就都不知其所终了。

有人成年之后怕看到小时候的同学，因为他可能看见过你一脖子泥、鼻涕过河往袖子上抹的那副脏相，他也许看见过你被罚站、打手板的那副窘相。他知道你最怕人知道你的乳名，不是“大和尚”就是“二秃子”，不是“栓子”就是“大柱子”，他会冷不防地在大庭广众之中猛喊你的乳名，使你脸红。不过我觉得这也没有什么不好。小时候嬉嬉闹闹，天真率直，那一段纯稚的光景已一去而不可复得，如果长大之后还能邂逅一两个总角之交，勾起童时的回忆，不也快慰生平吗？

我进了中学便住校，一住八年。同学之中有不少很要好的，友谊保持数十年不坠，也有因故翻了脸扭过脖子的。大多数只是在我心中留下一个面貌謦欬的影子。我那一级同学有八九十人，经过八年时间的淘汰过滤，毕业时仅得六七十人，而我现在记得姓名的约六十人。其中有早夭的，有因为一时糊涂顺手牵羊而被开除的，也有不知什么缘故忽然辍学的，而这剩下的一批，毕业之后多年来天各一方，大概是“动如参与商”了。我三十八年来台湾，数同级的同学得十余人，我们还不时地杯酒聊欢，恰满一桌。席间，无所不谈。谈起有一位绰号“烧饼”，因为他的头扁而圆，取其形似。在体育馆中他翻双杠不慎跌落，旁边就有人高呼：“留神芝麻掉了！”烧饼早已不在，不死于抗战之时，而死于胜利之日，不死于敌人之手，而死于同胞之刀，谈起来大家无不唏嘘。又谈起一位绰号“臭豆腐”，只因他上作文课，卷子上涂抹之处太多，东一团西一块的尽是墨猪，老师看了一皱眉头说：“你写的是什么字，漆黑一块块的，像臭豆腐似的！”哄堂大笑，（北方的臭豆腐是黑色的，方方的小块）于是臭豆腐的绰号不胫而走。如今大家都做了祖父，这样的称呼不雅，同人公议，摘除其中的一个臭字，简称他为豆腐，直到如今。还有一位绰号叫“火车头”，因为他性偏急，出语如连珠炮，气咻咻，唾沫飞溅，做事横冲直撞，勇猛向前，所以赢得这样的一个绰号，抗战期间不幸死于日寇之手。我们在台的十几个同学，轮流做东，宴会了十几次，以后便一个个地凋谢，溃不成军，凑不齐一桌了。

同学们一出校门，便各奔前程。因修习的科目不同，活动的范围自异。风云际会，拖青纡紫者有之；踵武陶朱，腰缠万贯者有之；有一技之长，出人头地者有之；而坐拥皋比，以至于吃不饱饿不死者亦有之。在校的时候，品学俱佳，头角峥嵘，以后未必有成就。所谓“小时了了，大未必佳”，确是不刊之论。不过一向为人卑鄙投机取巧之辈，以后无论如何翻云覆雨，也逃不过老同学的法眼。所以有些人回避老同学唯恐不及。

杜工部漂泊西南的时候，叹老嗟贫，咏出“同学少年多不贱，五陵衣马自轻肥”的句子。那个“自”字好不令人惨然！好像是衮衮诸公裘马轻肥，就是不管他“一家都在秋风里”。其实同学少年这一段交谊不攀也罢。“衣敝缊袍，与衣狐貉者立”，纵然不以为耻，可是免不了要看人的嘴脸。

信

早起最快意的一件事，莫过于在案上发现一大堆信——平、快、挂，七长八短的一大堆。明知其间未必有多少令人欢喜的资料，大概总是说穷诉苦、琐屑累人的居多，常常令人终日寡欢，但是仍希望有一大堆信来。Marcus Aurelius 曾经说：“每天早晨离家时，我对我自己说，‘我今天将要遇见一个傲慢的人，一个忘恩负义的人，一个说话太多的人。这些人之所以如此，乃是自然而且必要的，所以不要惊讶。’”我每天早晨拆阅来信，亦先具同样心理，不但不存奢望，而且预先料到我今天将要接到几封催命符式的讨债信，生活比我优裕而反来向我告贷的信，以及看了不能令人喜欢的喜柬，不能令人不喜欢的讣闻等。世界上是有此等人、此等事，所以我当然也要接得此等信，不必惊讶。最难堪的，是遥望绿衣人来，总是过门不入，那才是莫可名状的凄凉，仿佛是有被人遗弃之感。

有一种人把自己的文字润格定得极高，颇有一字千金之概，轻易是不肯写信的。你写信给他，永远是石沉大海。假如忽然间朵云遥颁，而且多半是又挂又快，隔着信封摸上去，沉甸甸的，又厚又重——放心，里面第一页必是抄自尺牍大全，“自违雅教，时切遐思，比维起居清泰为颂为祷”这么一套，正文自第二页开始，末尾于顿首之后，必定还要标明“鹄候回音”四个大字，外加三个密圈，此外必不可少的是另附恭楷履历硬卡片一张。这种信也有用处，至少可以令我们知道此人依然健在，此种信不可不复，复时以“……俟有机缘，定当驰告”这么一套为最得体。

另一种人，好以纸笔代喉舌，不惜工本，写信较勤。刊物的编者大抵是以写信为其主要职务之一，所以不在话下。因误会而恋爱的情人们，见面时眼睛都要迸出火星，一旦隔离，焉能不情急智生，烦邮差来传书递简？Herrick 有句云：“嘴唇只有在不能接吻时才肯歌唱。”同样的，情人们只有在不能喁喁私语时才要写信。情书是一种紧急救济，所以亦不在话下。我所说的爱写信的人，是指家人朋友之间聚散匆匆，暌违之后，有所见，有所闻，有所忆，有所感，不愿独秘，愿人分享，则乘兴奋笔，借通情愫，写信者并无所求，受信者但觉情谊翕如，趣味盎然，不禁色起神往，在这种心情之下，朋友的信可作为宋元人的小简读，家书亦不妨当作社会新闻看。看信之乐，莫过于此。

写信如谈话。痛快人写信，大概总是开门见山。若是开门见雾，模模糊糊，不知所云，则其人谈话亦必是丈八罗汉，令人摸不着头脑。我又尝接得另外一种信，突如其来，内容是讲学论道，洋洋洒洒，作者虽未要我代为保存，我则觉得责任太大，万一庋藏不慎，岂不就要湮没名文。老实讲，我是有收藏信件的癖好的，但亦略有抉择：多年老友，误入仕途，使用书记代笔者，不收；讨论人生观一类大题目者，不收；正文自第二页开始者，不收；用钢笔写在宣纸上，有如在吸墨纸上写字者，不收；横写或在左边写起者，不收；有加新式标点之必要者，不收；没有加新式标点之可能者，亦不收；恭楷者，不收；潦草者，亦不收；作者未归道山，即可公开发表者，不收；如果作者已归道山，而仍不可公开发表者，亦不收……因为有这么多的限制，所以收藏不富。

信里面的称呼最足以见人情世态。有一位业教授的朋友告诉我，他常接到许多信件，开端如果是“夫子大人函丈”或“××老师钧鉴”，写信者必定是刚刚毕业或失业的学生，甚而至于并不是同时同院系的学生，其内容多半是请求提携的意思。如果机缘凑巧，真个提携了他，以后他来信时便改称“××先生”了。若是机缘再凑巧，再加上铨叙合格，连米贴房贴算在一起足够两个教授的薪水，他写起信来便干干脆脆地称兄道弟了！我的朋友言下不胜唏嘘，其实是他所见不广。师生关系，原属雇佣性质，焉能不受阶级升黜的影响？

书信写作西人尝称之为“最温柔的艺术”，其亲切细腻仅次于日记，我国尺牍，尤多精粹之作。但居今之世，心头萦绕者尽是米价涨落问题，一袋袋的邮件之中要捡出几篇雅丽可诵的文章来，谈何容易！

读书苦？读书乐？

从开蒙说起

读书苦？读书乐？一言难尽。

从前读书自识字起。开蒙时首先是念字号，方块纸上写大字，一天读三五个，慢慢增加到十来个，先是由父母手写，后来书局也有印制成盒的，背面还往往有画图，名曰看图识字。小孩子淘气，谁肯沉下心来一遍一遍地认识那几个单字？若不是靠父母的抚慰，甚至糖果的奖诱，我想孩子开始识字时不会有多大的乐趣。

光是认字还不够，需要练习写字，于是以描红模子开始，“上大人，孔乙己，化三千……”，再不就是“一去二三里，烟村四五家，亭台六七座，八九十枝花”，或是“王子去求仙，丹成上九天，洞中才一日，世上几千年”。手搦毛笔管，硬是不听使唤，若不是先由父母把着小手写，多半就会描出一串串的大黑猪。事实上，没有一次写字不曾打翻墨盒砚台弄得满手乌黑，狼藉不堪。稍后写小楷，白折子乌丝栏，写上三五行就觉得很吃力。大致说来，写字还算是愉快的事。

进过私塾或从“人、手、足、刀、尺”读过初小教科书的人，对于体罚一事大概不觉陌生。念背打三部曲，是我们传统的教学法。一目十行而能牢记于心，那是天才的行径；普通智商的儿童，非打是很难背诵如流的。英国十八世纪的约翰孙博士就赞成体罚，他说那是最直截了当的教学法,颇合于我们所谓“扑作教刑”之意。私塾老师大概都爱抽旱烟，一二尺长的旱烟袋总是随时不离手的，那烟袋锅子最可怕，白铜制，如果孩子背书疙疙瘩瘩地上气不接下气，当心那烟袋锅子敲在脑袋壳上，“砰”的一声就是一个大包，谁疼谁知道。小学教室讲台桌子抽屉里通常藏有戒尺一条，古所谓榎楚，也就是竹板一块，打在手掌上其声清脆，感觉是又热又辣又麻又疼。早年的孩子没尝过打手板的滋味的大概不太多。如今体罚悬为禁例，偶一为之便会成为新闻。现代的孩子比较有福了。

从前的孩子认字，全凭记忆，记不住便要硬打进去。如今的孩子读书，开端第一册是先学注音符号，这是一大改革。本来是，先有语言，后有文字。我们的文字不是拼音的，虽然其中一部分是形声字，究竟无法看字即能读出声音，或是发音即能写出文字。注音符号（比反切高明多了）是帮助把语言文字合而为一的一种工具，对于儿童读书实在是无比的方便。我们中国的文字不是没有严密的体系，所谓六书即是一套提纲挈领的理论，虽然号称“小学”，小学生谁能理解其中的道理？《说文解字》五百四十个部首就会使得人晕头转向。章太炎编了一个《部首歌》，“一、上、三、示；王、玉、珏……”煞费苦心，谁能背得上来？陈独秀编了一部《识字读本》（台湾印行改名为《文字新论》），是文字学方面一部杰出的大作，但是显然不是适合小学识字的读本。我们中国的语言文字，说难不难，说易不易，高本汉说过这样一段话——

北京语实在是一种最可怜的方言，总共只有四百二十个音缀；普通的语词不下有四千个，这四千多个的语词，统须支配于四百二十个音缀当中。同音语词的增进，使听者受了极大的困难，于此也可以想见了……（见《中国语与中国文》）

这是外国人对外国人所说的话，我们中国儿童国语娴熟，四声准确，并不觉得北京语“可怜”。我们的困难不在语言，在语言与文字之间的不易沟通。所以读书从注音符号开始，这方法是绝对正确的。

《三字经》《百家姓》《千字文》是旧式的启蒙的教材。《百家姓》有其实用价值，对初学并不相宜，且置勿论。《三字经》《千字文》都编得不错，内容丰富妥当，而且文字简练，应该是很好的教材，所以直到今日还有人怀念这两部匠心独运的著作，但是对于儿童并不相宜。孩子懂得什么“人之初，性本善”“天地玄黄，宇宙洪荒”？民国初年，我在北平陶氏学堂读过一个时期的小学，记得国文一课是由老师领头高吟“击鼓其镗，踊跃用兵，土国城漕，我独南行……”全班一遍遍地循声朗诵，老师喉咙干了，就指派一个学生（班长之类）代表他领头高吟。朗诵一个小时，下课。好多首《诗经》作品就是这样地注入我的记忆，可是过了五六十年之后自己摸索才略知那几首诗的大意。小时候多少时间都浪费掉了。教我读《诗经》的那位老师的姓名已不记得，他那副不讨人敬爱的音容道貌至今不能忘！

新式的语文教科书顾及儿童心理及生活环境，读起来自然较有趣味。民初的国文教科书，“一人二手，开门见山，山高月小，水落石出……”“一老人，入市中，买鱼两尾，步行回家”……这一类课文还多少带有一点文言的味道。后来仿效西人的作风，就有了“小猫叫，小狗跳……”一类的句子，为某些人所诟病。其实孩子喜欢小动物，由此而入读书识字之门，亦无可厚非。抗战初期我曾负责主编一套中小学教科书，深知其中艰苦，大概越是初级得越是难于编写，因为牵涉到儿童心理与教学方法。现在台湾使用的“编译馆”编印的中小学教科书，无论在内容上或印刷上较前都日益进步，学生面对这样的教科书至少应该不至于望而生畏。

纪律与兴趣

高中与大学一、二年级，是读书求学的一个很重要阶段。现在所谓读书，和从前所谓“读圣贤书”意义不同，所读之书范围较广，学有各门各科，书有各种各类。但是国、英、算是基本学科，这三门不读好，以后荆棘丛生，一无是处。而这三门课，全无速成之方，必须按部就班，耐着性子苦熬。读书是一种纪律，谈不到什么兴趣。

梁启超先生是我所敬仰的一位学者，他的一篇《学问之趣味》广受大众欢迎，很多人读书凭兴趣，无形中受了此文的影响。我也是他所影响到的一个。我在清华读书，窃自比附于“少小爱文辞”之列，对于数学不屑一顾，以为性情不近，自甘暴弃，勉强及格而已。留学国外，学校当局强迫我补修立体几何及三角二课。我这才知道发愤补修。可巧我所遇到的数学老师，是真正循循善诱的一个人，他讲解一条定律一项原理，不厌其详，远譬近喻地要学生彻底理解而后已。因此我在这两门课中居然培养出兴趣，得到优异的成绩，蒙准免予参加期终考试。我举这一个例，为的说明一件事，吾人读书上课，无所谓性情近与不近，无所谓有无兴趣。读书上课就是纪律，越是自己不喜欢的学科，越要加倍鞭策自己努力钻研。克制自己欲望的这一套功夫，要从小时候开始锻炼。读书求学，自有一条正路可循，由不得自己任性。梁启超先生所倡导趣味之说，是对有志研究学问的人士说教，不是对读书求学的青年致辞。

一般人称大学为最高学府，易令人滋生误解，大学只是又一读书求学的阶段，直到毕业之日，才可称之为做学问的“开始”。大学仍然是一个准备阶段。大学所讲授的仍然是基本知识。所以大学生在读书方面，没有多少选择的自由，凡是课程规定的，以及教师指定的读物，都是必须读的。青年人常有反抗的心理，越是规定必须读的，越是不愿去读，宁愿自己去海阔天空地穷搜冥讨。到头来是枉费精力，自己吃亏。“五四”时代我还是个学生，求知欲很盛，反抗的情绪很强，亦曾有志于读书而不知所从。张之洞的《书目答问》不足以餍所望。有一天几个同学和我,以《清华周刊》记者的名义，进城去就教于北大的胡适之先生，胡先生慨允为我们开一个最低的国学必读书目，后来就发表在《清华周刊》上。内容非常充实，名为最低，实则庞大得惊人。梁启超先生看到了，凭他渊博的学识开了一个更详尽的书目。没有人能按图索骥地去读，能约略翻阅一遍认识其中较重要的人名书名就很不错了。吴稚晖先生看到这两个书目，气得发出“一切线装书都该丢进茅坑里去”的名言！现在想想，我们当时惹出来的这个书目风波，倒也不是什么坏事，只是好高骛远不切实际罢了。我们的举动，表示我们不肯枯守学校规定的读书纪律，而对于更广泛更自由的读书的要求，开始展露了天真的兴趣。

书到用时方恨少

我到三十岁左右开始以教书为业的时候，发现自己学识不足，读书太少，应该确有把握的题目，东一个窟窿，西一个缺口，自己没有全部搞通，如何可以教人？既已荒疏于前，只好恶补于后，而恶补亦非易事。我忘记是谁写的一副对联，“书有未曾经我读，事无不可对人言”，很有意思，下句好像是司马光的，上句不知是谁的。这副对联表面上语气很谦逊，细味之则自视甚高。以上句而论，天下之书浩如烟海，当然无法遍读，而居然发现自己尚有未曾读过之书，则其已经读过之书，必已不在少数，这口气何等狂傲！我爱这句话，不是因为我也感染了几分狂傲，而是因为我确实知道自己的谫陋，许多该读而未读的书太多，故此时时记挂着这句名言，勉励自己用功。

我自三十岁才知道自动地读书恶补。恶补之道首要的是先开列书目，何者宜优先研读，何者宜稍加参阅，版本问题也是非常重要。此时我因兼任一个大学的图书馆长，一切均在草创，经费甚为充足，除了国文系以外各系申请购书并不踊跃，我乃利用机会在英国文学图书方面广事购储。标准版本的重要典籍以及参考用书乃大致齐全。有了书并不等于问题解决，要逐步一本一本地看。我哪里有充分时间读书？我当时最羡慕英国诗人弥尔顿，他在大学卒业之后听从他父亲的安排，到郝尔顿乡下别墅，下帷读书五年之久，大有董仲舒三年不窥园之概，然后他才出而问世。我的父亲也曾经对我有过类似的愿望，愿我苦读几年书，但是格于环境，事与愿违。我一面教书，一面恶补有关的图书，真所谓是困而后学。例如莎士比亚剧本，我当时熟悉的不超过三分之一；例如弥尔顿，我只读过前六卷。这重大的缺失，以后才得慢慢弥补过来。至于国学方面更是多少年来茫然不知如何下手。

读书乐

读书好像是苦差事，小时嬉戏，谁爱读书？既读书，还要经过无数次的考试，面临威胁，担惊害怕。长大就业之后，不想奋发精进则已，否则仍然要继续读书。我从前认识一位银行家，镇日价筹划盈虚，但是他床头摆着一套英译法朗士全集，每晚翻阅几页，日久读毕全书，引以为乐。宦场中、商场中有不少可敬的人物，品位很高，嗜读不倦，可见到处都有读书种子，以读书为乐，并非全是只知道争权夺利之辈。我们中国自古就重视读书，据说秦始皇日读一百二十斤重的竹简公文才就寝。《鹤林玉露》载：

唐张参为国子司业，手写九经，每言读书不如写书。高宗以万乘之尊，万幾之繁，乃亦亲洒宸翰，遍写九经，云章灿然，始终如一，自古帝王所未有也。

从前没有印刷的时候讲究抄书，抄书一遍比读书一遍远要受用。如今印刷发达，得书容易，又有缩印影印之术，无辗转抄写之烦，读书之乐乃大为增加。想想从前所谓“学富五车”，是指以牛车载竹简，仅等于今之十万字弱。纪元前一千年以羊皮纸抄写一部圣经，需要三百只羊皮；那时候图书馆里的书是用铁链锁在桌上的！《听雨纪谈》有一段话：

> 苏文忠公作《李氏山房藏书记》曰：“予犹及见老儒先生言其少时，史记汉书皆手自书，日夜诵读，唯恐不及。近岁，诸子百家，转相摹刻，学者之于书，多且易致其文辞学术当倍蓰昔人。而后学之士皆束书不观，游谈无根。”苏公此言切中今时学者之病，盖古人书籍既少，凡有藏者率皆手录。盖以其得之之难故，其读亦不苟。至唐世始有版刻，至宋而益盛，虽云便于学者，然以其得之之易，遂有蓄之而不读，或读之而不灭裂，则以有刻板之故。无怪乎今之不如古也。

其言虽似言之成理，但其结论“今不如古”则非事实。今日书多易得，有便于学子，读书之乐岂古人之所能想象？今之读书人所面临之一大问题，乃图书之选择。开卷有益，实未必然，即有益之书其价值亦大有差别，罗斯金说得好：“所有的书可分为两大类：风行一时的书与永久不朽的书。”我们的时间有限，读书当有选择。各人志趣不同，当读之书自然亦异，唯有一共同标准可适用于我们全体国人。凡是中国人皆应熟读我国之经典，如《诗》《书》《礼》，以及《论语》《孟子》，再如《春秋》《左氏传》《史记》《汉书》以及《资治通鉴》或近人所著通史，这都是我国传统文化之所寄。如谓文字艰深，则多有今注今译之版本在。其他如子集之类，则各随所愿。

人生苦短，而应读之书太多。人生到了一个境界，读书不是为了应付外界需求，不是为人，是为己，是为了充实自己，使自己成为一个明白事理的人，使自己的生活充实而有意义。吾故曰："读书乐！"我想起英国十八世纪诗人的一句诗：

Stuff the head
with all such reading as was never read.

大意是："把从未读过的书籍，赶快塞进脑袋里去！"

出了象牙之塔

十五年前，我还是一个没有成熟的青年。那时候我是艺术至上主义的信仰者，我觉得最丑恶的是实际人生，最美的生活是逃避现实，所以对于文学艺术发生了浓厚的爱好。我爱李义山的诗，因为他绮丽；我爱拜伦雪莱，因为他们豪放超脱浪漫。我喜欢看图画，喜欢弄音乐，喜欢月夜散步，喜欢湖旁独坐，喜欢写情诗，喜欢发感慨。我厌恨社会科学，厌恨自然科学，厌恨商人，厌恨说教的道学家，厌恨空虚的宗教。用近代术语来说，我当时该是一个所谓“文学青年”。偶检书笥，发现当时译的一首法国象征派诗人波多莱耳的散文诗，是曾发表在当时学校的周刊上的，译文是这样的：

永久的陶醉。别的事都无足轻重：这是唯一的问题。

假如你不愿，感觉那“时间”的可怖的担负压在你的肩上并且挤迫你到这个尘世，那么就去继续的酩酊大醉。

凭什么去醉呢？凭酒，凭诗。或是凭品德，任随你的便。必要去醉。

假如有时在宫殿的台阶上，或在沟渠的绿岸上，或在你自己屋里可怕的孤独里，你神志清醒了，或醉醒退减了一半或全部，试问一问风，或浪，或星，或鸟，或钟，或一切能飞的，叹的，动摇的，唱的，说的，现在是什么时候；风，浪，星，鸟，钟，将要答你："这是陶醉的时候！陶醉啊，假如你不愿做'时间'的殉死的奴隶；继续的酩酊啊！以酒，以诗，以品德，任随你便。"

译文有无错误，且不去管，却表示了我当时的心情，我当时觉得这诗道出了我的自己的内心的苦闷。现在我看着，觉得汗颜。但因此我也就能了解一些现代"文学青年"之趋向于逃避现实。十五年前我自己也便是这样的！一个人的年纪把一个人的心情改变得多么厉害！也许有人说，你从前的幼稚确是真，你现在的成熟确是假。我不这样想，我以为这是时间之无情的手段所酿成的变化。从前的逃避现实是许多人所不能避免的一个阶段，从逃避现实到正视人生也是一个不能避免的转移。不记得听谁说过："一个人若在年轻时候不是无政府主义者，这个人没有出息；一个人若在成年之后仍然是一个无政府主义者，这个人也是没有出息！"这是就政治思想而言。我想在文学上亦然。一个人在年轻时候若不是"为艺术而艺术"的信仰者，这个人没有出息；一个人若是到了成年之后还主张"为艺术而艺术"，这个人也没有出息！

但是现代的青年，却很少有逃避现实的趋向。现代而高谈象征主义的倒是一些中年的人。现在的青年被另外一种时尚所诱惑了。现在的青年的口头禅是斗争，是辩证法，是唯物论，是革命，在文学的领域以内亦然。当然现在的中国和十五年前的中国，环境是不同的。但是我们得承认，无论辩证法唯物论这一套是如何如何的正确，无论青年人放弃了那逃避现实的倾向是如何的可庆幸，这种“少年老成”的现象究竟是环境逼出来的，究竟是不自然的，现代青年人比从前的青年人知道正视人生，知道注意国家社会的情形，这是可喜的。然而从另一方面看，环境逼得青年人早熟，环境逼得青年人老早的就摆脱了孩子气，老早的就变得老成，这也不是合乎我们理想的事，当然，谁也不愿再把现代青年打发回“象牙之塔”，然而“象牙之塔”原也是人生过程中之一个驻足的所在，现在青年没有功夫在那塔里流连，一下子就被扯了出来，扯到惊涛骇浪的场面里去了。

然而最令人心里惊异的是，早已到了该出“象牙之塔”的年龄的人，偏偏有些位还不出来，还在里面流连迷恋着！还想把所有的人都往这塔里招！

（原载一九三七年一月十八日《北平晨报·文艺》第二期，署名子佳）

记梁任公先生的一次演讲

梁任公先生晚年不谈政治，专心学术。大约在一九二一年左右，清华学校请他做第一次的演讲，题目是《中国韵文里表现的情感》。我很幸运地有机会听到这一篇动人的演讲。那时候的青年学子，对梁任公先生怀着无限的景仰，倒不是因为他是戊戌政变的主角，也不是因为他是云南起义的策划者，实在是因为他的学术文章对于青年确有启迪领导的作用。过去也有不少显宦，以及叱咤风云的人物，莅校讲话，但是他们没有能留下深刻的印象。

任公先生的这一篇讲演稿，后来收在《饮冰室文集》里。他的讲演是预先写好的，整整齐齐地写在宽大的宣纸制的稿纸上面，他的书法很是秀丽，用浓墨写在宣纸上，十分美观。但是读他这篇文章和听他这篇讲演，那趣味相差很多，犹之乎读剧本与看戏之迥乎不同。

我记得清清楚楚，在一个风和日丽的下午，高等科楼上大教堂里坐满了听众，随后走进了一位短小精悍秃头顶宽下巴的人物，穿着肥大的长袍，步履稳健，风神潇洒，左右顾盼，光芒四射，这就是梁任公先生。

他走上讲台，打开他的讲稿，眼光向下面一扫，然后是他的极简短的开场白，一共只有两句，头一句是："启超没有什么学问——"眼睛向上一翻，轻轻点一下头，"可是也有一点喽！"这样谦逊同时又这样自负的话是很难得听到的。他的广东官话是很够标准的，距离国语甚远，但是他的声音沉着而有力，有时又是洪亮而激昂，所以我们还是能听懂他的每一字，我们甚至想如果他说标准国语其效果可能反要差一些。

我记得他开头讲一首古诗《箜篌引》：

公无渡河。公竟渡河！
渡河而死，其奈公何！

这四句十六字，经他一朗诵，再经他一解释，活画出一出悲剧，其中有起承转合，有情节，有背景，有人物，有情感。我在听先生这篇讲演后约二十余年，偶然获得机缘在茅津渡候船渡河。但见黄沙弥漫，黄流滚滚，景象苍茫，不禁哀从中来，顿时忆起先生讲的这首古诗。

先生博闻强记，在笔写的讲稿之外，随时引证许多作品，大部分他都能背诵得出。有时候，他背诵到酣畅处，忽然记不起下文，他便用手指敲打他的秃头，敲几下之后，记忆力便又畅通，成本大套地背诵下去了。他敲头的时候，我们屏息以待，他记起来的时候，我们也跟着他欢喜。

先生的讲演，到紧张处，便成为表演。他真是手之舞之足之蹈之，有时掩面，有时顿足，有时狂笑，有时叹息。听他讲到他最喜爱的《桃花扇》，讲到"高皇帝，在九天，不管……"那一段，他悲从中来，竟痛哭流涕而不能自已。他掏出手巾拭泪，听讲的人不知有几多也泪下沾巾了！又听他讲杜氏讲到"剑外忽传收蓟北，初闻涕泪满衣裳……"，先生又真是于涕泗交流之中张口大笑了。

这一篇讲演分三次讲完，每次讲过，先生大汗淋漓，状极愉快。听过这讲演的人，除了当时所受的感动之外，不少人从此对于中国文学发生了强烈的爱好。先生尝自谓"笔锋常带情感"，其实先生在言谈讲演之中所带的情感不知要更强烈多少倍！

有学问、有文采、有热心肠的学者，求之当世能有几人？于是我想起了从前的一段经历，笔而记之。

慢品烟火色，闲观岁月长

联合出品 | 天河世纪图书 & 长江出版社
产品经理 | 易涵辰　责任编辑 | 江　南
官方微博：@ 天河世纪 @ 长江出版社官博

图书在版编目（C I P）数据

梁实秋散文：慢品烟火色，闲观岁月长 / 梁实秋著．
-- 武汉：长江出版社，2020.11
ISBN 978-7-5492-7336-2

Ⅰ．①梁… Ⅱ．①梁… Ⅲ．①散文集—中国—现代
Ⅳ．① I266

中国版本图书馆 CIP 数据核字（2020）第 212129 号

梁实秋散文：慢品烟火色，闲观岁月长 / 梁实秋 著

出　　版　长江出版社
（武汉市解放路大道 1863 号　邮政编码：430010）
选题策划　天河世纪
市场发行　长江出版社发行部
网　　址　http://www.cjpress.com.cn
责任编辑　江　南
印　　刷　三河市腾飞印务有限公司
版　　次　2020 年 11 月第 1 版
印　　次　2021 年 1 月第 1 次印刷
开　　本　880mm×1230mm　1/32
印　　张　9.25
字　　数　208 千字
书　　号　ISBN 978-7-5492-7336-2
定　　价　48.00 元
